猫城记
小坡的生日

老　舍⊙著

天津出版传媒集团
天津人民出版社

图书在版编目（CIP）数据

猫城记；小坡的生日 / 老舍著．-- 天津：天津人民出版社，2018.6（2021.11 重印）

ISBN 978-7-201-13231-0

Ⅰ．①猫… Ⅱ．①老… Ⅲ．①长篇小说—小说集—中国—现代 Ⅳ．① I246.5

中国版本图书馆 CIP 数据核字 (2018) 第 069448 号

猫城记　小坡的生日

MAOCHENGJI　XIAOPO DE SHENGRI

出　　版　天津人民出版社
出 版 人　刘　庆
地　　址　天津市和平区西康路35号康岳大厦
邮政编码　300051
邮购电话　（022）23332469
电子邮箱　reader@tjrmcbs.com

责任编辑　李　荣
装帧设计　同人阁 · 文化传媒

制版印刷　香河县宏润印刷有限公司
经　　销　新华书店
开　　本　787毫米 × 1092毫米　1/16
印　　张　15.5
字　　数　269千字
版次印次　2019年11月第1版　2021年11月第2次印刷
定　　价　36.00元

目　录

猫　城　记

小坡的生日

猫城记

自序

我向来不给自己的作品写序。怕麻烦；很立得住的一个理由。还有呢，要说的话已都在书中说了，何必再絮絮叨叨？再说，夸奖自己吧，不好；咒骂自己吧，更合不着。莫若不言不语，随它去。

此次现代书局嘱令给《猫城记》作序，天大的难题！引证莎士比亚需要翻书；记性向来不强。自道身世说起来管保又臭又长，因为一肚子倒有半肚子牢骚，哭哭啼啼也不像个样子——本来长得就不十分体面。怎办？

好吧，这么说：《猫城记》是个噩梦。为什么写它？最大的原因——吃多了。可是写得很不错，因为二姐和外甥都向我伸大拇指，虽然我自己还有一点点不满意。不很幽默。但是吃多了大笑，震破肚皮还怎再吃？不满意，可也无法。人不为面包而生。是的，火腿面包其庶几乎？

二姐嫌它太悲观，我告诉她，猫人是猫人，与我们不相干，管它悲观不悲观。二姐点头不已。

外甥问我是哪一派的写家？属于哪一阶级？代表哪种人讲话？是否脊椎动物？得了多少稿费？我给他买了十斤苹果，堵上他的嘴。他不再问，我乐得去睡大觉。梦中倘有所见，也许还能写本“狗城记”。是为序。

年月日，刚睡醒，不大记得。

编辑说明：为了尊重作家及作品，在本书的编校过程中，尽可能地保持了作品原貌。

一

飞机是碎了。

我的朋友——自幼和我同学：这次为我开了半个多月的飞机——连一块整骨也没留下！

我自己呢，也许还活着呢？我怎能没死？神仙大概知道。我顾不及伤心了。

我们的目的地是火星。按着我的亡友的计算，在飞机出险以前，我们确是已进了火星的气圈。那么，我是已落在火星上了？假如真是这样，我的朋友的灵魂可以自安了：第一个在火星上的中国人，死得值！但是，这“到底”是哪里？我只好“相信”它是火星吧；不是也得是，因为我无从证明它的是与不是。自然从天文上可以断定这是哪个星球；可怜，我对于天文的知识正如对古代埃及文字，一点也不懂！我的朋友可以毫不迟疑的指示我，但是他，他……噢！我的好友，与我自幼同学的好友！

飞机是碎了。我将怎样回到地球上去？不敢想！只有身上的衣裳——碎得像些挂着的干菠菜——和肚子里的干粮；不要说回去的计划，就是怎样在这里活着，也不敢想啊！言语不通，地方不认识，火星上到底有与人类相似的动物没有？问题多得像……就不想吧；“火星上的漂流者”，还不足以自慰么？使忧虑减去勇敢是多么不上算的事！

这自然是追想当时的情形。在当时，脑子已震昏。震昏的脑子也许会发生许多不相联贯的思念，已经都想不起了；只有这些——怎样回去，和怎样活着——似乎在脑子完全清醒之后还记得很真切，像被海潮打上岸来的两块木板，船已全沉了。

我清醒过来。第一件事是设法把我的朋友，那一堆骨肉，埋葬起来。那只飞机，我连看它也不敢看。它也是我的好友，它将我们俩运到这里来，忠诚的机器！朋友都死了，只有我还活着，我觉得他们俩的不幸好像都是我的过错！两个有本事的倒都死了，只留下我这个没能力的，傻子偏有福气，多么难堪的自慰！我觉得我能只手埋葬我的同学，但是我一定不能把飞机也掩埋了，所以我不敢看它。

我应当先去挖坑，但是我没有去挖，只呆呆的看着四外，从泪中看着四外。我为什么不抱着那团骨肉痛哭一场？我为什么不立刻去掘地？在一种如梦方醒的状态中，有许多举动是我自己不能负责的，现在想来，这或者是最近情理的解释与自恕。

我呆呆的看着四外。奇怪，那时我所看见的我记得清楚极了，无论什么时候我一闭眼，便能又看见那些景物，带着颜色立在我的面前，就是颜色相交处的影线也都很清楚。只有这个与我幼时初次随着母亲去祭扫父亲的坟墓时的景象是我终身忘不了的两张图画。

我说不上来我特别注意到什么；我给四围的一切以均等的“不关切的注意”，假如这话能有点意义。我好像雨中的小树，任凭雨点往我身上落；落上一点，叶儿便动一动。

我看见一片灰的天空。不是阴天，这是一种灰色的空气。阳光不能算不强，因为我觉得很热；但是它的热力并不与光亮作正比，热自管热，并没有夺目的光华。我似乎能摸到四围的厚重，热，密，沉闷的灰气。也不是有尘土，远处的东西看得很清楚，决不像有风沙。阳光好像在这灰中折减了，而后散匀，所以处处是灰的，处处还有亮，一种银灰的宇宙。中国北方在夏旱的时候，天上浮着层没作用的灰云，把阳光遮减了一些，可是温度还是极高，便有点与此地相似；不过此地的灰气更暗淡一些，更低重一些，那灰重的云好像紧贴着我的脸。豆腐房在夜间储满了热气，只有一盏油灯在热气中散着点鬼光，便是这个宇宙的雏形。这种空气使我觉着不自在。远处有些小山，也是灰色的，比天空更深一些；因为不是没有阳光，小山上是灰里带着些淡红，好像野鸽脖子上的彩闪。

灰色的国！我记得我这样想，虽然我那时并不知道那里有国家没有。

从远处收回眼光，我看见一片平原，灰的！没有树，没有房子，没有田地，平，平；平得讨厌。地上有草，都擦着地皮长着，叶子很大，可是没有竖立的梗子。土脉不见得不肥美，我想，为什么不种地呢？

离我不远，飞起几只鹰似的鸟，灰的，只有尾巴是白的。这几点白的尾巴给这全灰的宇宙一点变化，可是并不减少那惨淡蒸郁的气象，好像在阴苦的天空中飞着几片纸钱！

鹰鸟向我这边飞过来。看着看着，我心中忽然一动，它们看见了我的朋友，那堆……远处又飞起来几只。我急了，本能的向地下找，没有铁锹，连根木棍也没有！不能不求救于那只飞机了；有根铁棍也可以慢慢的挖一个坑。但是，鸟已经在我头上盘旋了。我顾不得再看，可是我觉得出它们是越飞越低，它们的啼声，一种长而尖苦的啼声，是就在我的头上。顾不得细找，我便扯住飞机的一块，也说不清是哪一部分，疯了似的往下扯。鸟儿下来一只。我拼命的喊了一声。它的硬翅颤了几颤，两腿已将落地，白尾巴一钩，又飞起去了。这个飞起去了，又来了两三只，都像喜鹊得住些食物那样叫着；上面那些只的啼声更长了，好像哀求下面的等它们一等；末了，“扎”的一声全下来了。我扯那飞机，手心粘了，一定是流了血，可是不觉得疼。扯，扯，扯；没用！我扑过它们去，用脚踢，喊着。它们伸开翅膀向四外躲，但是没有飞起去的意思。有一只已在那一堆……上啄了一口！我的眼前冒了红光，我扑过它去，要用手抓它；只顾抓这只，其余的那些环攻上来了；我又乱踢起来。它们扎扎的叫，伸着硬翅往四外躲；只要我的腿一往回收，它们便红着眼攻上来。而且攻上来之后，不愿再退，有意要啄我的脚了。

忽然我想起来：腰中有只手枪。我刚立定，要摸那支枪；什么时候来的？我前面，就离我有七八步远，站着一群人；一眼我便看清，猫脸的人！

二

掏出手枪来，还是等一等？许多许多不同的念头环绕着这两个主张；在这一分钟里，我越要镇静，心中越乱。结果，我把手放下去了。向自己笑了一笑。到火星上来是我自己情愿冒险，叫这群猫人把我害死——这完全是设想，焉知他们不是最慈善的呢——是我自取；为什么我应当先掏枪呢！一点善意每每使人勇敢；我一点也不怕了。是福是祸，听其自然；无论如何，衅不应由我开。

看我不动，他们往前挪了两步。慢，可是坚决，像猫看准了老鼠那样的前进。

鸟儿全飞起来，嘴里全叼着块……我闭上了眼！

眼还没睁开——其实只闭了极小的一会儿——我的双手都被人家捉住了。想不到猫人的举动这么快；而且这样的轻巧，我连一点脚步声也没听见。

没往外拿手枪是个错误。不！我的良心没这样责备我。危患是冒险生活中的饮食。心中更平静了，连眼也不愿睁了。这是由心中平静而然，并不是以退为进。他们握着我的双臂，越来越紧，并不因为我不抵抗而松缓一些。这群玩艺儿是善疑的，我心中想；精神上的优越使我更骄傲了，更不肯和他们较量力气了。每只胳臂上有四五只手，很软，但是很紧，并且似乎有弹性，与其说是握着，不如说是箍着，皮条似的往我的肉里煞。挣扎是无益的。我看出来：设若用力抽夺我的胳臂，他们的手会箍进我的肉里去；他们是这种人：不光明的把人捉住，然后不看人家的举动如何，总得给人家一种极残酷的肉体上的虐待。设若肉体上的痛苦能使精神的光明减色，惭愧，这时候我确乎有点后悔了；对这种人，假如我的推测不错，是应当采取"先下手为强"的政策；"当"的一枪，管保他们全跑。但是事已至此，后悔是不会改善环境的；光明正大是我自设的陷阱，就死在自己的光明之下吧！我睁开了眼。他们全在我的背后呢，似乎是预定好即使我睁开眼也看不见他们。这种鬼祟的行动使我不由的起了厌恶他们的心；我不怕死；我心里说："我已经落在你们的手中，杀了我，何必这样偷偷摸摸的呢！”我不由的说出来：“何必这样……”我没往下说；他们决不会懂我的话。胳臂上更紧了，那半句话的效果！我心里想：就是他们懂我的话，也还不是白费唇舌！我连头也不回，凭他们摆布；我只希望他们用绳子拴上我，我的精神正如肉体，同样的受不了这种软，紧，热，讨厌的攥握！

空中的鸟更多了，翅子伸平，头往下钩钩着，预备得着机会便一翅飞到地，去享受与我自幼同学的朋友的……

背后这群东西到底玩什么把戏呢？我真受不了这种钝刀慢锯的办法了！但是，我依旧抬头看那群鸟，残酷的鸟们，能在几分钟内把我的朋友吃净。啊！能几分钟吃净一个人吗？那么，鸟们不能算残酷的了；我羡慕我那亡友，朋友！你死得痛快，消灭得痛快，比较起我这种零受的罪，你的是无上的幸福！

“快着点！”几次我要这么说，但是话到唇边又收回去了。我虽然一点不知道猫人的性情习惯，可是在这几分钟的接触，我似乎直觉的看出来，他们是宇宙间最残忍的人；残忍的人是不懂得“干脆”这个字的，慢慢用锯齿锯，是他们的一种享受。说话有什么益处呢？我预备好去受针尖刺手指甲肉，鼻子里灌煤油——假如火星上有针和煤油。

我落下泪来，不是怕，是想起来故乡。光明的中国，伟大的中国，没有残暴，没有毒刑，没有鹰吃死尸。我恐怕永不能再看那块光明的地土了，我将永远不能享受合理的人生了；就是我能在火星上保存着生命，恐怕连享受也是痛苦吧！？

我的腿上也来了几只手。他们一声不出，可是呼吸气儿热乎乎的吹着我的背和腿；我心中起了好似被一条蛇缠住那样的厌恶。

咯当的一声，好像多少年的静寂中的一个响声，听得分外清楚，到如今我还有时候听见它。我的腿腕上了脚镣！我早已想到有此一举。腿腕登时失了知觉，紧得要命。

我犯了什么罪？他们的用意何在？想不出。也不必想。在猫脸人的社会里，理智是没用的东西，人情更提不到，何必思想呢。

手腕也锁上了。但是，出我意料之外，他们的手还在我的臂与腿上箍着。过度的谨慎——由此生出异常的残忍——是黑暗生活中的要件；我希望他们锁上我而撤去那些只热手，未免希望过奢。

脖子上也来了两只热手。这是不许我回头的表示；其实谁有那么大的工夫去看他们呢！人——不论怎样坏——总有些自尊的心；我太看低他们了。也许这还是出于过度的谨慎，不敢说，也许脖子后边还有几把明晃晃的刀呢。

这还不该走吗？我心中想。刚这么一想，好像故意显弄他们也有时候会快当一点似的，我的腿上挨了一脚，叫我走的命令。我的腿腕已经箍麻了，这一脚使我不由的向前跌去；但是他们的手像软而硬的钩子似的，钩住我的肋条骨；我听见背后像猫示威时相噗的声音，好几声，这大概是猫人的笑。很满意这样的挫磨我，当然是。我身上不知出了多少汗。

他们为快当起见，颇可以抬着我走；这又是我的理想。我确是不能迈步了；这正是他们非叫我走不可的理由——假如这样用不太羞辱了“理由”这两个字。

汗已使我睁不开眼，手是在背后锁着；就是想摇摇头摆掉几个汗珠也不行，他们箍着我的脖子呢！我直挺着走，不，不是走，但是找不到一个字足以表示跳，拐，跌，扭等等搀和起来的行动。

走出只有几步，我听见——幸而他们还没堵上我的耳朵——那群鸟一齐“扎”的一声，颇似战场上冲锋的“杀”；当然是全飞下去享受……我恨我自己；假如我早一点动手，也许能已把我的同学埋好；我为什么在那块呆呆的看着呢！朋友！就是我能不死，能再到这里来，恐怕连你一点骨头渣儿也找不着了！我终身的甜美记忆的总量也抵不住这一点悲苦惭愧，哪时想起来哪时便觉得我是个人类中最没价值的！

好像在噩梦里：虽然身体受着痛苦，可是还能思想着另外一些事；我的思想完全集中到我的亡友，闭着眼看我脑中的那些鹰，啄食着他的肉，也啄食着我的心。走到哪里了？就是我能睁开眼，我也不顾得看了；还希望记清了道路，预备逃出来吗？我是走呢？还是跳呢？还是滚呢？猫人们知道。我的心没在这个上，我的肉体已经像不属于我了。我只觉得头上的汗直流，就像受了重伤后还有一点知觉那样，渺渺茫茫的觉不出身体在哪里，只知道有些地方往出冒汗，命似乎已不在自己手中了，可是并不觉得痛苦。

我的眼前完全黑了；黑过一阵，我睁开了眼；像醉后刚还了酒的样子。我觉出腿腕的疼痛来，疼得钻心；本能的要用手去摸一摸，手腕还锁着呢。这时候我眼中才看见东西，虽然似乎已经睁开了半天。我已经在一个小船上；什么时候上的船，怎样上去的，我全不知道。大概是上去半天了，因为我的脚腕已缓醒过来，已觉得疼痛。我试着回回头，脖子上的那两只热手已没有了；回过头去看，什么也没有。上面是那银灰的天；下面是条温腻深灰的河，一点声音也没有，可是流得很快；中间是我与一只小船，随流而下。

三

我顾不得一切的危险。危险这两个字在此时完全不会在脑中发现。热，饿，渴，痛，都不足以胜过疲乏——我已坐了半个多月的飞机——不知道怎么会挣扎得斜卧起来，我就那么睡去了；仰卧是不可能的，手上的锁镣不许我放平了脊背。把命交给了这浑腻蒸热的河水，我只管睡；还希望在这种情形里做个好梦吗！？

再一睁眼，我已靠在一个小屋的一角坐着呢；不是小屋，小洞更真实一点；没有窗户，没有门；四块似乎是墙的东西围着一块连草还没铲去的地，顶棚是一小块银灰色的天。我的手已自由了，可是腰中多了一根粗绳，这一头缠着我的腰，虽然我并不需要这么根腰带，那一头我看不见，或者是在墙外拴着；我必定是从天而降的被系下来的。怀中的手枪还在，奇怪！

什么意思呢？绑票？向地球上去索款？太费事了。捉住了怪物，预备训练好了去到动物园里展览？或是送到生物学院去解剖？这倒是近乎情理。我笑了，我确乎有点要疯。口渴得要命。为什么不拿去我的手枪呢？这点惊异与安慰并不能使口中增多一些津液。往四处看，绝处逢生。与我坐着的地方平行的墙角有个石罐。里边有什么？谁去管，我一定过去看看，本能是比理智更聪明的。脚腕还绊着，跳吧。忍着痛往起站，立不起来，试了几试，腿已经不听命令了。坐着吧。渴得胸中要裂。肉体的需要把高尚的精神丧尽，爬吧！小洞不甚宽大，伏在地上，也不过只差几寸吧，伸手就可以摸着那命中希望的希望，那个宝贝罐子。但是，那根腰带在我躺平以前便下了警告，它不允许我躺平，设若我一定要往前去，它便要把我吊起来了。无望。

口中的燃烧使我又起了飞智：脚在前，仰卧前进，学那翻不过身的小硬盖虫。绳子虽然很紧，用力挣扎究竟可以往肋部上匀一匀，肋部总比腿根瘦一些，能匀到胸部，我的脚便可以碰到罐子上，哪怕把肋部都磨破了呢，究竟比这么渴着强。肋部的皮破了，不管；前进；疼，不管；啊，脚碰着了那个宝贝！

脚腕锁得那么紧，两个脚尖直着可以碰到罐子，但是张不开，无从把它抱住；蜷起一点腿来，脚尖可以张开些，可是又碰不到罐子了。无望。

只好仰卧观天。不由的摸出手枪来。口渴得紧。看了看那玲珑轻便的小枪。闭上眼，把那光滑的小圆枪口放在太阳穴上；手指一动，我便永不会口渴了。心中忽然一亮，极快的坐起来，转过身来面向墙角，对准面前的粗绳，当，当，两枪，绳子烧糊了一块。手撕，牙咬，疯了似的，把绳子终于扯断。狂喜使我忘了脚上的锁镣，猛然往起一立，跌在地上；就势便往石罐那里爬。端起来，里面有些光，有水！也许是水，也许是……顾不得迟疑。石罐很厚，不易喝；可是喝到一口，真凉，胜似仙浆玉露；努力总是有报酬的，好像我明白了一点什么生命的真理似的。

水并不多；一滴也没剩。

我抱着那个宝贝罐子。心中刚舒服一点，幻想便来了：设若能回到地球上去，我必定把它带了走。无望吧？我呆起来。不知有多久，我呆呆的看着罐子的口。

头上飞过一群鸟，简短的啼着，将我唤醒。抬头看，天上起了一层浅桃红的霞，没能把灰色完全掩住，可是天像高了一些，清楚了一些，墙顶也镶上一线有些力量的光。天快黑了，我想。

我应当干什么呢？

在地球上可以行得开的计划，似乎在此地都不适用；我根本不明白我的对方，怎能决定办法呢。鲁滨孙并没有像我这样困难，他可以自助自决，我是要从一群猫人手里逃命；谁读过猫人的历史呢。

但是我必得做些什么？

脚镣必须除去，第一步工作。始终我也没顾得看看脚上拴的是什么东西，大概因为我总以为脚镣全应是铁做的。现在我必须看看它了，不是铁的，因为它的颜色是铅白的。为什么没把我的手枪没收，有了答案：火星上没铁。猫人们过于谨慎，唯恐一摸那不认识的东西受了危害，所以没敢去动。我用手去摸，硬的，虽然不是铁；试着用力扯，扯不动。什么做的呢？趣味与逃命的急切混合在一处。用枪口敲它一敲，有金属应发的响声，可是不像铁声。银子？铅？比铁软的东西，我总可以设法把它磨断；比如我能打破那个石罐，用石棱去磨——把想将石罐带到地球上去的计划忘了。拿起石罐想往墙上碰；不敢，万一惊动了外面的人呢；外面一定有人看守着，我想。不能，刚才已经放过枪，并不见有动静。后怕起来，设若刚才随着枪声进来一群人？可是，既然没来，放胆吧；罐子出了手，只碰下一小块来，因为小所以很锋利。我开始工作。

铁打房梁磨成绣花针，工到自然成；但是打算在很短的时间用块石片磨断一条金属的脚镣，未免过于乐观。经验多数是“错误”的儿女，我只能乐观的去错误；由地球上带来的经验在此地是没有多少价值的。磨了半天，有什么用呢，它纹丝没动，好像是用石片切金刚石呢。

摸摸身上的碎布条，摸摸鞋，摸摸头发，万一发现点能帮助我的东西呢；我已经似乎变成个没理智的动物。啊！腰带下的小裤兜里还有盒火柴，一个小“铁”盒。要不是细心的搜寻真不会想起它来；我并不吸烟，没有把火柴放在身上的习惯。我为什么把它带在身边？想不起。噢，想起来了：朋友送给我的，他听到我去探险，临时赶到飞机场送行，没有可送我的东西，就把这个盒塞在我的小袋里。“小盒不会给飞机添多少重量，我希望！”他这么说来着。我想起来了。好似多少年以前的事了；半个月的飞行不是个使心中平静清楚的事。

我玩弄着那个小盒，试着追想半个月以前的事；眼前的既没有希望，只好回想过去的甜美，生命是会由多方面找到自慰的。

天黑上来了。肚中觉出饿来。划了一根火柴，似乎要看看四下有没有可吃的东西。灭了，又划了一根；无心的可笑的把那点小火放在脚镣上去烧烧看。忽！吱！像写个草书的四字——の——那么快，脚腕上已剩下一些白灰。一股很不好闻的气味，钻入鼻孔，叫我要呕。

猫人还会利用化学做东西，想不到的事！

四

命不自由，手脚脱了锁镣有什么用呢！但是我不因此而丧气；至少我没有替猫人们看守这个小洞的责任。把枪，火柴盒，都带好；我开始揪着那打断的粗绳往墙上爬。头过了墙，一片深灰，不像是黑夜，而是像没有含着烟的热雾。越过墙头，跳下去。往哪里走？在墙内时的勇气减去十分之八。没有人家，没有灯光，没有声音。远处——也许不远，我测不准距离——似乎有片树林。我敢进树林吗？知道有什么野兽？

我抬头看着星星，只看得见几个大的，在灰空中发着些微红的光。

又渴了，并且很饿。在夜间猎食，就是不反对与鸟兽为伍，我也没那份本事。幸而不冷；在这里大概日夜赤体是不会受寒的。我倚了那小屋的墙根坐下，看看天上那几个星，看看远处的树林。什么也不敢想；就是最可笑的思想也会使人落泪：孤寂是比痛苦更难堪的。

这样坐了许久，我的眼慢慢的失了力量；可是我并不敢放胆的睡去，闭了一会儿，心中一动，努力的睁开，然后又闭上。有一次似乎看见了一个黑影；但在看清之前就又不见了。因疑见鬼，我责备自己，又闭上了眼；刚闭上又睁开了，到底是不放心。哼！又似乎有个黑影，刚看到，又不见了。我的头发根立起来了。到火星上捉鬼不在我的计划之中。不敢再闭眼了。

好大半天，什么也没有。我试着闭上眼，留下一点小缝看着；来了，那个黑影！

不怕了，这一定不是鬼；是个猫人。猫人的视官必定特别的发达，能由远处看见我的眼睛的开闭。紧张，高兴，几乎停止了呼吸，等着；他来在我的身前，我便自有办法；好像我一定比猫人优越似的，不知根据什么理由；或者因为我有把手枪？可笑。

时间在这里是没有丝毫价值的，好似等了几个世纪他才离我不远了；每一步似乎需要一刻，或一点钟，一步带着整部历史遗传下来的谨慎似的。东试一步，西试一步，弯下腰，轻轻的立起来，向左扭，向后退，像片雪花似的伏在地上，往前爬一爬，又躬起腰来……小猫夜间练习捕鼠大概是这样，非常的有趣。

不要说动一动，我猛一睁眼，他也许一气跑到空间的外边去。我不动，只是眼睛留着个极小的缝儿看他到底怎样。

我看出来了，他对我没有恶意，他是怕我害他。他手中没拿着家伙，又是独自来的，不会是要杀我。我怎能使他明白我也不愿意加害于他呢？不动作是最好的办法，我以为，这至少不会吓跑了他。

他离我越来越近了。能觉到他的热气了。他斜着身像接力竞走预备接替时的姿势，用手在我的眼前摆了两摆。我微微的点了点头。他极快的收回手去，保持着要跑的姿势，可是没跑。他看着我；我又轻轻的一点头。他还是不动。我极慢的抬起双手，伸平手掌给他看。他似乎能明白这种“手语”，也点了点头，收回那只伸出老远的腿。我依旧手掌向上，屈一屈指，作为招呼他的表示。他也点点头。我挺起点腰来，看看他，没有要跑的意思。这样极痛苦的可笑磨烦了至少有半点钟，我站起来了。

假如磨烦等于做事，猫人是最会做事的。换句话说，他与我不知磨烦了多大工夫，打手势，点头，撇嘴，纵鼻子，差不多把周身的筋肉全运动到了，表示我们俩彼此没有相害的意思。当然还能磨烦一点钟，哼，也许一个星期，假如不是远处又来了黑影——猫人先看见的。及至我也看到那些黑影，猫人已跑出四五步，一边跑一边向我点手。我也跟着他跑。

猫人跑得不慢，而且一点声音没有。我是又渴又饿，跑了不远，我的眼前已起了金星。但是我似乎直觉的看出来：被后面那些猫人赶上，我与我这个猫人必定得不到什么好处；我应当始终别离开这个新朋友，他是我在火星上冒险的好帮手。后面的人一定追上来了，因为我的朋友脚上加了劲。又支持了一会儿，我实在不行了，心好像要由嘴里跳出来。后面有了声音，一种长而尖酸的嚎声！猫人们必是急了，不然怎能轻易出声儿呢。我知道我非倒在地上不行了，再跑一步，我的命一定会随着一口血结束了。

用生命最后的一点力量，把手枪掏出来。倒下了，也不知道向哪里开了一枪，我似乎连枪声都没听见就昏过去了。

再一睁眼：屋子里，灰色的，一圈红光，地；飞机，一片血，绳子……我又闭上了眼。

隔了多日我才知道：我是被那个猫人给拉死狗似的拉到他的家中。

他若是不告诉我，我始终不会想到怎么来到此地。火星上的土是那么的细美，我的身上一点也没有磨破。那些追我的猫人被那一枪吓得大概跑了三天也没有住脚。这把小手枪——只实着十二个子弹——使我成了名满火星的英雄。

五

我一直的睡下去，若不是被苍蝇咬醒，我也许就那么睡去，睡到永远。原谅我用“苍蝇”这个名词，我并不知道它们的名字；它们的样子实在像小绿蝴蝶，很美，可是行为比苍蝇还讨厌好几倍；多的很，每一抬手就飞起一群绿叶。

身上很僵，因为我是在“地”上睡了一夜，猫人的言语中大概没有“床”这个字。一手打绿蝇，一手磨擦身上，眼睛巡视着四围。屋里没有可看的。床自然就是土地，这把卧室中最重要的东西已经省去。希望找到个盆，好洗洗身上，热汗已经泡了我半天一夜。没有。东西既看不到，只好看墙和屋顶，全是泥做的，没有任何装饰。四面墙围着一团臭气，这便是屋子。墙上有个三尺来高的洞，是门；窗户，假如一定要的话，也是它。

我的手枪既没被猫人拿去，也没丢失在路上，全是奇迹。把枪带好，我从小洞爬出来了。明白过来，原来有窗也没用，屋子是在一个树林里——大概就是昨天晚上看见的那片——树叶极密，阳光就是极强也不能透过，况且阳光还被灰气遮住。怪不得猫人的视力好。林里也不凉快，潮湿蒸热，阳光虽见不到，可是热气好像裹在灰气里；没风。

我四下里去看，希望找到个水泉，或是河沟，去洗一洗身上。找不到；只遇见了树叶，潮气，臭味。

猫人在一株树上坐着呢。当然他早看见了我。可是及至我看见了他，他还往树叶里藏躲。这使我有些发怒。哪有这么招待客人的道理呢：不管吃，不管喝，只给我一间臭屋子。我承认我是他的客人，我自己并没意思上这里来，他请我来的。最好是不用客气，我想。走过去，他上了树尖。我不客气的爬到树上，抱住一个大枝用力的摇。他出了声，我不懂他的话，但是停止了摇动。我跳下来，等着他。他似乎晓得无法逃脱，抿着耳朵，像个战败的猫，慢慢的下来。

我指了指嘴，仰了仰脖，嘴唇开闭了几次，要吃要喝。他明白了，向树上指了指。我以为这是叫我吃果子；猫人们也许不吃粮食，我很聪明的猜测。树上没果子。他又爬上树去，极小心的揪下四五片树叶，放在嘴中一个，然后都放在地上，指指我，指指叶。

这种喂羊的办法，我不能忍受；没过去拿那树叶。猫人的脸上极难看了，似乎也发了怒。他为什么发怒，我自然想不出：我为什么发怒，他或者也想不出。我看出来了，设若这么争执下去，一定没有什么好结果，而且也没有意味，根本谁也不明白谁。

但是，我不能自己去拾起树叶来吃。我用手势表示叫他拾起送过来。他似乎不懂。我也由发怒而怀疑了。莫非男女授受不亲，在火星上也通行？这个猫人闹了半天是个女的？不敢说，哼，焉知不是男男授受不亲呢！？（这一猜算猜对了，在这里住了几天之后证实了这个。）好吧，因彼此不明白而闹气是无谓的，我拾起树叶，用手擦了擦。其实手是脏极了，被飞机的铁条刮破的地方还留着些血迹；但是习惯成自然，不由的这么办了。送到嘴中一片，很香，汁水很多；因为没有经验，汁儿从嘴角流下点来；那个猫人的手脚都动了动，似乎要过来替我接住那点汁儿；这叶子一定是很宝贵的，我想；可是这么一大片树林，为什么这样的珍惜一两个叶子呢？不用管吧，稀罕事儿多着呢。连气吃了两片树叶，我觉得头有些发晕，可是并非不好受。我觉得到那点宝贝汁儿不但走到胃中去，而且有股麻劲儿通过全身，身上立刻不僵得慌了。肚中麻酥酥的满起来。心中有点发迷，似乎要睡，可是不能睡，迷糊之中又有点发痒，一种微醉样子的刺激。我手中还拿着一片叶，手似乎刚睡醒时那样松懒而舒服。没力气再抬。心中要笑；说不清脸上笑出来没有。我倚住一棵大树，闭了一会儿眼。极短的一会儿，头轻轻的晃了两晃。醉劲过去了，全身没有一个毛孔不觉得轻松的要笑，假如毛孔会笑。饥渴全不觉得了；身上无须洗了，泥，汗，血，都舒舒服服的贴在肉上，一辈子不洗也是舒服的。

树林绿得多了。四围的灰空气也正不冷不热，不多不少的合适。灰气绿树正有一种诗意的温美。潮气中，细闻，不是臭的了，是一种浓厚的香甜，像熟透了的甜瓜。“痛快”不足以形容出我的心境。“麻醉”，对，“麻醉”！那两片树叶给我心中一些灰的力量，然后如鱼得水的把全身浸渍在灰气之中。

我蹲在树旁。向来不喜蹲着；现在只有蹲着才觉得舒坦。

开始细看那个猫人；厌恶他的心似乎减去很多，有点觉得他可爱了。

所谓猫人者，并不是立着走，穿着衣服的大猫。他没有衣服。我笑了，把我上身的碎布条也拉下去，反正不冷，何苦挂着些零七八碎的呢。下身的还留着，这倒不是害羞，因为我得留着腰带，好挂着我的手枪。其实赤身佩带挂手枪也未尝不可，可是我还舍不得那盒火柴；必须留着裤子，以便有小袋装着那个小盒，万一将来再被他们上了脚镣呢。把靴子也脱下来扔在一边。

往回说，猫人不穿衣服。腰很长，很细，手脚都很短。手指脚指也都很短。（怪不得跑得快而做事那么慢呢，我想起他们给我上锁镣时的情景。）脖子不短，头能弯到背上去。脸很大，两个极圆极圆的眼睛，长得很低，留出很宽的一个脑门。脑门上全长着细毛，一直的和头发——也是很细冗——联上。鼻子和嘴联到一块，可不是像猫的那样俊秀，似乎像猪的，耳朵在脑瓢上，很小。身上都是细毛，很光润，近看是灰色的，远看有点绿，像灰羽毛纱的闪光。身腔是圆的，大概很便于横滚。胸前有四对小乳，八个小黑点。

他的内部构造怎样，我无从知道。

他的举动最奇怪的，据我看是他的慢中有快，快中有慢，使我猜不透他的立意何在；我只觉得他是非常的善疑。他的手脚永不安静着，脚与手一样的灵便；用手脚似乎较用其他感官的时候多，东摸摸，西摸摸，老动着；还不是摸，是触，好像蚂蚁的触角。

究竟他把我拉到此地，喂我树叶，是什么意思呢？我不由的，也许是那两片树叶的作用，要问了。可是怎样问呢？言语不通。

六

三四个月的工夫，我学会了猫话。马来话是可以在半年内学会的，猫语还要简单的多。四五百字来回颠倒便可以讲说一切。自然许多事与道理是不能就这么讲明白的，猫人有办法：不讲。形容词与副词不多，名词也不富裕。凡是像迷树的全是迷树：大迷树，小迷树，圆迷树，尖迷树，洋迷树，大洋迷树……其实这是些决不相同的树。迷树的叶便是那能使人麻醉的宝贝。代名词是不大用的，根本没有关系代名词。一种极儿气的语言。其实只记住些名词便够谈话的了，动词是多半可以用手势帮忙的。他们也有文字，一些小楼小塔似的东西，很不好认；普通的猫人至多只能记得十来个。

大蝎——这是我的猫朋友的名字——认识许多字，还会作诗。把一些好听的名词堆在一处，不用有任何简单的思想，便可以成一首猫诗。宝贝叶宝贝花宝贝山宝贝猫宝贝肚子……这是大蝎的“读史有感”。猫人有历史，两万多年的文明。

会讲话了，我明白过来一切。大蝎是猫国的重要人物，大地主兼政客、诗人与军官。大地主，因为他有一大片迷树，迷叶是猫人食物的食物。他为什么养着我，与这迷叶大有关系。据他说，他拿出几块历史来作证——书都是石头做的，二尺见方半寸来厚一块，每块上有十来个极复杂的字——五百年前，他们是种地收粮，不懂什么叫迷叶。忽然有个外国人把它带到猫国来。最初只有上等人吃得起，后来他们把迷树也搬运了来，于是大家全吃入了瘾。不到五十年的工夫，不吃它的人是例外了。吃迷叶是多么舒服，多么省事的；可是有一样，吃了之后虽然精神焕发，可是手脚不爱动，于是种地的不种了，做工的不做了，大家闲散起来。政府下了令：禁止再吃迷叶。下令的第一天午时，皇后瘾得打了皇帝三个嘴巴子——大蝎搬开一块历史——皇帝也瘾得直落泪。当天下午又下了令：定迷叶为“国食”。在猫史上没有比这件事再光荣再仁慈的，大蝎说。

自从迷叶定为国食以后的四百多年，猫国文明的进展比以前加速了好几倍。吃了迷叶不喜肉体的劳动，自然可以多做些精神事业。诗艺，举个例说，比以前进步多了；两万年来的诗人没有一个用过“宝贝肚子”的。

可是，这并不是说政治上与社会上便没有了纷争。在三百年前，迷树的种植是普遍的。可是人们越吃越懒，慢慢的连树也懒得种了。又恰巧遇上一年大水——大蝎的灰脸似乎有点发白，原来猫人最怕水——把树林冲去了很多。没有别的东西吃，猫人是可以忍着的；没有迷叶，可不能再懒了。到处起了抢劫。抢案太多了，于是政府又下了最合人道的命令：抢迷叶吃者无罪。这三百年来是抢劫的时代；并不是坏事，抢劫是最足以表现个人自由的，而自由又是猫人自有史以来的最高理想。

（按：猫语中的“自由”，并不与中国话中的相同。猫人所谓自由者是欺侮别人，不合作，捣乱……男男授受不亲即由此而来，一个自由人是不许别人接触他的，彼此见面不握手或互吻，而是把头向后扭一扭表示敬意。）

“那么，你为什么还种树呢？”我用猫语问——按着真正猫语的形式，这句话应当是：脖子一扭（表示“那么”），用手一指（你），眼球转两转（为什么），种（动词）树？“还”字没法表示。

大蝎的嘴闭上了一会儿。猫人的嘴永远张着，鼻子不大管呼吸的工作；偶尔闭上表示得意或深思。他的回答是：现在种树的人只有几十个了，都是强有力的人——政客军官诗人兼地主。他们不能不种树，不种便丢失了一切势力。做政治需要迷叶，不然便见不到皇帝。做军官需要迷树，它是军饷。作诗必定要迷叶，它能使人白天做梦。总之，迷叶是万能的，有了它便可以横行一世。“横行”是上等猫人口中最高尚的一个字。

设法保护迷林是大蝎与其他地主的首要工作。他们虽有兵，但不能替他们做事。猫兵是讲自由的，只要迷叶吃，不懂得服从命令。他们自己的兵常来抢他们，这在猫人心中——由大蝎的口气看得出——是最合逻辑的事。究竟谁来保护迷林呢？外国人。每个地主必须养着几个外国人做保护者。猫人的敬畏外国人是天性中的一个特点。他们的自由不能使五个兵在一块住三天而不出人命，和外人打仗是不可能的事。大蝎附带着说，很得意的：“自相残杀的本事，一天比一天大，杀人的方法差不多与作诗一样巧妙了”。

“杀人成了一种艺术。”我说。猫语中没有“艺术”，经我解释了半天，他还是不能明白，但是他记住这两个中国字。

在古代他们也与外国打过仗，而且打胜过，可是在最近五百年中，自相残杀的结果叫他们完全把打外国人的观念忘掉，而一致的对内。因此也就非常的怕外国人；不经外国人主持，他们的皇帝连迷叶也吃不到嘴。

* * *

三年前来过一只飞机。哪里来的，猫人不晓得，可是记住了世界上有种没毛的大鸟。

我的飞机来到，猫人知道是来了外国人。他们只能想到我是火星上的人，想不到火星之外还有别的星球。

大蝎与一群地主全跑到飞机哪里去，为是得到个外国人来保护迷林。他们原有的外国保护者不知为什么全回了本国，所以必须另请新的。

他们说好了：请到我之后，大家轮流奉养着，因为外国人在最近是很不易请到的。“请”我是他们的本意，谁知道我并没有长着猫脸，他们向来没见过像我这样的外国人。他们害怕的了不得；可是既而一看我是那么老实，他们决定由“请”改成“捉”了。他们是猫国的“人物”，所以心眼很多，而且遇到必要的时候也会冒一些险。现在想起来，设若我一开首便用武力，准可以把他们吓跑；可是幸而没用武力，因为就是一时把他们吓跑，他们决不会甘心罢休，况且我根本找不到食物。从另一方面说呢，这么被他们捉住，他们纵使还怕我，可是不会“敬”我了。果然，由公请我改成想独占了，大蝎与那一群地主全看出便宜来：捉住我，自然不必再与我讲什么条件，只要供给点吃食便行了，于是大家全变了心。背约毁誓是自由的一部分，大蝎觉得他的成功是非常可自傲的。

把我捆好，放在小船上，他们全绕着小道，上以天作顶的小屋哪里去等我。他们怕水，不敢上船。设若半路中船翻了，自然只能归罪于我的不幸，与他们没关系。那个小屋离一片沙地不远，河流到沙地差不多就干了，船一定会停住不动。

把我安置在小屋中，他们便回家去吃迷叶。他们的身边不能带着这个宝贝；走路带着迷叶是最危险的事；因此他们也就不常走路；此次的冒险是特别的牺牲。

大蝎的树林离小屋最近；可是也还需要那么大半天才想起去看我。吃完迷叶是得睡一会儿的。他准知道别人也不会快来。他到了，别人也到了，这完全出乎他的意料之外。“幸而有那艺术”，他指着我的手枪，似乎有些感激它。后来他把不易形容的东西都叫作“艺术”。

我明白了一切，该问他了：那个脚镣是什么做的？

他摇头，只告诉我，那是外国来的东西。“有好多外国来的东西，”他说，“很好用，可是我们不屑摹仿；我们是一切国中最古的国！”他把嘴闭上了一会儿：“走路总得带着手镯脚镣，很有用！”这也许是实话，也许是俏皮我呢。

我问他天天晚上住在哪里，因为林中只有我那一间小洞，他一定另有个地方去睡觉。他似乎不愿意回答，跟我要一根艺术，就是将要拿去给皇帝看。我给了他一根火柴，也就没往下问他到底睡在哪里；在这种讲自由的社会中，人人必须保留着些秘密。

有家属没有呢？他点点头。“收了迷叶便回家，你与我一同去。”

他还有利用我的地方，我想，可是：“家在哪里？”

“京城，大皇帝住在那里。有许多外国人，你可以看看你的朋友了。”

“我是由地球上来的，不认识火星上的人。”

“反正你是外国人，外国人与外国人都是朋友。”

不必再给他解释；只希望快收完迷叶，好到猫城去看看。

七

我与大蝎的关系，据我看，永远不会成为好朋友的。据“我”看是如此；他也许有一片真心，不过我不能欣赏它；他——或任何猫人——设若有真心，那是完全以自己为中心的，为自己的利益而利用人似乎是他所以交友的主因。三四个月内，我一天也没忘了去看看我那亡友的尸骨，但是大蝎用尽方法阻止我去。这一方面看出他的自私；另一方面显露出猫人心中并没有“朋友”这个观念。自私，因为替他看护迷叶好像是我到火星来的惟一责任；没有“朋友”这个观念，因为他口口声声总是“死了，已经死了，干什么还看他去？”他第一不告诉我到那飞机坠落的地方的方向路径；第二，他老监视着我。其实我慢慢的寻找（我要是顺着河岸走，便不会找不到），总可以找到那个地方，但是每逢我走出迷林半里以外，他总是从天而降的截住我。截住了我，他并不强迫我回去；他能把以自己为中心的事说得使我替他伤心，好像听着寡妇述说自己的困难，一把鼻涕一把泪的使我不由的将自己的事搁在一旁。我想他一定背地里抿着嘴暗笑我是傻蛋，但是这个思想也不能使我心硬了。我几乎要佩服他了。

我不完全相信他所说的了；我要自己去看看一切。可是，他早防备着这个。迷林里并不只是他一个人。但是他总不许他们与我接近。我只在远处看见过他们：我一奔过他们去，登时便不见了，这一定是遵行大蝎的命令。

对于迷叶我决定不再吃。大蝎的劝告真是尽委婉恳挚的能事：不能不吃呀，不吃就会渴的，水不易得呀；况且还得洗澡呢，多么麻烦，我们是有经验的。不能不吃呀，别的吃食太贵呀；贵还在其次，不好吃呀。不能不吃呀，有毒气，不吃迷叶便会死的呀……我还是决定不再吃。他又一把鼻涕，一把泪了；我知道这是他的最后手段；我不能心软；因吃迷叶而把我变成个与猫人一样的人是大蝎的计划，我不能完全受他的摆弄；我已经是太老实了。我要恢复人的生活，要吃要喝要洗澡，我不甘心变成个半死的人。设若不吃迷叶而能一样的活着，合理的活着，哪怕是十天半个月呢，我便只活十天半个月也好；半死的活着，就是能活一万八千年我也不甘心干。我这么告诉大蝎了，他自然不能明白，他一定以为我的脑子是块石头。不论他怎想吧，我算打定了主意。

交涉了三天，没结果。只好拿手枪了。但是我还没忘了公平，把手枪放在地上告诉大蝎："你打死我，我打死你，全是一样的，设若你一定叫我吃迷叶！你决定吧！"大蝎跑出两丈多远去。他不能打死我，枪在他手中还不如一根草棍在外国人手里；他要的是"我"，不是手枪。

折中的办法：我每天早晨吃一片迷叶，"一片，只是那么一小块宝贝，为是去毒气。"大蝎——请我把手枪带起去，又和我面对面的坐下——伸着一个短手指说。他供给我一顿晚饭。饮水是个困难问题。我建议：每天我去到河里洗个澡，同时带回一罐水来。他不认可。为什么天天跑那么远去洗澡，不聪明的事，况且还拿着罐子？为什么不舒舒服服的吃迷叶？"有福不会享"，我知道他一定要说这个，可是他并没说出口来。况且——这才是他的真意——他还得陪着我。我不用他陪着；他怕我偷跑了，这是他所最关切的。其实我真打算逃跑，他陪着我也不是没用吗？我就这么问他，他的嘴居然闭上了十来分钟，我以为我是把他吓死过去了。

"你不用陪着我，我决定不跑，我起誓！"我说。

他轻轻摇了摇头："小孩子才起誓玩呢！"

我急了，这是脸对脸的污辱我。我揪住了他头上的细毛，这是第一次我要用武力；他并没想到，不然他早会跑出老远的去了。他实在没想到，因为他说的是实话。他牺牲了些细毛，也许带着一小块头皮，逃了出去，向我说明：在猫人历史上，起誓是通行的，可是在最近五百年中，起完誓不算的太多，于是除了闹着玩的时候，大家也就不再起誓；信用虽然不能算是坏事，可是从实利上看是不方便的，这种改革是显然的进步，大蝎一边摸着头皮一边并非不高兴的讲。因为根本是不应当遵守的，所以小孩子玩耍时起誓最有趣味，这是事实。

"你有信用与否，不关我的事，我的誓到底还是誓！"我很强硬的说："我决不偷跑，我什么时候要离开你，我自然直接告诉你。"

"还是不许我陪着？"大蝎犹疑不定的问。

"随便！"问题解决了。

晚饭并不难吃，猫人本来很会烹调的，只是绿蝇太多，我去掐了些草叶编成几个盖儿，嘱咐送饭的猫人来把饭食盖上，猫人似乎很不以为然，而且觉得有点可笑。有大蝎的命令他不敢和我说话，只微微的对我摇头。我知道不清洁是猫人历史上的光荣；没法子使他明白。惭愧，还得用势力，每逢一看见饭食上没盖盖，我便告诉大蝎去交派。一个大错误：有一天居然没给送饭来；第二天送来的时候，东西全没有盖，而是盖着一层绿蝇。原来因为告诉大蝎去嘱咐送饭的仆人，使大蝎与仆人全看不起我了。伸手就打，是上等猫人的尊荣；也是下等猫人认为正当的态度。我怎样办？我不愿意打人。“人”在我心中是个最高贵的观念。但是设若不打，不但仅是没有人送饭，而且将要失去我在火星上的安全。没法子，只好牺牲了猫人一块（很小的一块，凭良心说）头皮。行了，草盖不再闲着了。这几乎使我落下泪来，什么样的历史进程能使人忘了人的尊贵呢？

早晨到河上去洗澡是到火星来的第一件美事。我总是在太阳出来以前便由迷林走到沙滩，相隔不过有一里多地。恰好足以出点汗，使四肢都活软过来。在沙上，水只刚漫过脚面，我一边踩水，一边等着日出。日出以前的景色是极静美的：灰空中还没有雾气，一些大星还能看得见，四处没有一点声音，除了沙上的流水有些微响。太阳出来，我才往河中去；走过沙滩，水越来越深，走出半里多地便没了胸，我就在那里痛快的游泳一回。以觉得腹中饿了为限，游泳的时间大概总在半点钟左右。饿了，便走到沙滩上去晒干了身体。破裤子，手枪，火柴盒，全在一块大石上放着。我赤身在这大灰宇宙中。似乎完全无忧无虑，世界上最自然最自由的人。太阳渐渐热起来。河上起了雾，觉得有点闭闷；不错，大蝎没说谎，此地确有些毒瘴；这是该回去吃那片迷叶的时候了。

这点享受也不能长久的保持，又是大蝎的坏。大概在开始洗澡的第七天上吧，我刚一到沙滩上便看见远处有些黑影往来。我并未十分注意，依旧等着欣赏那日出的美景。东方渐渐发了灰红色。一会儿，一些散开的厚云全变成深紫的大花。忽然亮起来，星们不见了。云块全联成横片，紫色变成深橙，抹着一层薄薄的浅灰与水绿，带着亮的银灰边儿。横云裂开，橙色上加了些大黑斑，金的光脚极强的射起，金线在黑斑后面还透得过来。然后，一团血红从裂云中跳出，不很圆，似乎晃了几晃，固定了；不知什么时候裂云块变成了小碎片。联成一些金黄的鳞；河上亮了，起了金光。霞越变越薄越碎，渐渐的消灭，只剩下几缕浅桃红的薄纱；太阳升高了，全天空中变成银灰色，有的地方微微透出点蓝色来。

只顾呆呆的看着，偶一转脸，喝！离河岸有十来丈远吧，猫人站成了一大队！我莫名其妙。也许有什么事，我想，不去管，我去洗我的。我往河水深处走，那一大队也往那边挪动。及至我跳在河里，我听见一片极惨的呼声。我沉浮了几次，在河岸浅处站起来看看，又是一声喊，那队猫人全往后退了几步。我明白了，这是参观洗澡呢。

看洗澡，设若没看见过，也不算什么，我想。猫人决不是为看我的身体而来，赤体在他们看不是稀奇的事；他们也不穿衣服。一定是为看我怎样游泳。我是继续的泅水为他们开开眼界呢？还是停止呢？这倒不好决定。在这个当儿，我看见了大蝎，他离河岸最近，差不多离着那群人有一两丈远。这是表示他不怕我，我心中说。他又往前跳了几步，向我挥手，意思是叫我往河里跳。从我这三四个月的经验中，我可以想到，设若我要服从他的手势而往河里跳，他的脸面一定会增许多的光。但是我不能受这个，我生平最恨假外人的势力而欺侮自家人的。我向沙滩走去。大蝎又往前走了，离河岸差不多有四五丈，我从石上拿起手枪，向他比了一比。

八

我把大蝎拿住；看他这个笑，向来没看见过他笑得这么厉害。我越生气，他越笑，似乎猫人的笑是专为避免挨打预备着的。我问他叫人参观我洗澡是什么意思，他不说，只是一劲的媚笑。我知道他心中有鬼，但是不愿看他的贱样子，只告诉他：以后再有这种举动，留神你的头皮！

第二天我依旧到河上去。还没到沙滩，我已看见黑忽忽的一群，比昨天的还多。我决定不动声色的洗我的澡，以便看看到底是怎么回事，回去再和大蝎算帐。太阳出来了，我站在水浅处，一边假装打水，一边看着他们。大蝎在那儿呢，带着个猫人，双手大概捧着一大堆迷叶，堆得顶住下巴。大蝎在前，拿迷叶的猫人在后，大蝎一伸手，那猫人一伸手，顺着那队猫人走；猫人手中的迷叶渐渐的减少了。我明白了，大蝎借着机会卖些迷叶，而且必定卖得很贵。

我本是个有点幽默的人，但是一时的怒气往往使人的行为失于偏急。猫人的怎样怕我——只因为我是个外国人——我是知道的；这一定全是大蝎的坏主意，我也知道。为惩罚大蝎一个人而使那群无辜的猫人联带的受点损失，不是我的本意。可是，在那时，怒气使我忘了一切体谅。我必须使大蝎知道我的厉害，不然，我永远不用再想安静的享受这早晨的运动。自然，设若猫人们也在早晨来游泳，我便无话可讲，这条河不是我独有的；不过，一个人泅水，几百人等着看，而且有借此做买卖的，我不能忍受。

我不想先捉住大蝎，他不告诉我实话；我必须捉住一个参观人，去问个分明。我先慢慢的往河岸那边退，背朝着他们，以免他们起疑。到了河岸，我想，我跑个百码，出其不备的捉住个猫人。

到了河岸，刚一转过脸来，听见一声极惨的呼喊，比杀猪的声儿还难听。我的百码开始，眼前就如同忽然地震一般，那群猫人要各自逃命，又要往一处挤，跑的，倒的，忘了跑的，倒下又往起爬的，同时并举；一展眼，全没了，好像被风吹散的一些落叶，这里一小团，那里一小团，东边一个，西边两个，一边跑，一边喊，好像都失了魂。及至我的百码跑完，地上只躺着几个了，我捉了一个，一看，眼已闭上，没气了！我的后悔比闯了祸的恐怖大的多。我不应当这么利用自己的优越而杀了人。但是我并没呆住，好似不自觉的又捉住另一个，腿坏了，可是没死。在事后想起来，我真不佩服我自己，分明看见人家腿坏了，而还去捉住他审问；分明看见有一个已吓死，而还去捉个半死的，设若“不自觉”是可原谅的，人性本善便无可成立了。

使半死的猫人说话，向个外国人说话，是天下最难的事；我知道，一定叫他出声是等于杀人的，他必会不久的也被吓死。可怜的猫人！我放了他。再看，那几个倒着的，身上当然都受了伤，都在地上爬呢，爬得很快。我没去追他们。有两个是完全不动了。

危险我是不怕的：不过，这确是惹了祸。知道猫人的法律是什么样的怪东西？吓死人和杀死人纵然在法律上有分别，从良心上看还不是一样？我想不出主意来。找大蝎去，解铃还是系铃人，他必定有办法。但是，大蝎决不会说实话，设若我去求他；等他来找我吧。假如我乘此机会去找那只飞机，看看我的亡友的尸骨，大蝎的迷林或者会有危险，他必定会找我去；那时我再审问他，他不说实话，我就不回来！要挟？对这不讲信用，不以扯谎为可耻的人，还有什么别的好办法呢？

把手枪带好，我便垂头丧气的沿着河岸走。太阳很热了，我知道我缺乏东西，妈的迷叶！没它我不能抵抗太阳光与这河上的毒雾。

猫国里不会出圣人，我只好咒骂猫人来解除我自己的不光荣吧。我居然想去由那两个死猫人手里搜取迷叶了！回到迷林，谁能拦住我去折下一大枝子呢？懒得跑那几步路！果然，他们手中还拿着迷叶，有一片是已咬去一半的。我全掳了过来。吃了一片，沿着河岸走下去。

走了许久，我看见了那深灰色的小山。我知道这离飞机坠落的地方不远了，可是我不知道那里离河岸有几里，和在河的哪一边上。真热，我又吃了两片迷叶还觉不出凉快来。没有树，找不到个有阴凉的地方休息一会儿。但是我决定前进，非找到那飞机不可。

正在这个当儿，后面喊了一声，我听得出来，大蝎的声儿。我不理他，还往前走。跑路的本事他比我强，被他追上了。我想抓住他的头皮把他的实话摇晃出来，但是我一看他那个样子，不好意思动手了。他的猪嘴肿着，头上破了一块，身上许多抓伤，遍体像是水洗过的，细毛全粘在皮肤上，不十分不像个成精的水老鼠。我吓死了人，他挨了打，我想想猫人不敢欺侮外人，可是对他们自己是勇于争斗的。他们的谁是谁非与我无关，不过对吓死的受伤的和挨打的大蝎，我一视同仁的起了同情心。大蝎张了几次嘴才说出一句话来：快回去，迷林被抢了！

我笑了，同情心被这一句话给驱逐得净尽。他要是因挨打而请我给他报仇，虽然也不是什么好事，可是从一个中国人的心理看，我一定立刻随他回去。迷林被抢了，谁愿当这资本家走狗呢！抢了便抢了，与我有什么关系。

“快回去，迷林被抢了！”大蝎的眼珠差一点努出来。迷林似乎是一切，他的命分文不值。

“先告诉我早晨的事，我便随你回去。”我说。

大蝎几乎气死过去，脖子伸了几伸，咽下一大团气去：“迷林被抢了！”他要有那个胆子，他一定会登时把我掐死！

我也打定了主意：他不说实话，我便不动。

结果还是各自得到一半的胜利：登时跟他回去，在路上他诉说一切。

大蝎说了实话：那些参观的人是他由城里请来的，都是上等社会的人。上等社会的人当然不能起得那么早，可是看洗澡是太稀罕的事，况且大蝎允许供给他们最肥美的迷叶。每人给他十块“国魂”——猫国的一种钱名——作为参观费，迷叶每人两片——上等肥美多浆的迷叶——不另算钱。

好小子，我心里说，你拿我当作私产去陈列呀！但是大蝎还没等我发作，便很委婉的说明：“你看，国魂是国魂，把别人家的国魂弄在自己的手里，高尚的行为！我虽然没有和你商议过，”他走得很快，但是并不妨碍他委曲婉转的陈说，“可是我这点高尚的行为，你一定不会反对的。你照常的洗澡，我借此得些国魂，他们得以开眼，面面有益的事，有益的事！”

“那吓死的人谁负责任？”

“你吓死的，没事！我要是打死人，”大蝎喘着说，“我只须损失一些迷叶，迷叶是一切，法律不过是几行刻在石头上的字；有迷叶，打死人也不算一回事。你打死人，没人管，猫国的法律管不着外国人，连‘一’个迷叶也不用费；我自恨不是个外国人。你要是在乡下打死人，放在那儿不用管，给那白尾巴鹰一些点心；要是在城里打死人，只须到法厅报告一声，法官还要很客气的给你道谢。”大蝎似乎非常的羡慕我，眼中好像含着点泪。我的眼中也要落泪，可怜的猫人，生命何在？公理何在？

“那两个死去的也是有势力的人。他们的家属不和你捣乱吗？”

“当然捣乱，抢迷叶的便是他们；快走！他们久已派下人看着你的行动，只要你一离开迷林远了，他们便要抢；他们死了人，抢我的迷叶作为报复，快走！”

“人和迷叶的价值恰相等，啊？”

“死了便是死了，活着的总得吃迷叶！快走！”

我忽然想起来，也许因为我受了猫人的传染，也许因为他这两句话打动了我的心，我一定得和他要些国魂。假如有朝一日我离开大蝎——我们俩不是好朋友——我拿什么吃饭呢？他请人参观我洗澡得钱，我有分润一些的权利。设若不是在这种环境之下，自然我不会想到这个，但是环境既是如此，我不能不做个准备——死了便是死了，活着的总得吃迷叶！有理！

离迷林不远了，我站住了。“大蝎，你这两天的工夫一共收了多少钱？”

大蝎愣了，一转圆眼珠：“五十块国魂，还有两块假的；快走！”

我向后转，开步走。他追上来：“一百，一百！”我还是往前走。他一直添到一千。我知道这两天参观的人一共不下几百，决不能只收入一千，但是谁有那么大的工夫作这种把戏。“好吧，大蝎，分给我五百。不然，咱们再见！”

大蝎准知道：多和我争执一分钟，他便多丢一些迷叶；他随着一对眼泪答应了个“好！”

“以后再有不告诉我而拿我生财的事，我放火烧你的迷林。”我拿出火柴盒拍了拍！

他也答应了。

到了迷林，一个人也没有，大概我来到了之前，他们早有侦探报告，全跑了。迷林外边上的那二三十棵树，已差不多全光了。大蝎喊了声，倒在树下。

九

迷林很好看了：叶已长得比手掌还大一些，厚，深绿，叶缘上镶着一圈金红的边；那最肥美的叶起了些花斑，像一林各色的大花。日光由银灰的空中透过，使这些花叶的颜色更深厚静美一些，没有照眼的光泽，而是使人越看越爱看，越看心中越觉得舒适，好像是看一张旧的图画，颜色还很鲜明，可是纸上那层浮光已被年代给减除了去。

迷林的外边一天到晚站着许多许多参观的人。不，不是参观的，因为他们全闭着眼；鼻子支出多远，闻着那点浓美的叶味；嘴张着，流涎最短的也有二尺来长。稍微有点风的时候，大家全不转身，只用脖子追那股小风，以便吸取风中所含着的香味，好像些雨后的蜗牛轻慢的做着项部运动。偶尔落下一片熟透的大叶，大家虽然闭着眼，可是似乎能用鼻子闻到响声——一片叶子落地的那点响声——立刻全睁开眼，嘴唇一齐吧唧起来；但是大蝎在他们决定过来拾起那片宝贝之前，总是一团毛似的赶到将它捡起来；四围一声怨鬼似的叹息！

大蝎调了五百名兵来保护迷林，可是兵们全驻扎在二里以外，因为他们要是离近了迷林，他们便先下手抢劫。但是不能不调来他们，猫国的风俗以收获迷叶为最重大的事，必须调兵保护；兵们不替任何人保护任何东西是人人知道的，可是不调他们来做不负保护责任的保护是公然污辱将士，大蝎是个漂亮人物，自然不愿被人指摘，所以调兵是当然的事，可是安置在二里以外以免兵馋自乱。风稍微大一点，而且是往兵营那面刮，大蝎立刻便令后退半里或一里，以免兵们随风而至，抢劫一空。兵们为何服从他的命令，还是因为有我在那里；没有我，兵早就哗变了。"外国人咳嗽一声，吓倒猫国五百兵"是个谚语。

五百名兵之外，真正保护迷林的是大蝎的二十名家将。这二十位都是深明大义，忠诚可靠的人；但是有时候一高兴，也许把大蝎捆起来，而把迷林抢了。到底还是因为我在那里，他们因此不敢高兴，所以能保持着忠诚可靠。

大蝎真要忙死了：看着家将，不许偷食一片迷叶；看着风向，好下令退兵；看着林外参观的，以免丢失一个半个的落叶。他现在已经一气吃到三十片迷叶了。据说，一气吃过四十片迷叶，便可以三天不睡，可是第四天便要呜呼哀哉。迷叶这种东西是吃少了有精神而不愿干事；吃多了能干事而不久便死。大蝎无法，多吃迷叶，明知必死，但是不能因为怕死而少吃；虽然他极怕死，可怜的大蝎！

我的晚饭减少了。晚上少吃，夜间可以警醒，大蝎以对猫人的方法来对待我了。迷林只仗着我一人保护，所以我得夜间警醒着，所以我得少吃晚饭，功高者受下赏，这又是猫人的逻辑。我把一份饭和家伙全摔了，第二天我的饭食又照常丰满了，我现在算知道怎样对待猫人了，虽然我心中觉得很不安。

刮了一天的小风，这是我经验中的第一次。我初到此地的时候，一点风没有；迷叶变红的时候，不过偶然有阵小风；继续的刮一天，这是头一回。迷叶带着各种颜色轻轻的摆动，十分好看。大蝎和家将们，在迷林的中心一夜间赶造成一个大木架，至少有四五丈高。这原来是为我预备的。这小风是猫国有名的迷风，迷风一到，天气便要变了。猫国的节气只有两个，上半年是静季，没风。下半年是动季，有风也有雨。

早晨我在梦中听见一片响声，正在我的小屋外边。爬出来一看，大蝎在前。二十名家将在后，排成一队。大蝎的耳上插着一根鹰尾翎，手中拿着一根长木棍。二十名家将手中都拿着一些东西，似乎是乐器。见我出来，他将木棍往地上一戳，二十名家将一齐把乐器举起。木棍在空中一摇，乐器响了。有的吹，有的打，二十件乐器放出不同的声音，吹的是谁也没有和谁调和的趋向，尖的与粗的一样难听，而且一样的拉长，直到家将的眼珠几乎努出来，才换一口气；换气后再吹，身子前后俯仰了几次，可是不肯换气，直到快憋死为止，有两名居然憋得倒在地上，可是还吹。猫国的音乐是讲究声音长而大的。打的都是像梆子的木器，一劲的打，没有拍节，没有停顿。吹的声音越尖，打的声音越紧，好像是随着吹打而丧了命是最痛快而光荣的事。吹打了三通，大蝎的木棍一扬，音乐停止。二十名家将全蹲在地上喘气。

大蝎将耳上的翎毛拔下，很恭敬的向我走来说："时间已到，请你上台，替神明监视着收迷叶。"我似乎被那阵音乐给催眠过去，或者更正确的说是被震晕了，心中本要笑，可是不由的随着大蝎走去。他把翎毛插在我的耳上，在前领路，我随着他，二十名音乐家又在我的后面。到了迷林中心的高架子，大蝎爬上去，向天祷告了一会儿，下面的音乐又作起来。他爬下来，请我上去。我仿佛忘了我是成人，像个贪玩的小孩被一件玩物给迷住，小猴似的爬了上去。大蝎看我上到了最高处，将木棍一挥，二十名音乐家全四下散开，在林边隔着相当的距离站好，面向着树。大蝎跑了。好大半天，他带来不少的兵。他们每个人拿着一根大棍，耳上插着一个鸟毛。走到林外，大队站住，大蝎往高架上一指，兵们把棍举起，大概是向我致敬。事后我才明白，我原来是在高架上作大神的代表，来替大蝎——他一定是大神所宠爱的贵人了——保护迷叶，兵们摘叶的时候，若私藏或偷吃一片，大蝎告诉他们，我便会用张手雷霹了他们。张手雷便是那把“艺术”。那二十名音乐家原来便是监视员，有人作弊，便吹打乐器，大蝎听到音乐便好请我放张手雷。

敬完了神，大蝎下令叫兵们两人一组散开，一人上树去摘，一人在下面等着把摘下来的整理好。离我最近的那些株树没有人摘，因为大蝎告诉他们：这些株离大神的代表太近，代表的鼻子一出气，他们便要瘫软在地上，一辈子不能再起来，所以这必须留着大蝎自己来摘。猫兵似乎也都被大蝎催眠过去，全分头去工作。大蝎大概又一气吃了三十片带花斑的上等迷叶，穿梭似的来回巡视，木棍老预备着往兵们的头上捶。听说每次收迷叶，地主必须捶死一两个猫兵；把死猫兵埋在树下，来年便可丰收。有时候，地主没预备好外国人作大神的代表，兵们便把地主埋在树下，抢了树叶，把树刨了都做成军器——就是木棍；用这种军器的是猫人视为最厉害的军队。

我大鹦鹉似的在架上蜷着身，未免要发笑，我算干什么的呢？但是我不愿破坏了猫国的风俗，我来是为看他们的一切，不能不逢场作戏，必须加入他们的团体，不管他们的行为是怎样的可笑。好在有些小风，不至十分热，况且我还叫大蝎给我送来个我自己编的盖饭食的草盖暂当草帽，我总不致被阳光给晒晕过去。

猫兵与普通的猫人一点分别也没有，设若他们没那根木棍与耳上的鸟翎。这木棍与鸟翎自然会使他们比普通人的地位优越，可是在受了大蝎的催眠时，他们大概还比普通人要多受一点苦。像眠后的蚕吃桑叶，不大的工夫，我在上面已能看见原来被密叶遮住的树干。再过了一刻，猫兵已全在树尖上了。较比离我近一些的，全一手摘叶，一手遮着眼，大概是怕看见我而有害于他们的。

原来猫人并不是不能干事，我心中想，假如有个好的领袖，禁止了吃迷叶，这群人也可以很有用的。假如我把大蝎赶跑，替他做地主，做将领……但这只是空想，我不敢决定什么，我到底还不深知猫人。我正在这么想，我看见（因为树叶稀薄了我很能看清下面）大蝎的木棍照着一个猫兵的头去了。我知道就是我跳下去不致受伤，也来不及止住他的棍子了；但是我必须跳下去，在我眼中大蝎是比那群兵还可恶的，就是来不及救那个兵，我也得给大蝎个厉害。我爬到离地两丈多高的地方，跳了下去。跑过去，那个兵已躺在地上，大蝎正下令，把他埋在地下。一个不深明白他四围人们的心理的，是往往由善意而有害于人的。我这一跳，在猫兵们以为我是下来放张手雷，我跳在地上，只听噗通噗通四下里许多兵全掉下树来，大概跌伤的不在少数，因为四面全悲苦的叫着。我顾不得看他们，便一手捉住大蝎。他呢，也以为我是看他责罚猫兵而来帮助他，因为我这一早晨处处顺从着他，他自然的想到我完全是他的爪牙了。我捉住了他，他莫名其妙了，大概他一点也不觉得打死猫兵是不对的事。

我问大蝎："为什么打死人？"

"因为那个兵偷吃了一个叶梗。"

"为吃一个叶梗就可以……"我没往下说；我又忘了我是在猫人中，和猫人辩理有什么用呢！我指着四围的兵说："捆起他来。"大家你看着我，我看着你，似乎不明白我的意思。"把大蝎捆起来！"我更清晰的说。还是没人上前。我心中冷了。设若我真领着这么一群兵，我大概永远不会使他们明白我。他们不敢上前，并不是出于爱护大蝎，而是完全不了解我的心意——为那死兵报仇，在他们的心中是万难想到的。这使我为难了：我若放了大蝎，我必定会被他轻视；我若杀了他，以后我用他的地方正多着呢；无论他怎不好，对于我在火星上——至少是猫国这一部分——所要看的，他一定比这群兵更有用一些。我假装镇静——问大蝎："你是愿意叫我捆在树上，眼看着兵们把迷叶都抢走呢？还是愿意认罚？"

兵们听到我说叫他们抢，立刻全精神起来，立刻就有动手的，我一手抓着大蝎，一脚踢翻了两个。大家又不动了。大蝎的眼已闭成一道线，我知道他心中怎样的恨我：他请来的大神的代表，反倒当着兵们把他惩治了，极难堪的事，自然他决不会想到因一节叶梗而杀人是他的过错。但是他决定不和我较量，他承认了受罚。我问他，兵们替他收迷叶，有什么报酬。他说，一人给两片小迷叶。这时候，四围兵们的耳朵都在脑勺上立起来了，大概是猜想，我将叫大蝎多给他们一些迷叶。我叫他在迷叶收完之后，给他们一顿饭吃，像我每天吃的晚饭。兵们的耳朵都落下去了，却由嗓子里出了一点声音，好像是吃东西噎住了似的，不满意我的办法。对于死去那个兵，我叫大蝎赔偿他的家小一百个国魂。大蝎也答应了。但是我问了半天，谁知道他的家属在哪里？没有一个人出声。对于别人有益的事，哪怕是说一句话呢，猫人没有帮忙的习惯。这是我在猫国又住了几个月才晓得的。大蝎的一百个国魂因此省下了。

十

迷叶收完，天天刮着小风，温度比以前降低了十几度。灰空中时时浮着些黑云，可是并没落雨。动季的开始，是地主们带着迷叶到城市去的时候了。大蝎心中虽十二分的不满意我，可是不能不假装着亲善，为是使我好同他一齐到城市去；没有我，他不会平安的走到那里：因为保护迷叶，也许丢了他的性命。

迷叶全晒干，打成了大包。兵丁们两人一组搬运一包，二人轮流着把包儿顶在头上。大蝎在前，由四个兵丁把他抬起，他的脊背平平的放在四个猫头之上，另有两个高身量的兵托着他的脚，还有一名在后面撑住他的脖子，这种旅行的方法在猫国是最体面的，假如不是最舒服的。二十名家将全拿着乐器，在兵丁们的左右，兵丁如有不守规则的，比如说用手指挖破叶包，为闻闻迷味，便随时奏乐报告大蝎。什么东西要在猫国里存在必须得有用处，音乐也是如此，音乐家是兼做侦探的。

我的地位是在大队的中间，以便前后照应。大蝎也给我预备了七个人；我情愿在地上跑，不贪图这份优待。大蝎一定不肯，引经据典的给我说明：皇帝有抬人二十一，诸王十五，贵人七……这是古代的遗风，身份的表示，不能，也不许，破坏的。我还是不干。“贵人地上走，”大蝎引用谚语了，“祖先出了丑。”我告诉他我的祖先决不因此而出了丑。他几乎要哭了，又引了两句诗：“仰面吃迷叶，平身做贵人。”“滚你们贵人的蛋！”我想不起相当的诗句，只这么不客气的回答。大蝎叹了一口气，心中一定把我快骂化了，可是口中没敢骂出来。

排队就费了两点多钟的工夫，大蝎躺平又下来，前后七次，猫兵们始终排不齐；猫兵现在准知道我不完全帮忙大蝎，大蝎自然不敢再用木棍打裂他们的猫头，所以任凭大蝎怎么咒骂他们，他们反正是不往直里排列。大蝎投降了，下令前进，不管队伍怎样的乱了。

刚要起程，空中飞来几只白尾鹰，大蝎又跳下来，下令：出门遇鹰大不祥，明日再走！我把手枪拿出来了，“不走的便永远不要走了！”大蝎的脸都气绿了，干张了几张嘴，一句话没说出来。他知道与我辩驳是无益的，同时他知道犯着忌讳出行是多么危险的事。他费了十几分钟才又爬到猫头上去，浑身颤抖着。大队算是往前挪动了。不知道是被我气得躺不稳了，还是抬的人故意和他开玩笑，走了不大的工夫，大蝎滚下来好几次。但是滚下来，立刻又爬上去，大蝎对于祖先的遗风是极负保存之责的。

沿路上凡是有能写字的地方，树皮上，石头上，破墙上，全写上了大白字：欢迎大蝎，大蝎是尽力国食的伟人，大蝎的兵士执着正义之棍，有大蝎才能有今年的丰收……这原来都是大蝎预先派人写好给他自己看的。经过了几个小村庄，村人们全背倚破墙坐着，军队在他们眼前走过，他们全闭着眼连看也不看。设若他们是怕兵呢，为何不躲开？不怕呢，为何又不敢睁眼看？我弄不清楚。及至细一看，我才明白过来，这些原来是村庄欢迎大蝎的代表，因为他们的头上的细灰毛里隐隐绰绰的也写着白字，每人头上一个字，几个人合起来成一句“欢迎大蝎”等等字样。因为这也是大蝎事先派人给他们写好的，所以白色已经残退不甚清楚了。虽然他们全闭着眼，可是大蝎还真事似的向他们点头，表示致谢的意思。这些村庄是都归大蝎保护的。村庄里的破烂污浊，与村人们的瘦，脏，没有精神，可以证明他们的保护人保护了他们没有。我更恨大蝎了。

要是我独自走，大概有半天的工夫总可以走到猫城了。和猫兵们走路最足以练习忍耐性的。猫人本来可以走得很快，但是猫人当了兵便不会快走了，因为上阵时快走是自找速死，所以猫兵们全是以稳慢见长，慢慢的上阵，遇见敌人的时候再快快的——后退。

下午一点多了，天上虽有些黑云，太阳的热力还是很强，猫兵们的嘴都张得很宽，身上的细毛都被汗粘住，我没有见过这样不体面的一群兵。远处有一片迷林，大蝎下令绕道穿着林走。我以为这是他体谅兵丁们，到林中可以休息一会儿。及至快到了树林，他滚下来和我商议，我愿意帮助他抢这片迷林不愿意。“抢得一些迷叶还不十分重要，给兵们一些作战的练习是很有益的事。”大蝎说。没回答他，我先看了看兵们，一个个的嘴全闭上了，似乎一点疲乏的样子也没有了；随走随抢是猫兵们的正当事业，我想。我也看出来：大蝎与他的兵必定都极恨我，假如我拦阻他们抢劫。虽然我那把手枪可以抵得住他们，但是他们要安心害我，我是防不胜防的。况且猫人互相劫夺是他们视为合理的事，就是我不因个人的危险而舍弃正义，谁又来欣赏我的行为呢？我知道我是已经受了猫人的传染，我的勇气往往为谋自己的安全而减少了。我告诉大蝎随意办吧，这已经是退步的表示了，哪知我一退步，他就立刻紧了一板，他问我是否愿意领首去抢呢？对于这一点我没有迟疑的拒绝了。你们抢你们的，我不反对，也不加入，我这样跟他说。

兵们似乎由一往树林这边走便已嗅出抢夺的味儿来，不等大蝎下令，已经把叶包全放下，拿好木棍，有几个已经跑出去了。我也没看见大蝎这样勇敢过，他虽然不亲自去抢，可是他的神色是非常的严厉，毫无恐惧，眼睛瞪圆，头上的细毛全竖立起来。他的木棍一挥，兵们一声喊，全扑过迷林去。到了迷林，大家绕着林飞跑，好像都犯了疯病。我想，这大概是往外诱林中的看护人。跑了三圈，林中不见动静，大蝎笑了，兵们又是一声喊，全闯入林里去。

林中也是一声喊，大蝎的眼不那么圆了，眨巴了几下。他的兵退出来，木棍全撒了手，双手捂着脑勺，狼嚎鬼叫的往回跑：“有外国人！有外国人！”大家一齐喊。

大蝎似乎不信，可是不那么勇敢了，自言自语的说：“有外国人？我知道这里一定没有外国人！”他正这么说着。林中有人追出来了。大蝎慌了：“真有外国人！”林中出来不少的猫兵。为首的是两个高个子，遍体白毛的人，手中拿着一条发亮的棍子。这两个一定是外国人了，我心中想；外国人是会用化学制造与铁相似的东西的。我心中也有点不安，假如大蝎请求我去抵挡那两个白人，我又当怎办？我知道他们手中发亮的东西是什么？抢人家的迷林虽不是我的主意，可是我到底是大蝎的保护人；看着他们打败而不救他，至少也有失我的身份，我将来在猫国的一切还要依赖着他。

“快去挡住！”大蝎向我说，“快去挡住！”

我知道这是义不容辞的，我顾不得思虑，拿好手枪走过去。出我意料之外，那两个白猫见我出来，不再往前进了。大蝎也赶过来，我知道这不能有危险了。“讲和！讲和！”大蝎在我身后低声的说。我有些发糊涂：为什么不叫我和他们打呢？讲和？怎样讲呢？事情到头往往不像理想的那么难，我正发糊涂。那两个白人说了话：“罚你六包迷叶。归我们三个人用！”我看了看，只有两个白人。怎么说三个呢？大蝎在后面低声的催我：“和他们讲讲！”我讲什么呢？傻子似的我也说了声：“罚你六包迷叶。归我们三个人用！”两个白人听我说了这句，笑着点了点头，似乎非常的满意。我更莫名其妙了。大蝎叹了口气。吩咐搬过六包迷叶来。六包搬到，两个白人很客气的请我先挑两包。

我这才明白。原来三个人是连我算在内的。我自然很客气的请他们先挑。他们随便的拿了四包交给他们的猫兵，而后向我说：“我们的迷叶也就收完。我们城里再见。”我也傻子似的说了声：“城里再见。”他们走回林里去了。

我心中怎么想怎么糊涂。这是什么把戏呢?

直到我到了猫城以后，与外国人打听，才明白了其中的曲折。猫国人是打不过外人的。他们惟一的希望是外国人们自己打起来。立志自强需要极大的努力，猫人太精明，不肯这样傻卖力气。所以只求大神叫外国人互相残杀，猫人好得个机会转弱为强，或者应说，得个机会看别国与他们自己一样的弱了。外国人明白这个，他们在猫国里的利害冲突是时时有的。但是他们决不肯互相攻击让猫国得着便宜。他们看得清清楚楚，他们自己起了纷争是硬对硬的。就是打胜了的也要受很大的损失；反之，他们若是联合起来一同欺侮猫国，便可以毫无损失的得到很大好处。不但国际间的政策是如此，就是在猫国做事的个人也守着这个条件。保护迷林是外国人的好职业。但是大家约定：只负替地主抵抗猫国的人。遇到双方都有外国人保护的时候，双方便谁也不准侵犯谁；有不守这个条件的，便由双方的保护人商议惩罚地主或为首的人。这样，既能避免外国人与外国人因猫国人的事而起争执，又能使保护人的地位优越，不致受了猫国人的利用。

为保护人设想这是不错的办法。从猫国人看呢?我不由的代大蝎们抱不平了。可是继而一想：大蝎们甘心忍受这个，甘心不自强，甘心请求外人打自己家的人。又是谁的过错呢?有同等的豪横气的才能彼此重视，猫国人根本失了人味。难怪他们受别人这样的戏弄。我为这件事心中不痛快了好几天。

往回说：大蝎受了罚，又郑重其事的上了猫头，一点羞愧的神气没有，倒好似他自己战胜了似的。他只向我说，假如我不愿要那两包迷叶——他知道我不大喜欢吃它——他情愿出二十个国魂买回去。我准知道这包迷叶至少也值三百国魂，可是我没说卖，也没说不卖，我只是不屑于理他，我连哼一声也没哼。

太阳平西了，看见了猫城。

十一

一眼看见猫城，不知道为什么我心中形成了一句话：这个文明快要灭绝！我并不晓得猫国文明的一切；在迷林所得的那点经验只足以引起我的好奇心，使我要看个水落石出，我心目中的猫国文明决不是个惨剧的穿插与布景；我是希望看清一个文明的底蕴，从而多得一些对人生的经验。文明与民族是可以灭绝的，我们地球上人类史中的记载也不都是玫瑰色的。读历史设若能使我们落泪，那么，眼前摆着一片要断气的文明，是何等伤心的事！

将快死去的人还有个回光返照，将快寿终的文明不必是全无喧嚣热闹的。一个文明的灭绝是比一个人的死亡更不自觉的；好似是创造之程已把那毁灭的手指按在文明的头上，好的——就是将死的国中总也有几个好人罢——坏的，全要同归于尽。那几个好的人也许觉出呼吸的紧促，也许已经预备好了绝命书，但是，这几个人的悲吟与那自促死亡的哀乐比起来，好似几个残蝉反抗着狂猛的秋风。

猫国是热闹的，在这热闹景象中我看见那毁灭的手指，似乎将要剥尽人们的皮肉，使这猫城成个白骨的堆积场。

啊！猫城真热闹！城的构造，在我的经验中，是世上最简单的。无所谓街衢，因为除了一列一眼看不到边的房屋，其余的全是街——或者应当说是空场。看见兵营便可以想象到猫城了：极大的一片空场，中间一排缺乏色彩的房子，房子的外面都是人，这便是猫城。人真多。说不清他们都干什么呢。没有一个直着走道的，没有一个不阻碍着别人的去路的。好在街是宽的，人人是由直着走，渐渐改成横着走，一拥一拥，设若拿那列房子作堤，人们便和海潮的激荡差不很多。我还不知道他们的房子有门牌没有。假如有的话，一个人设若要由五号走到十号去，他须横着走出——至少是三里吧，出了门便被人们挤横了，随着潮水下去；幸而遇见潮水改了方向，他便被大家挤回来。他要是走运的话，也许就到了十号。自然，他不能老走好运，有时候挤来挤去，不但离十号是遥遥无期，也许这一天他连家也回不去了。

城里为什么只有一列建筑是有道理的。我想：当初必定是有许多列房子，形成许多条较窄的街道。在较窄的街道中人们的拥挤必定是不但耽误工夫，而且是要出人命的：让路，在猫人看，是最可耻的事；靠一边走是与猫人爱自由的精神相背的；这样，设若一条街的两面都是房，人们只好永远挤住，不把房子挤倒了一列是无法解决的。因此，房子往长里一直的盖，把街道改成无限的宽；虽然这样还免不了拥挤，可是到底不会再出人命，挤出十里，再挤回十里，不过是多走一些路，并没有大的危险的；猫人的见解有时候是极人道的；况且挤着走，不见得一定不舒服，被大家把脚挤起来，分明便是坐了不花钱的车。这个设想对不对，我不敢说。以后我必去看看有无老街道的遗痕，以便证明我的理论。

要只是拥挤，还算不了有什么特色。人潮不只是一左一右的动，还一高一低的起伏呢。路上有个小石子，忽的一下，一群人全蹲下了，人潮起了个旋涡。石子，看小石子，非看不可！蹲下的改成坐下，四外又增加了许多蹲下的。旋涡越来越大。后面的当然看不见那石子，往前挤，把前面坐着的挤起来了几个，越挤越高，一直挤到人们的头上。忽然大家忘了石子，都仰头看上面的人。旋涡又填满了。这个刚填满，旁边两位熟人恰巧由天意遇到一块，忽的一下，坐下了，谈心。四围的也都跟着坐下了，听着二位谈心。又起了个旋涡。旁听的人对二位朋友所谈的参加意见了，当然非打起来不可。旋涡猛孤丁的扩大。打来打去，打到另一旋涡——二位老者正在街上摆棋。两个旋涡合成一个，大家不打了，看着二位老者下棋，在对摆棋发生意见以前，这个旋涡是暂时没有什么变动的。

要只是人潮起伏，也还算不得稀奇。人潮中间能忽然裂成一道大缝，好像古代以色列人的渡过红海。要不是有这么一招儿，我真想不出，大蝎的迷叶队怎能整队而行；大蝎的房子是在猫城的中间。离猫城不远，我便看见了那片人海，我以为大蝎的队伍一定是绕着人海的边上走。可是，大蝎在七个猫人头上，一直的冲入人群去。奏乐了。我以为这是使行人让路的表示。可是，一听见音乐，人们全向队伍这边挤，挤得好像要装运走的豆饼那么紧。我心里说：大蝎若能穿过去，才怪！哼，大蝎当然比我心中有准。只听啪哒啪哒啪哒，兵丁们的棍子就像唱武戏打鼓的那么起劲，全打在猫人的头上。人潮裂了一道缝。奇怪的是人们并不减少参观的热诚，虽是闪开了路，可依旧笑嘻嘻的，看着笑嘻嘻的！棍子也并不因此停止，还是啪哒啪哒的打着。我留神看了看，城里的猫人和乡下的有点不同，他们的头上都有没毛而铁皮了的一块，像鼓皮的中心，大概是为看热闹而被兵们当作鼓打是件有历史的事。经验不是随便一看便能得有的。我以为兵们的随走随打只是为开路。其实还另有作用：两旁的观众原来并没老实着，站在后面的谁也不甘居后列，推，踢，挤，甚至于咬，非达到“空前”的目的不可。同时，前面的是反踹，肘顶，后倒，做着“绝后”的运动。兵丁们不只打最前面的，也伸长大棍“啪哒”后面的猫头。头上真疼，彼此推挤的苦痛便减少一些，因而冲突也就少一些。这可以叫作以痛治痛的方法。

我只顾了看人们，老实的说，他们给我一种极悲惨的吸诱力，我似乎不能不看他们。我说，我只顾了看人，甚至于没看那列房子是什么样子。我似乎心中已经觉到那些房子决不能美丽，因为一股臭味始终没离开我的鼻子。设若污浊与美丽是可以调和的，也许我的判断是错误的，但是我不能想象到阿房宫是被黑泥臭水包着的。路上的人也渐渐的不许我抬头了：自要我走近他们，他们立刻是一声喊叫，猛的退出老远，然后紧跟着又拥上了。城里的猫人对于外国人的畏惧心，据我看，不像乡下人那么厉害，他们的惊异都由那一喊倾泻出来，然后他们要上来仔细端详了。设若我在路上站定，准保我永远不会再动，他们一定会把我围得水泄不通。一万个手指老指着我，猫人是爽直的，看着什么新鲜便当面指出。但是我到底不能把地球上人类的好体面心除掉，我真觉得难受！一万个手指，都小手枪似的，在鼻子前面伸着，每个小手枪后面睁着两个大圆眼珠，向着我发光。小手枪们向上倾，都指着我的脸呢；小手枪们向下斜，都指着我的下部呢。我觉得非常的不安了，我恨不得一步飞起，找个清静地方坐一会儿。我的勇气没有了，简直的不敢抬头了。我虽不是个诗人，可是多少有点诗人的敏锐之感，这些手指与眼睛好似快把我指化看化了，我觉得我已经不是个有人格的东西。可是事情总得两面说着，我不敢抬头也自有好处，路上的坑坎不平和一滩滩的臭泥，设若我是扬着头走，至少可以把我的下半截弄成瘸猪似的。猫人大概没修过一回路，虽然他们有那么久远的历史。我似乎有些顶看不起历史，特别是那古远的。

幸而到了大蝎的家，我这才看明白，猫城的房子和我在迷林住的那间小洞是大同小异的。

十二

大蝎的住宅正在城的中心。四面是高墙，没门，没窗户。

太阳已快落了，街上的人渐渐散去。我这才看清，左右的房子也全是四方的，没门，没窗户。

墙头上露出几个猫头来，大蝎喊了几声，猫头们都不见了。待了一会儿，头又上来了，放下几条粗绳来把迷叶一包一包的都用绳子拉上去。天黑了。街上一个人也不见了。迷叶包只拉上多一半去，兵们似乎不耐烦了，全显出不安的神气。我看出来：猫人是不喜欢夜间干活的，虽然他们的眼力并不是不能在黑处工作的。

大蝎对我又很客气了：我肯不肯在房外替他看守一夜那未拉完的迷叶？兵们一定得回家，现在已经是很晚了。

我心里想：假如我有个手电灯，这倒是个好机会，可以独自在夜间看看猫城。可惜，两个手电灯都在飞机上，大概也都摔碎了。我答应了大蝎；虽然我极愿意看看他的住宅的内部，可是由在迷林住着的经验推测，在房子里未必比在露天里舒服。大蝎喜欢了，下令叫兵们散去。然后他自己揪着大绳上了墙头。

剩下我一个人，小风还刮着，星比往常加倍的明亮，颇有些秋意，心中觉得很爽快。可惜，房子外边一道臭沟叫我不能安美的享受这个静寂的夜晚。扯破一个迷叶包，吃了几片迷叶，一来为解饿，二来为抵抗四围的臭气，然后独自走来走去。

不由的我想起许多问题来：为什么猫人白天闹得那么欢，晚间便全藏起来呢？社会不平安的表示？那么些个人都钻进这一列房子去，不透风，没有灯光，只有苍蝇，臭气，污秽，这是生命？房子不开门？不开窗户？噢，怕抢劫！为求安全把卫生完全忘掉，疾病会自内抢劫了他们的生命！又看见那毁灭的巨指，我身上忽然觉得有点发颤。假如有像虎列拉、猩红热等的传染病，这城，这城，一个星期的工夫可以扫空人迹！越看这城越难看，一条丑大的黑影站在星光之下，没有一点声音，只发着一股臭气。

我搬了几包迷叶，铺在离臭沟很远的地方，仰卧观星，这并不是不舒服的一个床。但是，我觉得有点凄凉。我似乎又有点羡慕那些猫人了。脏，臭，不透空气……到底他们是一家老幼住在一处，我呢？独自在火星上与星光作伴！还要替大蝎看着迷叶！我不由的笑了，虽然眼中笑出两点泪来。

我慢慢的要睡去，心中有两个相反的念头似乎阻止着我安然的入梦：应当忠诚的替大蝎看着迷叶；和管他做什么呢。正在这么似睡非睡的当儿，有人拍了拍我的肩头。我登时就坐起来了，可是还以为我是做梦。无意义的揉了揉眼睛，面前站着两个猫人。在准知道没人的地方遇见人，不由得使我想到鬼，原人的迷信似乎老这么冷不防的吓吓我们这“文明”的人一下。

我虽没细看他们，已经准知道他们不是平常的猫人，因为他们敢拍我肩头一下。我也没顾得抓手枪，我似乎忘了我是在火星上。“请坐！”我不知道怎么想起这么两个字来，或者因为这是常用的客气话，所以不自觉地便说出来了。

这两位猫人很大方的坐下来。我心中觉得非常舒适；在猫人里处了这么多日子，就没有见过大大方方接受我的招待的。

“我们是外国人。”两个中的一个胖一些的人说，“你知道我为什么提出‘外国人’的意思？”

我明白他的意思。

“你也是外国人，”那个瘦些的说——他们两个不像是把话都预先编好才来的，而是显出一种互相尊敬的样子，决不像大蝎那样把话一个人都说了，不许别人开口。

“我是由地球上来的。”我说。

“噢！”两个一同显出惊讶的意思，“我们久想和别的星球交通，可是总没有办到。我们太荣幸了！遇见地球上的人！”两个一同立起来，似乎对我表示敬意。

我觉得我是又入了“人”的社会，心中可是因此似乎有些难过，一句客气话也没说出来。

他们又坐下了，问了我许多关于地球上的事。我爱这两个人。他们的话语是简单清楚，没有多少客气的字眼，同时处处不失朋友间的敬意，“恰当”是最好的形容字。恰当的话设若必须出于清楚的思路，这两个人的智力要比大蝎——更不用提其余的猫人——强着多少倍。

他们的国——光国，他们告诉我，是离此地有七天的路程。他们的职业和我的一样，为猫国地主保护迷林。

在我问了他们一些光国的事以后，他们说：

“地球先生，”（他们这样称呼我似乎是带着十二分的敬意）那个胖子说，“我们来有两个目的：第一是请你上我们哪里去住，第二是来抢这些迷叶。”

第二个目的吓了我一跳。

“你向地球先生解说第二个问题。”胖子向瘦子说，“因为他似乎还不明白咱们的意思。”

“地球先生，”瘦子笑着说，“恐怕我们把你吓住了吧？请先放心，我们决不用武力，我们是来与你商议。大蝎的迷叶托付在你手里，你忠心给他看守着呢，大蝎并不分外的感激你；你把它们没收了呢，大蝎也不恨你；这猫国的人，你要知道，是另有一种处世的方法的。”

“你们都是猫人！”我心里说。

他好像猜透我心中的话，他又笑了：“是的，我们的祖先都是猫，正如——”

“我的祖先是猴子。”我也笑了。

“是的，咱们都是会出坏主意的动物，因为咱们的祖先就不高明。”他看了看我，大概承认我的样子确像猴子，然后他说：“我们还说大蝎的事吧。你忠心替他看着迷叶，他并不感激你。反之，你把这一半没收了，他便可以到处声张他被窃了，因而提高他的货价。富人被抢，穷人受罚，大蝎永不会吃亏。”

“但是，那是大蝎的事；我既受了他的嘱托，就不应骗他；他的为人如何是一回事，我的良心又是一回事。”我告诉他们。

“是的，地球先生。我们在我们的国里也是跟你一样的看事，不过，在这猫国里，我们忠诚，他们狡诈，似乎不很公平。老实的讲，火星上还有这么一国存在，是火星上人类的羞耻。我们根本不拿猫国的人当人待。”

“因此我们就应该更忠诚正直；他们不是人，我们还要是人。”我很坚决的说。

那个胖子接了过去：“是的，地球先生。我们不是一定要叫你违背着良心做事。我们的来意是给你个警告，别吃了亏。我们外国人应当彼此照应。”

“原谅我，”我问，“猫国的所以这样贫弱是否因为外国的联合起来与他为难呢？”

“有那么一点。但是，在火星上，武力缺乏永远不是使国际地位失落的原因。国民失了人格，国便慢慢失了国格。没有人愿与没国格的国合作的。我们承认别国有许多对猫国不讲理的地方，但是，谁肯因为替没有国格的国说话而伤了同等国家的和气呢？火星上还有许多贫弱国家，他们并不因为贫弱而失去国际地位。国弱是有多种原因的，天灾，地势都足以使国家贫弱；但是，没有人格是由人们自己造成的，因此而衰弱是惹不起别人的同情的。以大蝎说吧，你是由地球上来的客人，你并不是他的奴隶，他可曾请你到他家中休息一刻？他可曾问你吃饭不吃？他只叫你看着迷叶！我不是激动你，以便使你抢劫他，我是要说明我们外国人为什么小看他们。现在要说到第一个问题了。”胖子喘了口气，把话交给瘦子。

“设若明天，你地球先生，要求在大蝎家里住，他决定不收你。为什么？以后你自己会知道。我们只说我们的来意：此地的外国人另住在一个地方，在这城的西边。凡是外国人都住在那里，不分国界，好像是个大家庭似的。现在我们两个担任招待的职务，知道那个地方的，由我们两个招待，不知道的，由我们通知，我们天天有人在猫城左右看着，以便报告我们。我们为什么组织这个团体呢，因为本地人的污浊的习惯是无法矫正的，他们的饭食和毒药差不多，他们的医生便是——噢，他们就没有医生！此外还有种种原因，现在不用细说，我们的来意完全出于爱护你，这大概你可以相信，地球先生？”

我相信他们的真诚。我也猜透一点他们没有向我明说的理由。但是我既来到猫城便要先看看猫城。也许先看别的国家是更有益的事；由这两个人我就看出来，光国一定比猫国文明的多，可是，看文明的灭亡是不易得的机会。我决不是拿看悲剧的态度来看历史，我心中实在希望我对猫城的人有点用处。我不敢说我同情于大蝎，但是大蝎不足以代表一切的人。我不疑心这两个外国人的话，但是我必须亲自去看过。

他们两个猜着我的心思，那个胖的说：“我们现在不用决定吧。你不论什么时候愿去找我们，我们总是欢迎你的。从这里一直往西去——顶好是夜间走，不拥挤——走到西头，再走，不大一会儿便会看见我们的住处。再见，地球先生！”

他们一点不带不喜欢的样子，真诚而能体谅，我真感激他们。

“谢谢你们！”我说，“我一定上你们哪里去，不过我先要看看此地的人们。”

“不要随便吃他们的东西！再见！”他们俩一齐说。

不！我不能上外国城去住！猫人并不是不可造就的，看他们多么老实：被兵们当作鼓打，还是笑嘻嘻的；天一黑便去睡觉，连半点声音也没有。这样的人民还不好管理？假如有好的领袖，他们必定是最和平，最守法的公民。

我睡不着了。心中起了许多许多色彩鲜明的图画：猫城改建了，成了一座花园似的城市，音乐，雕刻，读书声，花，鸟，秩序，清洁，美丽……

十三

大蝎把迷叶全运进去，并没说声“谢谢”。

我的住处，他管不着；在他家里住是不行的，不行，一千多个理由不行。最后他说：“和我们一块住，有失你的身份呀！你是外国人，为何不住在外国城去？”他把那两个光国人不肯明说的话说出来了——不要脸的爽直！

我并没动气，还和他细细的说明我要住在猫城的原因。我甚至于暗示出，假如他的家里不方便，我只希望看看他的家中是什么样子，然后我自己会另找住处去。看看也不行。这个拒绝是预料得到的。在迷林里几个月的工夫，他到底住在哪里？我始终没探问出来；现在迷叶都藏在家里，被我知道了岂不是危险的事。我告诉大蝎，我要是有意抢劫他的迷叶，昨天晚上就已下手了，何必等他藏好我再多费事。他摇头：他家中有妇女，不便招待男客，这是个极有力的理由。但是，看一看并不能把妇女看掉一块肉呀——噢，我是有点糊涂，那不是大蝎的意思。

墙头上露出个老猫头来，一脑袋白毛，猪嘴抽抽着好像个风干的小木瓜。老猫喊起来：“我们不要外国人！不要外国人！不要，不要！”这一定是大蝎的爸爸。

我还是没动气，我倒佩服这个干木瓜嘴的老猫，他居然不但不怕，而且敢看不起外国人。这个看不起人也许出于无知，但是据我看，他总比大蝎多些人味。

一个青年的猫人把我叫到一旁，大蝎乘机会爬上墙去。

青年猫人，这是我最希望见一见的。这个青年是大蝎的儿子。我更欢喜了，我见着了三辈。木瓜嘴的老猫与大蝎，虽然还活着，也许有很大的势力，究竟是过去的人物了；诊断猫国病症的有无起色，青年是脉门。

“你是由远处来的？”小蝎——其实他另有名字，我这么叫他，为是省事——问我。

“很远很远！告诉我，那个老年人是不是你的祖父？”我问。

“是。祖父以为一切祸患都是外国人带来的，所以最恨外国人。”

“他也吃迷叶？”

“吃。因为迷叶是自外国传来的，所以他觉得吃迷叶是给外国人丢脸，不算他自己的错处。”

四围的人多了，全瞪着圆眼，张着嘴，看怪物似的看着我。

“我们不能找着清静地方谈一谈？”

“我们走到哪里，他们跟到哪里；就在这里谈吧。他们并不要听我们说什么，只要看看你怎么张嘴，怎么眨眼就够了。”

我很喜爱小蝎的爽直。

“好吧。”我也不便一定非找清静地方不可了。“你的父亲呢？”

“父亲是个新人物，至少是二十年前的新人物。二十年前他反对吃迷叶，现在他承袭了祖父的迷林。二十年前他提倡女权，现在他不许你进去，因为家中有妇女。祖父常说，将来我也是那样：少年的脾气喜新好奇，一到中年便回头看祖宗的遗法了。祖父一点外国事不懂，所以拿我们祖先遗传下来的规法当作处世的标准。父亲知道一些外国事，在他年轻的时候，他要处处仿效外国人，现在他拿那些知识作为维持自己利益的工具。该用新方法的地方他使用新方法，不似祖父那样固执；但是这不过是处世方法上的运用，不是处世的宗旨的变动，在宗旨上父亲与祖父是完全相同的。”

我的眼闭上了；由这一片话的光亮里我看见一个社会变动的图画的轮廓。这轮廓的四外，也许是一片明霞，但是轮廓的形成线以内确是越来越黑。这团黑气是否再能与那段明霞联合成一片，由阴翳而光明，全看小蝎身上有没有一点有力的光色。我这样想，虽然我并不知道小蝎是何等的人物。

“你也吃迷叶？”我突然的问出来，好似我是抓住迷叶，拿它作一切病患的根源了，我并回答不出为什么这样想的理由。

“我也吃。”小蝎回答。

我心眼中的那张图画完全黑了，连半点光明也没有了。

“为什么？”我太不客气了——“请原谅我的这样爽直！”

“不吃它，我无法抵抗一切！”

“吃它便能敷衍一切？”

小蝎老大半天没言语。

“敷衍，是的！我到过外国，我明白一点世界大势。但是在不想解决任何的问题的民众中，敷衍；不敷衍怎能活着呢？”小蝎似笑非笑的说。

“个人的努力？”

“没用！这样多糊涂，老实，愚笨，可怜，贫苦，随遇而安，快活的民众；这么多只拿棍子，只抢迷叶与妇女的兵；这么多聪明，自私，近视，无耻，为自己有计划，对社会不关心的政客；个人的努力？自己的脑袋到底比别人的更值得关切一些！”

“多数的青年都这么思想吗？”我问。

“什么？青年？我们猫国里就没有青年！我们这里只有年纪的分别，设若年纪小些的就算青年，由这样青年变成的老人自然是老——”他大概是骂人呢，我记不得那原来的字了。“我们这里年纪小的人，有的脑子比我祖父的还要古老；有的比我父亲的心眼还要狭窄；有的——”

“环境不好也是不可忽略的事实，”我插嘴说，“我们不要太苛了。”

“环境不好是有恶影响的，可是从另一方面说，环境不好也正是使人们能醒悟的；青年总应当有些血性；可是我们的青年生下来便是半死的。他们不见着一点小便宜，还好；只要看见一个小钱的好处，他们的心便不跳了。平日他们看一切不合适；一看到便宜，个人的利益，他们对什么也觉得顺眼了。”

“你太悲观了，原谅我这么说，你是个心里清楚而缺乏勇气的悲观者。你只将不屑于努力的理由作为判断别人的根据，因此你看一切是黑色的，是无望的；事实上或者未必如此。也许你换一个眼光去看，这个社会并不那么黑暗的可怕？”

“也许；我把这个观察的工作留给你。你是远方来的人，或者看得比我更清楚更到家一些。”小蝎微微的笑了笑。

我们四围的人似乎已把我怎样张嘴，怎样眨眼看够了——看明白了没有还很可疑——他们开始看我那条破裤子了。我还有许多许多问题要问小蝎，但是我的四围已经几乎没有一点空气了，我求小蝎给我找个住处。他也劝我到外国城去住，不过他的话说得非常有哲学味：“我不希望你真做那份观察的工作，因为我怕你的那点热心与期望全被浇灭了。不过，你一定主张在这里住，我确能给你找个地方。这个地方没有别的好处，他们不吃迷叶。”

“有地方住便不用说别的了，就请费心吧！”我算是打定了主意，决不到外国城去住。

十四

我的房东是做过公使的。公使已死去好几年，公使太太除了上过外国之外，还有个特点——“我们不吃迷叶”，这句话她一天至少要说百十多次。不管房东是谁吧，我算达到爬墙的目的了。我好像小猫初次练习上房那么骄傲，到底我可以看看这四方房子里是怎样的布置了。

爬到半截，我心中有点打鼓了。我要说墙是摇动，算我说慌；随着手脚所触一劲儿落土，决一点不假。我心里说：这酥饽饽式的墙也许另有种作用。爬到墙头，要不是我眼晕，那必定是墙摇动呢。

房子原来没顶。下雨怎办呢？想不出，因而更愿意在这里住一住了。离墙头五尺来深有一层板子，板子中间有个大窟窿。公使太太在这个窟窿中探着头招待我呢。

公使太太的脸很大，眼睛很厉害，不过这不足使我害怕；一脸白粉，虽然很厚，可是还露着脸上的细灰毛，像个刺硬霜厚带着眼睛的老冬瓜，使我有点发怵。

“有什么行李就放在板子上吧。上面统归你用，不要到下面来。天一亮吃饭，天一黑吃饭，不要误了。我们不吃迷叶！拿房钱来！”公使太太确是懂得怎么办外交。

我把房钱付过。我有大蝎给我的那五百国魂在裤兜里装着呢。

这倒省事：我自己就是行李，只要我有了地方住，什么也不必张心了。房子呢，就是一层板，四面墙，也用不着搬桌弄椅的捣乱。只要我不无心中由窟窿掉下去，大概便算天下太平。板子上的泥至少有二寸多厚，泥里发出来的味道，一点也不像公使家里所应有的。上面晒着，下面是臭泥，我只好还得上街去。我明白了为什么猫人都白天在街上过活了。

我还没动身，窟窿中爬出来了：公使太太，同着八个冬瓜脸的妇女。八位女子先爬出墙去，谁也没敢正眼看我。末后，公使太太身在墙外，头在墙上发了话：

“我们到外边去，晚上见！没有法子，公使死了，责任全放在我身上，我得替他看着这八个东西！没钱，没男子，一天到晚得看着这八个年轻的小妖精！我们不吃迷叶！丈夫是公使，公使太太，到过外国，不吃迷叶，一天到晚得看着八个小母猫！”

我希望公使太太快下去吧，不然这八位妇女在她口中不定变成什么呢！公使太太颇知趣，忽的一下不见了。

我又掉在迷魂阵里。怎么一回事呢？八个女儿？八个小姑？八个妾？对了，八个妾。大蝎不许我上他家去，大概也因为这个。板子下面，没有光，没有空气，一个猫人，带着一群母猫——引用公使太太的官话——臭，乱，淫，丑……我后悔了，这种家庭看与不看没什么重要。但是已交了房钱，况且，我到底得设法到下面去看看，不管是怎样的难堪。

她们都出去了，我是否应当现在就下去看看？不对，公使太太嘱咐我不要下去，偷偷的窥探是不光明的。正在这么犹豫，墙头上公使太太的头又回来了：

“快出去，不要私自往下面看，不体面！”

我赶紧的爬下去。找谁去呢？只有小蝎可以谈一谈，虽然他是那么悲观。但是，上哪里去找他呢？他当然不会在家里；在街上找人和海里摸针大概一样的无望。我横着挤出了人群，从远处望望那条街。我看清楚：城的中间是贵族的住宅与政府机关，因为房子比左右的高着很多。越往两边去越低越破，一定是贫民的住处和小铺子。记清了这个大概就算认识猫城了。

正在这个当儿，从人群挤出十几个女的来。白脸的一定是女的，从远处我也能认清了。她们向着我来了。我心中有点不得劲：由公使太太与大蝎给我的印象，我以为此地的妇女必定是极服从，极老实，极不自由的。随便乱跑，像这十几个女的，一定不会是有规矩的。我初到此地，别叫人小看了我，我得小心着点。我想到这里，便开始要跑。

“开始做观察的工作吗？”小蝎的声音。

我仔细一看，原来他在那群女郎的中间裹着呢。

我不用跑了。一展眼的工夫，我与小蝎被围在中间。

“来一个？”小蝎笑着说。眼睛向四围一转：“这是花，这是迷，比迷叶还迷的迷，这是星……”他把她们的名字都告诉给我，可是我记不全了。

迷过来向我挤了挤眼，我打了个冷战。我不知道怎样办好了：这群女子是干什么的，我不晓得。设若都是坏人，我初来此地，不应不爱惜名誉；设若她们都是好人，我不应得罪她们。说实话，我虽不是个恨恶妇女的人，可是我对女子似乎永远没什么好感。我总觉得女子的好擦粉是一种好作虚伪的表示。自然，我也见过不擦粉的女子，可是，她们不见得比别的女子少一点虚伪。这点心理并不使我对女子减少应有的敬礼，敬而远之是我对女性的态度。因此我不肯得罪了这群女郎。

小蝎似乎看出我的进退两难了。他闹着玩似的用手一推她们，“去！去！两个哲学家遇见就不再要你们了。”她们唧唧的笑了一阵，很知趣的挤入人群里去。我还是发愣。

“旧人物多娶妾，新人物多娶妻，我这厌旧恶新的人既不娶妻，又不纳妾，只是随便和女子游戏游戏。敷衍，还是敷衍。谁敢不敷衍女的呢？”

“这群女的似乎——”我不知道怎样说好。

“她们？似乎——”小蝎接过去，“似乎——是女子。压制她们也好，宠爱她们也好，尊敬她们也好，迷恋她们也好，豢养她们也好；这只随男人的思想而异，女子自己永远不改变。我的曾祖母擦粉，我的祖母擦粉，我的母亲擦粉，我的妹妹擦粉，这群女子擦粉，这群女子的孙女还要擦粉。把她们锁在屋里要擦粉，把她们放在街上还要擦粉。”

“悲观又来了！”我说。

“这不是悲观，这是高抬女子，尊敬女子，男子一天到晚瞎胡闹，没有出息，忽而变为圣人，忽而变为禽兽；只有女子，惟独女子，是始终纯洁，始终是女子，始终奋斗：总觉得天生下来的脸不好，而必擦些白粉。男子设若也觉得圣人与禽兽的脸全欠些白润，他们当然不会那么没羞没耻，他们必定先顾脸面，而后再去瞎胡闹。”

这个开玩笑似的论调又叫我默想了。

小蝎很得意的往下说：“刚才这群女的，都是‘所谓’新派的女子。她们是我父亲与公使太太的仇敌。这并非说她们要和我父亲打架；而是我父亲恨她们，因为他不能把她们当作迷叶卖了，假如她们是他的女儿；也不能把她们锁在屋里，假如她们是他的妻妾。这也不是说她们比我的母亲或公使太太多些力量，多些能干，而是她们更像女子，更会不做事，更会不思想——可是极会往脸上擦粉。她们都顶可爱，就是我这不爱一切的人也得常常敷衍她们一下。”

“她们都受过新教育？”我问。

小蝎乐得半天说不出话来。

“教育？噢，教育，教育，教育！”小蝎似乎有点发疯，“猫国除了学校里‘没’教育，其余处处‘都是’教育！祖父的骂人，教育；父亲的卖迷叶，教育；公使太太的监管八个活的死母猫，教育；大街上的臭沟，教育；兵丁在人头上打鼓，教育；粉越擦越厚，女子教育；处处是教育，我一听见教育就多吃十片迷叶，不然，便没法不呕吐！”

“此地有很多学校？”

“多。你还没到街那边去看？”

“没有。”

“应当看看去。街那边全是文化机关。”小蝎又笑了。“文化机关与文化有关系没有，你不必问，机关确是在那里。”他抬头看了看天：“不好，要下雨！”

天上并没有厚云，可是一阵东风刮得很凉。

“快回家吧！”小蝎似乎很怕下雨。“晴天还在这里见。”

人潮遇见暴风，一个整劲往房子那边滚。我也跟着跑，虽然我明知道回到家中也还是淋着，屋子并没有顶。看人们疯了似的往墙上爬也颇有意思，我看见过几个人作障碍竞走，但是没有见过全城的人们一齐往墙上爬的。

东风又来了一阵，天忽然的黑了。一个扯天到地的大红闪，和那列房子交成一个大三角。鸡蛋大小的雨点随着一声雷拍打下来。远处刷刷的响起来，雨点稀少了，天低处灰中发亮，一阵凉风，又是一个大闪，听不见单独的雨点响了，一整排雨道从天上倒下来。天看不见了。一切都看不见了。只有闪光更厉害了。雨道高处忽然横着截开，一条惊蛇极快的把黑空切开一块，颤了两颤不见了；一切全是黑的了。跑到墙根，我身上已经完全湿了。

哪个是公使太太的房？看不清。我后退了几步，等着借闪光看看。又是一个大的，白亮亮的，像个最大的黑鬼在天上偶尔一睁眼，极快的眨巴了几下似的。不行，还是看不清。我急了，管它是谁的房呢，爬吧；爬上去再说。爬到半中腰，我摸出来了，这正是公使太太的房，因为墙摇动呢。

一个大闪，等了好像有几个世纪，整个天塌来了似的一声大雷。我和墙都由直着改成斜着的了。我闭上眼，又一声响，我到哪里去了？谁知道呢！

十五

雷声走远了。这是我真听见了呢，还是做梦呢？不敢说。我一睁眼；不，我不能睁眼，公使太太的房壁上的泥似乎都在我脸上贴着呢。是的，是还打雷呢，我确醒过来了。我用手摸；不能，手都被石头压着呢。脚和腿似乎也不见了，觉得像有人把我种在泥土里了。

把手拔出来，然后把脸扒开。公使太太的房子变成了一座大土坟。我一边拔腿，一边疯了似的喊救人；我是不要紧的，公使太太和八位小妖精一定在极下层埋着呢！空中还飞着些雨点，任凭我怎样喊，一个人也没来：猫人怕水，当然不会在天完全晴了之前出来。

把我自己埋着的半截拔脱出来，我开始疯狗似的扒那堆泥土，也顾不得看身上有伤没有。天晴了，猫人全出来。我一边扒土，一边喊救人。人来了不少，站在一旁看着。我以为他们误会了我的意思，开始给他们说明：不是救我，是救底下埋着的九个妇人。大家听明白了，往前挤了过来，还是没人动手。我知道只凭央告是无效的，摸了摸裤袋里，那些国魂还在那里呢。“过来帮我扒的，给一个国魂！”大家愣了一会，似乎不信我的话，我掏出两块国魂来，给他们看了看。行了，一窝蜂似的上来了。可是上来一个，拿起一块石头，走了；又上来一个，搬起一块砖，走了；我心里明白了：见便宜便捡着，是猫人的习惯。好吧，随你们去吧；反正把砖石都搬走，自然会把下面的人救出来。很快！像蚂蚁运一堆米粒似的，叫人想不到能搬运得那么快。底下出了声音，我的心放下去一点。但是，只是公使太太一个人的声音，我的心又跳上了。全搬净了：公使太太在中间，正在对着那个木板窟窿那溜儿，坐着呢。其余的八位女子，都在四角卧着，已经全不动了。我要先把公使太太扶起来，但是我的手刚一挨着她的胳臂，她说了话：

“哎哟！不要动我，我是公使太太！抢我的房子，我去见皇上，老老实实的把砖给我搬回来！”其实她的眼还被泥糊着呢；大概见倒了房便抢，是猫人常干的事，所以她已经猜到。

四围的人还轻手蹑脚的在地下找呢。砖块已经完全搬走了，有的开始用手捧土；经济的压迫使人们觉得就是捧走一把土也比空着手回家好，我这么想。

公使太太把脸上的泥抓下来，腮上破了两块，脑门上肿起一个大包，两眼睁得像冒着火。她挣扎着站起来，一瘸一点的奔过一个猫人去，不知道怎会那么准确，一下子便咬住他的耳朵，一边咬一边从嘴角发出啸啸的叫，好似猫捉住了老鼠。那个被咬的嚎起来，拼命用手向后捶公使太太的肚子。两个转了半天，公使太太忽然看见地上卧着的妇女，她松了嘴，那个猫人像箭头似的跑开，四围的人喊了一声，也退出十几尺远。公使太太抱住一个妇女痛哭起来。

我的心软了，原来她并不是个没人心的人，我想过去劝劝，又怕她照样咬我的耳朵，因为她确乎有点发疯的样子。

哭了半天，她又看见了我。

“都是你，都是你，你把我的房扒倒了！你跑不了，他们抢我的东西也跑不了；我去见皇上，全杀了你们！”

“我不跑，”我慢慢的说，“我尽力帮着你便是了。”

“你是外国人，我信你的话。那群东西，非请皇上派兵按家搜不可，搜出一块砖也得杀了！我是公使太太！”公使太太的吐沫飞出多远去，啪的一声唾出一口血来。

我不知道她是否有那么大的势力。我开始安慰她，唯恐怕她疯了。“我们先把这八个妇女——”我问。

“你这里来，把这八个妖精怎么着？我只管活的，管不着死的，你有法子安置她们？”

这把我问住了，我知道怎么办呢，我还没在猫国办过丧事。

公使太太的眼睛越发的可怕了，眼珠上流着一层水光，可是并不减少疯狂的野火，好像泪都在眼中炼干，白眼珠发出磁样的浮光来。

“我跟你说说吧！”她喊，“我无处去诉苦，没钱，没男子，不吃迷叶，公使太太，跟你说说吧！”

我看出她是疯了，她把刚才所说的事似乎都忘了，而想向我诉委屈了。

“这个，”她揪住一个死妇人的头皮，“这个死妖精。十岁就被公使请来了。刚十岁呀，筋骨还没长全，就被公使给收用了。一个月里，不要天黑，一到黑天呀，她，这个小死妖精，她便嚎啊，嚎啊，爹妈乱叫，拉住我的手不放，管我叫妈，叫祖宗，不许我离开她。但是，我是贤德的妇人，我不能与个十岁的丫头争公使呀；公使要取乐，我不能管，我是太太，我得有太太的气度。这个小妖精，公使一奔过她去，她就呼天喊地，嚎得不像人声。公使取乐的时候，看她这个央告，她喊哪：公使太太！公使太太！好祖宗，来救救我！我能禁止公使取乐吗？我不管。事完了，她躺着不动了，是假装死呢，是真晕过去？我不知道，也不深究。我给她上药，给她做吃食，这个死东西，她并一点不感念我的好处！后来，她长成了人，看她那个踧扈，她恨不能把公使整个的吞了。公使又买来了新人，她一天到晚的哭哭啼啼，怨我不拦着公使买人；我是公使太太，公使不多买人，谁能看得起他？这个小妖精，反怨我不管着公使，浪东西，臊东西，小妖精！”公使太太把那个死猫头推到一边，顺手又抓住另一个。“这个东西是妓女，她一天到晚要吃迷叶，还引诱着公使吃；公使有吃迷叶的瘾怎么再上外国？看她那个闹！叫我怎办，我不能拦着公使玩妓女，我又不能看着公使吃迷叶，而不能上外国去。我的难处，你不会想到做公使太太的难处有多么大！我白天要监视着不叫她偷吃迷叶，到晚上还得防备着她鼓动公使和我捣乱，这个死东西！她时时刻刻想逃跑呢，我的两只眼简直不够用的了，我老得捎着她一眼，公使的妾跑了出去，大家的脸面何在？”公使太太的眼睛真像发了火，又抓住一个死妇人的头：

“这个东西，最可恶的就是她！她是新派的妖精！没进门之前她就叫公使把我们都撵出去，她好做公使太太，哈哈，那如何做得到。她看上了公使，只因为他是公使。别的妖精是公使花钱买来的，这个东西是甘心愿意跟他，公使一个钱没花，白玩了她。她把我们妇人的脸算丢透了！她一进门，公使连和我们说话都不敢了。公使出门，她得跟着，公使见客，她得陪着，她俨然是公使太太了。我是干什么的？公使多买女人，该当的；公使太太只能有我一个！我非惩治她不行了，我把她捆在房上，叫雨淋着她，淋了三回，她支持不住了，小妖精！她要求公使放她回家，她还说公使骗了她；我能放了她？自居后补公使太太的随便与公使吵完一散？没听说过。想再嫁别人？没那么便宜的事。难哪！做公使太太不是件容易的事。我昼夜看着她。幸而公使又弄来了这个东西，”她转身从地上挑选出一个死妇人，“她算是又和我亲近了，打算联合我，一齐反对这个新妖精。妇人都是一样的，没有男人陪着就发慌；公使和这新妖精一块睡，她一哭便是一夜。我可有话说了：你还要做公使太太？就凭你这样离不开公使？你看我这真正公使太太！要作公使太太就别想独占公使，公使不是卖东西的小贩子，一辈子只抱着一个老婆！”

公使太太的眼珠子全红了。抱住了一个死妇人的头在地上撞了几下。笑了一阵，看了看我——我不由的往后退了几步。

“公使活着，她们一天不叫我心静，看着这个，防备着那个，骂这个，打那个，一天到晚不叫我闲着。公使的钱，全被她们花了。公使的力量都被她们吸干了。公使死了，连一个男孩子也没留下。不是没生过呀，她们八个，都生过男孩子，一个也没活住。怎能活住呢，一个人生了娃娃，七个人昼夜设法谋害他。争宠呀，唯恐有男孩子的升做公使太太。我这真做太太的倒没像她们那么嫉妒，我只是不管，谁把谁的孩子害了，是她们的事，与我不相干；我不去害小孩子，也不管她们彼此谋害彼此的娃娃，太太总得有太太的气度。”

“公使死了，没钱，没男子，把这八个妖精全交给了我！有什么法子，我能任凭她们逃跑去嫁人吗？我不能，我一天到晚看着她们，一天到晚苦口的相劝，叫她们明白人生的大道理。她们明白吗？未必！但是我不灰心，我日夜的管着她们。我希望什么？没有可希望的，我只望皇上明白我的难处，我的志向，我的品行，赏给我些恤金，赐给我一块大匾，上面刻上‘节烈可风’。可是，你没听见我刚才哭吗？你听见没有？”

我点点头。

“我哭什么？哭这群死妖精？我才没工夫哭她们呢！我是哭我的命运，公使太太，不吃迷叶，现在会房倒屋塌，把我的成绩完全毁灭！我再去见皇上，我有什么话可讲。设若皇上坐在宝座上问我：公使太太你有什么成绩来求赏赐？我说什么？我说我替死去的公使管养着八个女人，没出丑，没私逃。皇上说，她们在哪里呢？我说什么？说她们都死了？没有证据能得赏赐吗？我说什么？公使太太！”她的头贴在胸口上了。我要过去，又怕她骂我。

她又抬起头来，眼珠已经不转了：“公使太太，到过外国……不吃迷叶……恤金！大匾……公使太太……”

公使太太的头又低了下去，身子慢慢的向一边倒下来，躺在两个妇人的中间。

十六

我难过极了！公使太太的一段哀鸣，使我为多少世纪的女子落泪，我的手按着历史上最黑的那几页，我的眼不敢再往下看了。

不到外国城去住是个错误。我又成了无家之鬼了。上哪里去？那群帮忙的猫人还看着我呢，大概是等着和我要钱。他们抢走了公使太太的东西，不错，但是，那恐怕不足使他们扔下得个国魂的希望吧？我的头疼得很厉害，牙也摔活动了两个。我渐渐的不能思想了，要病。我的心中来了个警告。我把一裤袋的国魂，有十块一个的，有五块一个的，都扔在地上，让他们自己分吧，或是抢吧，我没精神去管。那八个妇人是无望了；公使太太呢，也完了，她的身下流出一大汪血，眼睛还睁着，似乎在死后还关心那八个小妖精。我无法把她们埋起来，旁人当然不管；难堪与失望使我要一拳把我的头击碎。

我在地上坐了一会儿。虽然极懒得动，到底还得立起来，我不能看着这些妇人在我的眼前臭烂了。我一瘸一拐的走，大概为外国人丢脸不少。街上又挤满了人。有些少年人，手中都拿着块白粉，挨着家在墙壁上写字呢，墙还很潮，写过以后，经小风一吹，特别的白。“清洁运动”，“全城都洗过”……每家墙壁上都写上了这么一句。虽然我的头是那么疼，我不能不大笑起来。下完雨提倡洗过全城，不必费人们一点力量，猫人真会办事。是的，臭沟里确乎被雨水给冲干净了，清洁运动，哈哈！莫非我也有点发疯么？我恨不能掏出手枪打死几个写白字的东西们！

我似乎还记得小蝎的话：街那边是文化机关。我绕了过去，不是为看文化机关，而是希望找个清静地方去忍一会儿。我总以为街市的房子是应当面对面的，此处街上的房子恰好是背倚背的，这个新排列方法使我似乎忘了点头疼。可是，这也就是不大喜欢新鲜空气与日光的猫人才能想出这个好主意，房背倚着房背，中间一点空隙没有，这与其说是街，还不如说是疾病酿造厂。我的头疼又回来了。在异国生病使人特别的悲观，我似乎觉得没有生还中国的希望了。

我顾不得细看了，找着个阴凉便倒了下去。

睡了多久？我不知道。一睁眼我已在一间极清洁的屋子中。我以为这是做梦呢，或是热度增高见了幻象，我摸摸了头，已不十分热！我莫名其妙了。身上还懒，我又闭上了眼。有点极轻的脚步声，我微微的睁开眼：比迷叶还迷的迷！她走过来，摸了摸我的头，微微的点点头：“好啦！”她向自己说。

我不敢再睁眼，等着事实来说明事实吧。过了不大的工夫，小蝎来了，我放了心。

“怎样了？”我听见他低声的问。

没等迷回答，我睁开了眼。

“好了？”他问我。我坐起来。

“这是你的屋子？”我又起了好奇心。

“我们俩的，”他指了指迷，“我本来想让你到这里来住，但是恐怕父亲不愿意。你是父亲的人，父亲至少这么想；他不愿意我和你交朋友，他说我的外国习气已经太深。”

“谢谢你们！”我又往屋中扫了一眼。

“你纳闷我们这里为什么这样干净？这就是父亲所谓的外国习气。”小蝎和迷全笑了。

是的，小蝎确是有外国习气。以他的言语说，他的比大蝎的要多用着两倍以上的字眼，大概许多字是由外国语借来的。

“这是你们俩的家？”我问。

“这是文化机关之一。我们俩借住。有势力的人可以随便占据机关的房子。我们俩能保持此地的清洁便算对得起机关；是否应以私人占据公家的地方，别人不问，我们也不便深究。敷衍，还得用这两个最有意思的字！迷，再给他点迷叶吃。”

“我已经吃过了吗？”我问。

“刚才不是我们灌你一些迷叶汁，你还打算再醒过来呀？迷叶是真正好药！在此地，迷叶是众药之王。它能治的，病便有好的希望；它不能治的，只好等死。它确是能治许多的病。只有一样，它能把‘个人’救活，可是能把‘国家’治死，迷叶就是有这么一点小缺点！”小蝎又来了哲学家的味了。

我又吃了些迷叶，精神好多了，只是懒得很。我看出来猫国和别的外国人的智慧。他们另住在一处，的确是有道理的。猫国这个文明是不好惹的；

只要你一亲近它，它便一把油漆似的将你胶住，你非依着它的道儿走不可。猫国便是个海中的旋涡，临近了它的便要全身陷入。要入猫国便须不折不扣的做个猫人，不然，干脆就不要沾惹它。我尽力的反抗吃迷叶，但是，结果？还得吃！在这里必须吃它，不吃它别在这里，这是绝对的。设若这个文明能征服了全火星——大概有许多猫国人抱着这样的梦想——全火星的人类便不久必同归于尽：浊秽，疾病，乱七八糟，糊涂，黑暗，是这个文明的特征；纵然构成这个文明的分子也有带光的，但是那一些光明决抵抗不住这个黑暗的势力。这个势力，我看出来，必须有朝一日被一些真光，或一些毒气，好像杀菌似的被剪除净尽。不过，猫人自己决不这么想。小蝎大概看到这一步，可是因为看清这局棋已经是输了，他便信手摆子，而自己笑自己的失败了。至于大蝎和其余的人只是做梦而已。

我要问小蝎的问题多极了。政治，教育，军队，财政，出产，社会，家庭……

“政治我不懂，”小蝎说，“父亲是专门做政治的，去问他。其余的事我有知道的，也有不知道的，顶好你先自己去看，看完再问我。只有文化事业我能充分帮忙，因为父亲对什么事业都有点关系，他既不能全照顾着，所以对文化事业由我做他的代表。你要看学校，博物院，古物院，图书馆，只要你说话，我便叫你看得满意。”

我心里觉得比吃迷叶还舒服了：在政治上我可以去问大蝎；在文化事业上问小蝎，有这二蝎，我对猫国的情形或者可以知道个大概了。

但是我是否能住在这里呢？我不敢问小蝎。凭良心说，我确是半点离开这个清洁的屋子的意思也没有。但是我不能摇尾乞怜，等着吧！

小蝎问我先去看什么，惭愧，我懒得动。

“告诉我点你自己的历史吧！”我说，希望由他的言语中看出一点大蝎家中的情形。

小蝎笑了。每逢他一笑，我便觉得他可爱又可憎。他自己知道他比别的猫人优越，因而他不肯伸一伸手去拉扯他们一把——恐怕弄脏了他的手！他似乎觉得他生在猫国是件大不幸的事，他是荆棘中惟一的一朵玫瑰。我不喜欢这个态度。

“父母生下我来，”小蝎开始说，迷坐在他一旁，看着他的眼。“那不关我的事。他们极爱我，也不关我的事。祖父也极爱我，没有不爱孙子的祖父，不算新奇。幼年的生活似乎没有什么可说的。”小蝎扬头想了想，迷扬着头看他。“对了，有件小事也许值得你一听，假如不值得我一说。我的乳母是个妓女。妓女可以做乳母，可是不准我与任何别的小孩子一块玩耍。这是我们家的特别教育。为什么非请妓女看护孩子呢？有钱。我们有句俗话：钱能招鬼。这位乳娘便是鬼中之一。祖父愿意要她，因为他以为妓女看男孩，兵丁看女孩，是最好的办法，因为她们或他们能教给男女小孩一切关于男女的知识。有了充分的知识，好早结婚，早生儿女，这样便是对得起祖宗。妓女之外，有五位先生教我读书，五位和木头一样的先生教给我一切猫国的学问。后来有一位木头先生忽然不木头了，跟我的乳母逃跑了。那四位木头先生也都被撵了出去。我长大了，父亲把我送到外国去。父亲以为凡是能说几句外国话的，便算懂得一切，他需要一个懂得一切的儿子。在外国住了四年，我当然懂得一切了，于是就回家来。出乎父亲意料之外，我并没懂得一切，只是多了一些外国习气。可是，他并不因此而不爱我，他还照常给我钱花。我呢，乐得有些钱花，和星，花，迷，大家一天到晚凑凑趣。表面上我是父亲的代表，主办文化事业，其实我只是个寄生虫。坏事我不屑于做，好事我做不了，敷衍——这两个宝贝字越用越有油水！”小蝎又笑了，迷也随着笑了。

“迷是我的朋友，”小蝎又猜着了我的心思，“一块住的朋友。这又是外国习气。我家里有妻子，十二岁就结婚了，我六岁的时候，妓女的乳母便都教会了我，到十二岁结婚自然外行不了的。我的妻子什么也会，尤其会生孩子，顶好的女人，据父亲说。但是我愿意要迷。父亲情愿叫我娶迷做妾，我不肯干。父亲有十二个妾，所以看纳妾是最正当的事。父亲最恨迷，可是不大恨我，因为他虽然看外国习气可恨，可是承认世界上确乎有这么一种习气，叫作外国习气。祖父恨迷，也恨我，因为他根本不承认外国习气。我和迷同居，我与迷倒没有什么，可是对猫国的青年大有影响。你知道，我们猫国的人以为男女的关系只是‘那么’着。娶妻，那么着；娶妾，那么着；玩妓女，那么着；现在讲究自由联合，还是那么着；有了迷叶吃，其次就是想那么着。我是青年人们的模范人物。大家都是先娶妻，然后再去自由联合，有我做前例。可是，老人们恨我入骨，因为娶妻妾是大家可以住在一处的，专为那么着，那么着完了就生一群小孩子。现在自由联合呢，既不能不要妻子，还得给情人另预备一个地方，不然，便不算作足了外国习气。这么一来，钱要花得特别的多，老人们自然供给不起，老人们不拿钱，青年人自然和老人们吵架。我与迷的罪过真不小。”

“不会完全脱离了旧家庭？”我问。

“不行呀，没钱！自由联合是外国习气，可是我们并不能舍去跟老子要钱的本国习气。这二者不调和，怎能作足了‘敷衍’呢？”

“老人们不会想个好方法？”

“他们有什么方法呢？他们承认女子只是为那么着预备的。他们自己娶妾，也不反对年轻的纳小，怎能禁止自由联合呢？他们没方法，我们没方法，大家没方法。娶妻，娶妾，自由联合，都要生小孩；生了小孩谁管养活着？老人没方法，我们没方法，大家没方法。我们只管那么着的问题，不管子女问题。老的拼命娶妾，小的拼命自由，表面上都闹得挺欢，其实不过是那么着，那么着的结果是多生些没人照管没人养活没人教育的小猫人，这叫作加大的敷衍。我祖父敷衍，我的父亲敷衍，我敷衍，那些青年们敷衍；‘负责’是最讨厌的一个名词。”

“女子自己呢？难道她们甘心承认是为那么着的？”我问。

“迷，你说，你是女的。”小蝎向迷说。

“我？我爱你。没有可说的。你愿意回家去看那个会生小孩的妻子，你就去，我也不管。你什么时候不爱我了，我就一气吃四十片迷叶，把迷迷死！”

我等着她往下说，她不再言语了。

十七

我没和小蝎明说，他也没留我，可是我就住在那里了。

第二天，我开始观察的工作。先看什么，我并没有一定的计划；出去遇见什么便看什么似乎是最好的方法。

在街的那边，我没看见过多少小孩子，原来小孩子都在街的这边呢。我心里喜欢了，猫人总算有这么一点好处：没忘了教育他们的孩子，街这边既然都是文化机关，小孩子自然是来上学了。

猫小孩是世界上最快活的小人们。脏，非常的脏，形容不出的那么脏；瘦，臭，丑，缺鼻短眼的，满头满脸长疮的，可是，都非常的快活。我看见一个脸上肿得像大肚罐子似的，嘴已肿得张不开，腮上许多血痕，他也居然带着笑容，也还和别的小孩一块跳，一块跑。我心里那点喜欢气全飞到天外去了。我不能把这种小孩子与美好的家庭学校联想到一处。快活？正因为家庭学校社会国家全是糊涂蛋，才会养成这样糊涂的孩子们，才会养成这种脏，瘦，臭，丑，缺鼻短眼的，可是还快活的孩子们。这群孩子是社会国家的索引，是成人们的惩罚者。他们长大成人的时候不会使国家不脏，不瘦，不臭，不丑；我又看见了那毁灭的巨指按在这群猫国的希望上，没希望！多妻，自由联合，只管那么着，没人肯替他的种族想一想。爱的生活，在毁灭的巨指下讲爱的生活，不知死的鬼！

我先不要匆忙的下断语，还是先看了再说话吧。我跟着一群小孩走。来到一个学校：一个大门，四面墙围着一块空地。小孩都进去了。我在门外看着。小孩子有的在地上滚成一团，有的往墙上爬，有的在墙上画图，有的在墙角细细检查彼此的秘密，都很快活。没有先生。我等了不知有多久，来了三个大人。他们都瘦得像骨骼标本，好似自从生下来就没吃过一顿饱饭，手扶着墙，慢慢的蹭，每逢有一阵小风他们便立定哆嗦半天。他们慢慢的蹭进校门。孩子们照旧滚，爬，闹，看秘密。三位坐在地上，张着嘴喘气。孩子们闹得更厉害了，他们三位全闭上眼，堵上耳朵，似乎唯恐得罪了学生们。又过了不知多少时候，三位一齐立起来，劝孩子们坐好。学生们似乎是下了决心永不坐好。又过了大概至少有一点钟吧，还是没坐好。幸而三位先生——他们必定是先生了——一眼看见了我，“门外有外国人！”只这么一句，小孩子全面朝墙坐好，没有一个敢回头的。

三位先生的中间那一位大概是校长，他发了话：“第一项唱国歌。”谁也没唱，大家都愣了一会儿，校长又说：“第二项向皇上行礼。”谁也没行礼，大家又都愣了一会儿。“向大神默祷。”这个时候，学生们似乎把外国人忘了，开始你挤我，我挤你，彼此叫骂起来。“有外国人！”大家又安静了。“校长训话。”校长向前迈了一步，向大家的脑勺子说：

“今天是诸位在大学毕业的日子，这是多么光荣的事体！”

我几乎要晕过去，就凭这群……大学毕业？但是，我先别动情感，好好的听着吧。

校长继续的说：

“诸位在这最高学府毕业，是何等光荣的事！诸位在这里毕业，什么事都明白了，什么知识都有了，以后国家的大事便全要放在诸位的肩头上，是何等的光荣的事！”校长打了个长而有调的呵欠。“完了！”

两位教员拼命的鼓掌，学生又闹起来。

“外国人！”安静了。“教员训话。”

两位先生谦逊了半天，结果一位脸瘦得像个干倭瓜似的先生向前迈了一步。我看出来，这位先生是个悲观者，因为眼角挂着两点大泪珠。他极哀婉的说：

“诸位，今天在这最高学府毕业是何等光荣的事！”他的泪珠落下一个来。“我们国里的学校都是最高学府，是何等光荣的事！”又落下一个泪珠来。“诸位，请不要忘了校长和教师的好处。我们能做诸位的教师是何等的光荣，但是昨天我的妻子饿死了，是何等的……”他的泪像雨点般落下来。挣扎了半天，他才又说出话来：“诸位，别忘了教师的好处，有钱的帮点钱，有迷叶的帮点迷叶！诸位大概都知道，我们已经二十五年没发薪水了？诸位……”他不能再说了，一歪身坐在地上。

“发证书。”

校长从墙根搬起些薄石片来，石片上大概是刻着些字，我没有十分看清。校长把石片放在脚前，说：“此次毕业，大家都是第一，何等的光荣！现在证书放在这里，诸位随便来拿，因为大家都是第一，自然不必分前后的次序。散会。”

校长和那位先生把地下坐着的悲观者搀起，慢慢的走出来。学生并没去拿证书，大家又上墙的上墙，滚地的滚地，闹成一团。

什么把戏呢？我心中要糊涂死！回去问小蝎。

小蝎和迷都出去了。我只好再去看，看完一总问他吧。

在刚才看过的学校斜旁边又是一处学校，学生大概都在十五六岁的样子。有七八个人在地上按着一个人，用些家伙割剖呢。旁边还有些学生正在捆两个人。这大概是实习生理解剖，我想。不过把活人捆起来解剖未免太残忍吧？我硬着心看着，到底要看个水落石出。一会儿的工夫，大家把那两个人捆好，都扔在墙根下，两个人一声也不出，大概是已吓死过去。那些解剖的一边割宰，一边叫骂：

“看他还管咱们不管，你个死东西！”扔出一只胳膊来！

“叫我们念书？不许招惹女学生？社会黑暗到这样，还叫我念书？！还不许在学校里那么着？挖你的心，你个死东西！”鲜红的一块飞到空中！

“把那两个死东西捆好了？抬过一个来！”

“抬校长，还是历史教员？”

“校长！”

我的心要从口中跳出来了！原来这是解剖校长与教员！

也许校长教员早就该杀，但是我不能看着学生们大宰活人。我不管谁是谁非，从人道上想，我不能看着学生们——或任何人——随便行凶。我把手枪掏出来了。其实我喊一声，他们也就全跑了，但是，我真动了气，我觉得这群东西只能以手枪对待，其实他们哪值得一枪呢。梆！我放了一枪。哗啦，四面的墙全倒了下来。大雨后的墙是受不住震动的，我又做下一件错事。想救校长，把校长和学生全砸在墙底了！我心中没了主意。就是杀校长的学生也是一条命，我不能甩手一走。但是怎样救这么些人呢？幸而，墙只是土堆成的；我不知道近来心中怎么这样卑鄙，在这百忙中似乎想到：校长大概确是该杀，看这校址的建筑，把钱他全自己赚了去，而只用些土堆成围墙。办学校的而私吞公款，该杀。虽然是这么猜想，我可是手脚没闲着，连拉带扯，我很快的拉出许多人来。每逢拉出一个土鬼，连看我一眼也不看便疯了似的跑去，像是由笼里往外掏放生的鸽子似的。并没有受重伤的，我心中不但舒坦了，而且觉得这个把戏很有趣。最后把校长和教员也掏出来，他们的手脚全捆着呢，所以没跑。我把他们放在一旁；开始用脚各处的踢，看土里边还有人没有，大概是没有了；可是我又踢了一遍。确乎觉得是没有人了，我回来把两位捆着的土鬼都松了绑。

待了好大半天，两位先生睁开了眼。我手下没有一些救急的药，和安神壮气的酒类，只好看着他们两个，虽然我急于问他们好多事情，可是我不忍得立刻问他们。两位先生慢慢的坐起来，眼睛还带着惊惶的神气。我向他们一微笑，低声的问："哪位是校长？"

两人脸上带出十二分害怕的样子，彼此互相指了一指。

神经错乱了，我想。

两位先生偷偷的，慢慢的，轻轻的，往起站。我没动。我以为他们是要活动活动身上。他们立起来，彼此一点头，就好像两个雌雄相逐的蜻蜓在眼前飞过那么快，一眨眼的工夫，两位先生已跑出老远。追是没用的，和猫人竞走我是没希望得胜的。我叹了一口气，坐在土堆上。

怎么一回事呢？噢，疑心！藐小！狡猾！谁是校长？他们彼此指了一指。刚活过命来便想牺牲别人而保全自己，他们以为我是要加害于校长，所以彼此指一指。偷偷的，慢慢的立起来，像蜻蜓飞跑了去！哈哈！我狂笑起来！我不是笑他们两个，我是笑他们的社会：处处是疑心，藐小，自利，残忍。没有一点诚实，大量，义气，慷慨！学生解剖校长，校长不敢承认自己是校长……黑暗，黑暗，一百分的黑暗！难道他们看不出我救了他们？噢，黑暗的社会里哪有救人的事。我想起公使太太和那八个小妖精，她们大概还在那里臭烂着呢！

校长，先生，教员，公使太太，八个小妖精……什么叫人生？我不由的落了泪。

到底是怎么回事？想不出，还得去问小蝎。

十八

下面是小蝎的话：

在火星上各国还是野蛮人的时候，我们已经有了教育制度，猫国是个古国。可是，我们的现行教育制度是由外国抄袭来的。这并不是说我们不该摹仿别人，而是说取法别人并不是件容易的事。互相摹仿是该当的，而且是人类文明改进的一个重要动力。没有人采行我们的老制度，而我们必须学别人的新制度，这已见出谁高谁低。但是，假如我们能摹仿得好，使我们的教育与别国的并驾齐驱，我们自然便不能算十分低能。我们施行新教育制度与方法已经二百多年，可是依然一塌糊涂，这证明我们连摹仿也不会；自己原有的既行不开，学别人又学不好，我是个悲观者，我承认我们的民族的低能。

低能民族的革新是个笑话，我们的新教育，所以，也是个笑话。

你问为什么一点的小孩子便在大学毕业？你太诚实了，或者应说太傻了，你不知道那是个笑话吗？毕业？那些小孩都是第一天入学的！要闹笑话就爽快闹到家，我们没有其他可以自傲的事，只有能把笑话闹得彻底。这过去二百年的教育史就是笑话史，现在这部笑话史已到了末一页，任凭谁怎样聪明也不会再把这个大笑话弄得再可笑一点。在新教育初施行的时候，我们的学校也分多少等级，学生必须一步一步的经过试验，而后才算毕业。经过二百年的改善与进步，考试慢慢的取消了，凡是个学生，不管他上课与否，到时候总得算他毕业。可是，小学毕业与大学毕业自然在身份上有个分别，谁肯甘心落个小学毕业的资格呢，小学与大学既是一样的不上课？所以我们彻底的改革了，凡是头一天入学的就先算他在大学毕业，先毕业，而后——噢，没有而后，已经毕业了，还要什么而后？

这个办法是最好的——在猫国。在统计上，我们的大学毕业生数目在火星上各国中算第一，数目第一也就足以自慰，不，自傲了；我们猫人是最重实际的。你看，屈指一算，哪一国的大学毕业生人数也跟不上我们的，事实，大家都满意的微笑了。皇上喜欢这个办法，要不是他热心教育，怎能有这么多大学毕业生？他对得起人民。教员喜欢这个办法，人人是大学教师，每个学校都是最高学府，每个学生都是第一，何等光荣！家长喜欢这个办法，七岁的小泥鬼，大学毕业；子弟聪明是父母的荣耀。学生更不必说了，只要他幸而生在猫国，只要他不在六七岁的时期死了，他总可以得个大学毕业资格。从经济上看呢，这个办法更妙得出奇：原先在初办学校的时候，皇上得年年拿出一笔教育费，而教育出来的学生常和皇上反对为难，这岂不是花钱找麻烦？现在呢，皇上一个钱不要往外拿，而年年有许多大学毕业生，这样的毕业生也不会和皇上过不去。饿死的教员自然不少，大学毕业生人数可增加了呢。原先校长教员因为挣钱，一天到晚互相排挤，天天总得打死几个，而且有时候鼓动学生乱闹，闹得大家不安；现在皇上不给他们钱，他们还争什么？他们要索薪吧，皇上不理他们，招急了皇上，皇上便派兵打他们的脑勺。他们的后盾是学生，可是学生现在都一入学便毕业，谁去再帮助他们呢。没有人帮助他们闹事，他们只好等着饿死，饿死是老师的事，皇上就是满意教师们饿死。

家长的儿童教育费问题解决了，他们只须把个小泥鬼送到学校里，便算没了他们的事。孩子们在家呢，得吃饭；孩子们入学校呢，也得吃饭；有饭吃，谁肯饿着小孩子；没饭吃呢，小孩也得饿着；上学与不上学是一样的，为什么不去来个大学毕业资格呢？反正书笔和其他费用是没有的，因为入学并不为读书，也就不读书，因为得资格，而且必定得资格。你说这个方法好不好？

为什么还有人当校长与教员呢，你问？

这得说二百年来历史的演进。你看，在原先，学校所设的课程不同，造就出来的人材也就不一样，有的学工，有的学商，有的学农……可是这些人毕业后，干什么呢？学工的是学外国的一点技巧，我们没给他们预备下外国的工业；学商的是学外国的一些方法，我们只有些个小贩子，大规模的事业只要一开张便被军人没收了；学农的是学外国的农事，我们只种迷叶，不种别的；这样的教育是学校与社会完全无关，学生毕业以后可干什么去？只有两条出路：做官与当教员。要做官的必须有点人情势力，不管你是学什么的，只要朝中有人便能一步登天。谁能都有钱有势呢？做不着官的，教书是次好的事业；反正受过新教育的是不甘心去做小工人小贩子的，渐渐的社会上分成两种人：学校毕业的和非学校毕业的。前者是抱定以做官做教员为职业，后者是做小工人小贩子的。这种现象对于政治的影响，我今天先不说；对于教育呢，我们的教育便成了轮环教育。我念过书，我毕业后便去教你的儿女，你的儿女毕业了，又教我的儿女。在学识上永远是那一套东西，在人格上天天有些退步，这怎样讲呢？毕业的越来越多了，除了几个能做官的，其余的都要教书，哪有那么多学校呢？只好闹笑话。轮环教育本来只是为传授那几本不朽之作的教科书，并不讲什么仁义道德，所以为争一个教席，有时候能引起一二年的内战，杀人流血，好像大家真为教育事业拼命似的，其实只为那点薪水。

慢慢的教育经费被皇上，政客，军人，都拿了去，大家开始专作索薪的运动，不去教书。学生呢，看透了先生们是什么东西，也养成了不上课的习惯，于是开始刚才我说的不读书而毕业的运动。这个运动断送了教育经费的命。皇上，政客，军人，家长，全赞助这个运动；反正教育是没用的东西，而教员是无可敬畏的玩艺，大家乐得省几个钱呢。但是，学校不能关门；恐怕外国人耻笑；于是入学便算大学毕业的运动成熟了。学校照旧开着，大学毕业人数日见增加，可是一个钱不要花。这是由轮环教育改成普及教育，即等于无教育，可是学校还开着。天大的笑话。

这个运动成熟的时候，做校长与教师的并不因此而减少对于教育的热心，大家还是一天到晚打得不可开交。为什么？原先的学校确是像学校的样子，有桌椅，有财产，有一切的设备；有经费的时候，大家尽量赚钱，校长与教员只好开始私卖公产。争校产：校产少的争校产多的，没校产的争有校产的，又打了个血花乱溅。皇上总是有人心的，既停止了教育经费，怎再好意思禁止盗卖校产，于是学校一个一个的变成拍卖场，到了现在，全变成四面墙围着一块空地。那么，现在为什么还有人愿意做校长教员呢？不干是闲着，干也是闲着，何必不干呢？再说，有个校长教员的名衔到底是有用的，由学生升为教员，由教员升为校长，这本来是轮环教育的必遵之路；现在呢，校长教员既无钱可拿，只好借着这个头衔作升官的阶梯。这样，我们的学校里没教育，可是有学生有教员有校长，而且任何学校都是最高学府。学生一听说自己的学校是最高学府，心眼里便麻那么一下，而后天下太平。

学校里既没有教育，真要读书的人怎办呢？恢复老制度——聘请家庭教师教子弟在家中念书。自然，这只有富足的人家才能办到，大多数的儿童还是得到学校里去失学。这个教育的失败把猫国的最后希望打得连影子也没有了。新教育的初一试行是污蔑新学识的时期。新制度必须与新学识一同由外国搬运过来，学识而名之曰新的，显然是学识老在往前进展，日新月异的搜求真理。可是新制度与新学识到了我们这里便立刻长了白毛，像雨天的东西发霉。本来吗，采取别人家的制度学识最容易像由别人身上割下一块肉补在自己身上，自己觉得只要从别人身上割来一块肉就够了，大家只管割取人家的新肉，而不管肌肉所需的一切养分。取来一堆新知识，而不晓得研究的精神，势必走到轮环教育上去不可。这是污辱新知识，可是，在这个时期，人们确是抱着一种希望，虽然他们以为从别人身上割取一块新肉便会使自己长生不老是错误的，可是究竟他们有这么一点迷信，他们总以为只要新知识一到——不管是多么小的一点——他们立刻会与外国一样的兴旺起来。这个梦想与自傲还是可原谅的，多少是有点希冀的。到了现在，人们只知道学校是争校长，打教员，闹风潮的所在，于是他们把这个现象与新知识煮在一个锅里咒骂了：新知识不但不足以强国，而且是毁人的，他们想。这样，由污蔑新知识时期进而为咒骂新知识时期。现在家庭聘请教师教读子弟，新知识一概除外，我们原有的老石头书的价钱增长了十倍。我的祖父非常的得意，以为这是国粹战胜了外国学问。我的父亲高兴了，他把儿子送到外国读书，以为这么一办，只有他的儿子可以明白一切，可以将来帮助他利用新知识去欺骗那些抱着石头书本的人。父亲是精明强干的，他总以为外国的新知识是有用的，可是只要几个人学会便够了，有几个学会外国的把戏，我们便会强盛起来。可是一般的人还是同情于祖父：新知识是种魔术邪法，只会使人头晕目眩，只会使儿子打父亲，女儿骂母亲，学生杀教员，一点好处也没有。这咒骂新知识的时期便离亡国时期很近了。

你问，这新教育崩溃的原因何在？我回答不出。我只觉得是因为没有人格。你看，当新教育初一来到的时候，人们为什么要它？是因为大家想多发一点财，而不是想叫子弟多明白一点事，是想多造出点新而好用的东西，不是想叫人们多知道一些真理。这个态度已使教育失去养成良好人格和启发研究精神的主旨的一部分。及至新学校成立了，学校里有人，而无人格，教员为挣钱，校长为挣钱，学生为预备挣钱，大家看学校是一种新式的饭铺；什么是教育，没有人过问。又赶上国家衰弱，社会黑暗，皇上没有人格，政客没有人格，人民没有人格，于是这学校外的没人格又把学校里的没人格加料的洗染了一番。自然，在这贫弱的国家里，许多人们连吃还吃不饱，是很难以讲到人格的，人格多半是由经济压迫而堕落的。不错。但是，这不足以作办教育的人们的辩护。为什么要教育？救国。怎样救国？知识与人格。这在一办教育的时候便应打定主意，这在一愿做校长教师的时候便应该牺牲了自己的那点小利益。也许我对于办教育的人的期许过重了。人总是人，一个教员正和一个妓女一样的怕挨饿。我似乎不应专责备教员，我也确乎不肯专责备他们。但是，有的女人纵然挨饿也不肯当妓女，那么，办教育的难道就不能咬一咬牙做个有人格的人？

自然，政府是最爱欺侮老实人的，办教育的人越老实便越受欺侮；可是，无论怎样不好的政府，也要顾及一点民意吧。假如我们办教育的真有人格，造就出的学生也有人格，社会上能永远瞎着眼看不出好坏吗？假如社会看办教育的人如慈父，而造就出的学生都能在社会上有些成就，政府敢轻视教育？敢不发经费？我相信有十年的人格教育，猫国便会变个样子。可是，新教育已办了二百年了，结果？假如在老制度之下能养成一种老实，爱父母，守规矩的人们，怎么新教育会没有相当的好成绩呢？人人说——尤其是办教育的人们——社会黑暗，把社会变白了是谁的责任？办教育的人只怨社会黑暗，而不记得他们的责任是使社会变白了的，不记得他们的人格是黑夜的星光，还有什么希望？！我知道我是太偏，太理想。但是办教育的人是否都应当有点理想？我知道政府社会太不帮忙他们了，但是谁愿意帮忙与政府社会中一样坏的人？

你看见了那宰杀教员的？先不用惊异。那是没人格的教育的当然结果。教员没人格，学生自然也跟着没人格。不但是没人格，而且使人们倒退几万年，返回古代人吃人的光景。人类的进步是极慢的，可是退步极快，一时没人格，人便立刻返归野蛮，况且我们办了二百年的学校？在这二百年中天天不是校长与校长或教员打，便是教员与教员或校长打，不是学生与学生打，便是学生与校长教员打；打是会使人立刻变成兽的，打一次便增多一点野性，所以到了现在，学生宰几个校长或教员是常见的事。你也用不着为校长教员抱不平，我们的是轮环教育，学生有朝一日也必变成校长或教员，自有人来再杀他们。好在多几个这样的校长教师与社会上一点关系没有，学校里谁杀了谁也没人过问。在这种黑暗社会中，人们好像一生出来便小野兽似的东闻闻西抓抓，希望搜寻到一点可吃的东西，一粒砂大的一点便宜都足使他们用全力去捉到。这样的一群小人们恰好在学校里遇上那么一群教师，好像一群小饿兽遇见一群老饿兽，他们非用爪牙较量较量不可了，贪小便宜的欲望烧起由原人遗下来的野性，于是为一本书，一个迷叶，都可以打得死尸满地。闹风潮是青年血性的激动，是有可原谅的；但是，我们此处的风潮是另有风味的，借题目闹起来，拆房子毁东西，而后大家往家里搬砖拾破烂，学生心满意足，家长也皆大欢喜。因闹风潮而家中白得了几块砖，一根木棍，风潮总算没有白闹。校长教师是得机会就偷东西，学生是借机会就拆毁，拆毁完了往家里搬运。校长教师该死。学生该死。学生打死校长教师正是天理昭彰，等学生当了校长教师又被打死也是理之当然，这就是我们的教育。教育能使人变成野兽，不能算没有成绩，哈哈！

十九

小蝎是个悲观者。我不能不将他的话打些折扣。但是，学生入学先毕业，和屠宰校长教员，是我亲眼见的；无论我怎样怀疑小蝎的话，我无从与他辩驳。我只能从别的方面探问。

“那么，猫国没有学者？”我问。

“有。而且很多。”我看出小蝎又要开玩笑了。果然，他不等我问便接着说：“学者多，是文化优越的表示，可是从另一方面看，也是文化衰落的现象，这要看你怎么规定学者的定义。自然我不会给学者下个定义，不过，假如你愿意看看我们的学者，我可以把他们叫来。”

“请来，你是说？”我矫正他。

“叫来！请，他们就不来了，你不晓得我们的学者的脾气；你等着看吧！迷，去把学者们叫几个来，说我给他们迷叶吃。叫星，花们帮着你分头去找。”

迷笑嘻嘻的走出去。

我似乎没有可问的了，一心专等看学者，小蝎拿来几片迷叶，我们俩慢慢的嚼着，他脸上带着点顶淘气的笑意。

迷和星，花，还有几个女的先回来了，坐了个圆圈把我围在当中。大家看着我，都带出要说话又不敢说的神气。

“留神啊，”小蝎向我一笑，“有人要审问你了！”

她们全唧唧的笑起来。迷先说了话：

“我们要问点事，行不行？”

“行。不过，我对于妇女的事可知道的不多。”我也学会小蝎的微笑与口气。

“告诉我们，你们的女子什么样儿？”大家几乎是一致的问。

我知道我会回答得顶有趣味：“我们的女子，脸上擦白粉。”大家

“噢”了一声。“头发收拾得顶好看，有的长，有的短，有的分缝，有的向后拢，都擦着香水香油。”大家的嘴全张得很大，彼此看了看头上的短毛，又一齐闭上嘴，似乎十二分的失望。“耳朵上挂着坠子，有的是珍珠，有的是宝石，一走道儿坠子便前后的摇动。”大家摸了摸脑勺上的小耳朵，有的——大概是花——似乎要把耳朵揪下来。“穿着顶好看的衣裳，虽然穿着衣裳，可是设法要露出点肌肉来，若隐若现，比你们这全光着的更好看。”我是有点故意与迷们开玩笑：“光着身子只有肌肉的美，可是肌肉的颜色太一致，穿上各种颜色的衣裳呢，又有光彩，又有颜色，所以我们的女子虽然不反对赤身，可是就在顶热的夏天也多少穿点东西。还穿鞋呢，皮子的，缎子的，都是高底儿，鞋尖上镶着珠子，鞋跟上绣着花，好看不好看？”我等她们回答。没有出声的，大家的嘴都成了个大写的“O”。“在古时候，我们的女子有把脚裹得这么小的，”我把大指和食指捏在一块比了一比，“现在已经完全不裹脚了，改为——”大家没等我说完这句，一齐出了声：“为什么不裹了呢？为什么不裹了呢？糊涂！脚那么小，多么好看，小脚尖上镶上颗小珠子，多么好看！”大家似乎真动了感情，我只好安慰她们：“别忙，等我说完！她们不是不裹脚了吗，可是都穿上高底鞋，脚尖在这儿，”我指了指鼻尖，“脚踵在这儿，”我指了头顶，“把身量能加高五寸。好看哪，而且把脚骨窝折了呢，而且有时候还得扶着墙走呢，而且设若折了一个底儿还一高一低的蹦呢！”大家都满意了，可是越对地球上的女子满意，对她们自已越觉得失望，大家都轻轻的把脚藏在腿底下去了。

我等着她们问我些别的问题。哼，大家似乎被高底鞋给迷住了：

“鞋底有多么高，你说？”一个问。

“鞋上面有花，对不对？”又一个问。

“走起路来咯噔咯噔的响？”又一个问。

“脚骨怎么折？是穿上鞋自然的折了呢，还是先弯折了脚骨再穿鞋？”又一个问。

“皮子做的？人皮行不行？”又一个问。

“绣花？什么花？什么颜色？”又一个问。

我要是会制革和做鞋，当时便能发了财，我看出来。

我正要告诉她们，我们的女子除了穿高底鞋还会做事，学者们来到了。

“迷，”小蝎说，“去预备迷叶汁。”又向花们说，“你们到别处去讨论高底鞋吧。”

来了八位学者，进门向小蝎行了个礼便坐在地上，都扬着脸向上看，连捎我一眼都不屑于。

迷把迷叶汁拿来，大家都慢慢的喝了一大气，闭上眼，好似更不屑于看我了。

他们不看我，正好；我正好细细的看他们。八位学者都极瘦，极脏，连脑勺上的小耳朵都装着两兜儿尘土，嘴角上堆着两堆吐沫，举动极慢，比大蝎的动作还要更阴险稳慢着好多倍。

迷叶的力量似乎达到生命的根源，大家都睁开眼，又向上看着。忽然一位说了话：

“猫国的学者是不是属我第一？”他的眼睛向四外一瞭，捎带着捎了我一下。

其余的七位被这一句话引得都活动起来，有的搔头，有的咬牙，有的把手指放在嘴里，然后一齐说：

“你第一？连你爸爸算在一块，不，连你祖父算在一块，全是混蛋！”

我以为这是快要打起来了。谁知道，自居第一学者的那位反倒笑了，大概是挨骂挨惯了。

“我的祖父，我的父亲，我自己，三辈子全研究天文，全研究天文，你们什么东西！外国人研究天文用许多器具，镜子，我们世代相传讲究只用肉眼，这还不算本事；我们讲究看得出天文与人生祸福的关系，外国人能懂得这个吗？昨天我夜观天象，文星正在我的头上，国内学者非我其谁？”

“要是我站在文星下面，它便在我头上！”小蝎笑着说。

“大人说得极是！”天文学家不言语了。

“大人说得极是！”其余的七位也找补了一句。

半天，大家都不出声了。

“说呀！”小蝎下了命令。

有一位发言：“猫国的学者是不是属我第一？”他把眼睛向四外一瞭。“天文可算学问？谁也知道，不算！读书必须先识字，字学是惟一的学问。我研究了三十年字学了，三十年，你们谁敢不承认我是第一的学者？谁敢？”

“放你娘的臭屁！”大家一齐说。

字学家可不像天文家那么老实，抓住了一位学者，喊起来：“你说谁呢？你先还我债，那天你是不是借了我一片迷叶？还我，当时还我，不然，我要不把你的头拧下来，我不算第一学者！”

“我借你一片迷叶，就凭我这世界著名的学者，借你一片迷叶，放开我，不要脏了我的胳臂！”

“吃了人家的迷叶不认账，好吧，你等着，你等我作字学通论的时候，把你的姓除外，我以国内第一学者的地位告诉全世界，说古字中就根本没有你的姓，你等着吧！”

借吃迷叶而不认账的学者有些害怕了，向小蝎央告：“大人，大人！赶快借给我一片迷叶，我好还他！大人知道，我是国内第一学者，但是学者是没钱的人。穷既是真的，也许我借过他一片迷叶吃，不过不十分记得。大人，我还得求你一件事，请你和老大人求求情，多给学者一些迷叶。旁人没迷叶还可以，我们作学者的，尤其我这第一学者，没有迷叶怎能作学问呢？你看，大人，我近来又研究出我们古代刑法确是有活剥皮的一说，我不久便作好一篇文章，献给老大人，求他转递给皇上，以便恢复这个有趣味，有历史根据的刑法。就这一点发现，是不是可算第一学者？字学，什么东西！只有历史是真学问！”

“历史是不是用字写的？还我一片迷叶！”字学家态度很坚决。

小蝎叫迷拿了一片迷叶给历史学家，历史学家掐了一半递给字学家，“还你，不该！”

字学家收了半片迷叶，咬着牙说：“少给我半片！你等着，我不偷了你的老婆才怪！”

听到“老婆”，学者们似乎都非常的兴奋，一齐向小蝎说：

“大人，大人！我们学者为什么应当一人一个老婆，而急得甚至于想偷别人的老婆呢？我们是学者，大人，我们为全国争光，我们为子孙万代保存祖宗传留下的学问，为什么不应当每人有至少三个老婆呢？”

小蝎没言语。

“就以星体说吧，一个大星总要带着几个小星的，天体如此，人道亦然，我以第一学者的地位证明一人应该有几个老婆的；况且我那老婆的‘那个’是不很好用的！”

“就以字体说吧，古时造字多是女字旁的，可见老婆应该是多数的。我以第一学者的地位证明老婆是应该不只一个的；况且……”下面的话不便写录下来。

各位学者依次以第一学者的地位证明老婆是应当多数的，而且全拿出不便写出的证据。我只能说，这群学者眼中的女子只是“那个”。

小蝎一言没发。

“大人想是疲倦了？我们，我们，我们……”

“迷，再给他们点迷叶，叫他们滚！”小蝎闭着眼说。

“谢谢大人，大人体谅！”大家一齐念道。

迷把迷叶拿来，大家乱抢了一番，一边给小蝎行礼道谢，一边互相诟骂，走了出去。

这群学者刚走出去，又进了一群青年学者。原来他们已在外边等了半天，因为怕和老年学者遇在一处，所以等了半天。新旧学者遇到一处至少要出两条人命的。

这群青年学者的样子好看多了，不瘦，不脏，而且非常的活泼。进来，先向迷行礼，然后又向我招呼，这才坐下。我心中痛快了些，觉得猫国还有希望。

小蝎在我耳旁嘀咕：“这都是到过外国几年而知道一切的学者。”

迷拿来迷叶，大家很活泼的争着吃得很高兴，我的心又凉了。

吃过迷叶，大家开始谈话。他们谈什么呢？我是一字不懂！我和小蝎来往已经学得许多新字，可是我听不懂这些学者的话。我只听到一些声音：咕噜吧唧，地冬地冬，花拉夫司基……什么玩艺呢？

我有点着急，因为急于明白他们说些什么，况且他们不断的向我说，而我一点答不上，只是傻子似的点头假笑。

“外国先生的腿上穿着什么？”

“裤子。”我回答，心中有点发糊涂。

“什么做的？”一位青年学者问。

“怎么做的？”又一位问。

“穿裤子是表示什么学位呢？”又一位问。

“贵国是不是分有裤子阶级，与无裤子阶级呢？”又一位问。

我怎么回答呢？我只好装傻假笑吧。

大家没得到我回答，似乎很失望，都过来用手摸了摸我的破裤子。

看完裤子，大家又咕噜吧唧，地冬地冬，花拉夫司基……起来，我都快闷死了！

好容易大家走了，我才问小蝎，他们说的是什么。

“你问我哪？”小蝎笑着说，“我问谁去呢？他们什么也没说。”

“花拉夫司基？我记得这么一句。”我问。

“花拉夫司基？还有通通夫司基呢，你没听见吗？多了！他们只把一些外国名词联到一处讲话，别人不懂，他们自己也不懂，只是听着热闹。会这么说话的便是新式学者。我知道花拉夫司基这句话在近几天正在走运，无论什么事全是花拉夫司基，父母打小孩子，皇上吃迷叶，学者自杀，全是花拉夫司基。其实这个字当作‘化学作用’讲。等你再遇见他们的时候，你只管胡说，花拉夫司基，通通夫司基，大家夫司基，他们便以为你是个学者。只要名词，不必管动词，形容字只须在夫司基下面加个‘的’字。”

“看我的裤子又是什么意思呢？”我问。

“迷们问高底鞋，新学者问裤子，一样的作用。青年学者是带些女性的，讲究清洁漂亮时髦，老学者讲究直擒女人的那个，新学者讲究献媚。你等着看，过几天青年学者要不都穿上裤子才怪。”

我觉得屋中的空气太难过了，没理小蝎，我便往外走。门外花们一群女子都扶着墙，脚后跟下垫着两块砖头，练习用脚尖走路呢。

二十

悲观者是有可取的地方的：他至少要思虑一下才会悲观，他的思想也许很不健全，他的心气也许很懦弱，但是他知道用他的脑子。因此，我更喜爱小蝎一些。对于那两群学者，我把希望放在那群新学者身上，他们也许和旧学者一样的糊涂，可是他们的外表是快乐的，活泼的，只就这一点说，我以为他们是足以补小蝎的短处的；假如小蝎能鼓起勇气，和这群青年一样的快乐活泼，我想，他必定会干出些有益于社会国家的事业。他需要几个乐观者做他的助手。我很想多见一见那群新学者，看看他们是否能帮助小蝎。

我从迷们打听到他们的住处。

去找他们，路上经过好几个学校。我没心思再去参观。我并不愿意完全听信小蝎的话，但是这几个学校也全是四面土墙围着一块空地。即使这样的学校能不像小蝎所说的那么坏，我到底不能承认这有什么可看的地方。对于街上来来往往的男女学生，我看他们一眼，眼中便湿一会儿。他们的态度，尤其是岁数大一点的，正和大蝎被七个猫人抬着走的时候一样，非常的傲慢得意，好像他们个个以活神仙自居，而丝毫没觉到他们的国家是世界上最丢脸的国家似的。办教育的人糊涂，才能有这样无知学生，我应当原谅这群青年，但是，二十上下岁的人们居然能一点看不出事来，居然能在这种地狱里非常的得意，非常的傲慢，我真不晓得他们有没有心肝。有什么可得意的呢？我几乎要抓住他们审问了；但是谁有那个闲工夫呢！

我所要找的新学者之中有一位是古物院的管理员，我想我可以因拜访他而顺手参观古物院。古物院的建筑不小，长里总有二三十间房子。门外坐着一位守门的，猫头倚在墙上，正睡得十分香甜。我探头往里看，再没有一个人影。古物院居然可以四门大开，没有人照管着，奇！况且猫人是那么爱偷东西，怪！我没敢惊动那位守门的，自己硬往里走。穿过两间空屋子，遇见了我的新朋友。他非常的快乐，干净，活泼，有礼貌，我不由的十分喜爱他。他的名字叫猫拉夫司基。我知道这决不是猫国的通行名字，一定是个外国字。我深怕他跟我说一大串带“夫司基”字尾的字，所以我开门见山的对他说明我是要参观古物，求他指导一下。我想，他决不会把古物也都“夫司基”了；他不“夫司基”，我便有办法。

“请，请，往这边请。”猫拉夫司基非常的快活，客气。

我们进了一间空屋子，他说：

“这是一万年前的石器保存室，按照最新式的方法排列，请看吧。”

我向四围打量了一眼，什么也没有。“又来得邪！”我心里说。还没等发问，他向墙上指了一指，说：

“这是一万年前的一座石罐，上面刻着一种外国字，价值三百万国魂。”

噢，我看明白了，墙上原来刻着一行小字，大概那个价值三百万的石罐在那里陈列过。

“这是一万零一年的一个石斧，价值二十万国魂。这是一万零二年的一套石碗，价值一百五十万。这是……三十万。这是……四十万。”

别的不说，我真佩服他把古物的价值能记得这么烂熟。

又进了一间空屋子，他依然很客气殷勤的说：

“这是一万五千年前的书籍保存室，世界上最古的书籍，按照最新式的编列法陈列。”

他背了一套书名和价值；除了墙上有几个小黑虫，我是什么也没看见。

一气看了十间空屋子，我的忍力叫猫拉夫司基给耗干了，可是我刚要向他道谢告别，到外面吸点空气去，他把我又领到一间屋子，屋子外面站着二十多个人，手里全拿着木棍！里面确是有东西，谢天谢地，我幸而没走，十间空的，一间实的，也就算不虚此行。

“先生来得真凑巧，过两天来，可就看不见这点东西了。”猫拉夫司基十二分殷勤客气的说：“这是一万二千年前的一些陶器，按照最新式的排列方法陈列。一万二千年前，我们的陶器是世界上最精美的，后来，自从八千年前吧，我们的陶业断绝了，直到如今，没有人会造。”

“为什么呢？”我问。

“呀呀夫司基。”

什么意思，呀呀夫司基？没等我问，他继续的说：“这些陶器是世界上最值钱的东西，现在已经卖给外国。一共卖了三千万万国魂，价钱并不算高，要不是政府急于出售，大概至少可以卖到五千万万。前者我们卖了些不到一万年的石器，还卖到两千万万，这次的协定总算个失败。政府的失败还算小事，我们办事的少得一些回扣是值得注意的。我们指着什么吃饭？薪水已经几年不发了，不仗着出卖古物得些回扣，难道叫我们天天喝风？自然古物出卖的回扣是很大的，可是看管古物的全是新式的学者，我们的日常花费要比旧学者高上多少倍，我们用的东西都来自外国，我们买一件东西都够老读书的人们花许多日子的，这确是一个问题！”猫拉夫司基的永远快乐的脸居然带出些悲苦的样子。

为什么将陶业断绝？呀呀夫司基！出卖古物？学者可以得些回扣。我对于新学者的希望连半点也不能存留了。我没心再细问，我简直不屑于再与他说话了。我只觉得应当抱着那些古物痛哭一场。不必再问了，政府是以出卖古物为财政来源之一，新学者是只管拿回扣，和报告卖出的古物价值，这还有什么可问的。但是，我还是问了一句：“假如这些东西也卖空了，大家再也拿不到回扣，又怎办呢？”

“呀呀夫司基！”

我明白了，呀呀夫司基比小蝎的“敷衍”又多着一万多分的敷衍。我恨猫拉夫司基，更恨他的呀呀夫司基。

吃惯了迷叶是不善于动气的，我居然没打猫拉夫司基两个嘴巴子。我似乎想开了，一个中国人何苦替猫人的事动气呢。我看清了：猫国的新学者只是到过外国，看了些，或是听了些，最新的排列方法。他们根本没有丝毫判断力，根本不懂哪是好，哪是坏，只凭听来的一点新排列方法来混饭吃。陶业绝断了是多么可惜的事，只值得个呀呀夫司基！出售古物是多么痛心的事，还是个呀呀夫司基！没有骨气，没有判断力，没有人格，他们只是在外国去了一遭，而后自号为学者，以便舒舒服服的呀呀夫司基！

我并没向猫拉夫司基打个招呼便跑了出来。我好像听见那些空屋子里都有些呜咽的声音，好像看见一些鬼影都掩面而泣。设若我是那些古物，假如古物是有魂灵的东西，我必定把那出卖我的和那些新学者全弄得七窍流血而亡！

到了街上，我的心平静了些。在这种黑暗社会中，把古物卖给外国未必不是古物的福气。偷盗，毁坏，是猫人最惯于做的事，与其叫他们自己把历史上宝物给毁坏了，一定不如拿到外国去保存着。不过，这只是对古物而言，而决不能拿来原谅猫拉夫司基。出卖古物自然不是他一个人的主意，但是他那点觍不为耻的态度是无可原谅的。他似乎根本不晓得什么叫作耻辱。历史的骄傲，据我看，是人类最难消灭的一点根性。可是猫国青年们竟自会丝毫不动感情的断送自家历史上的宝贝，况且猫拉夫司基还是个学者，学者这样，不识字的人们该当怎样呢。我对猫国复兴的希望算是连根烂的一点也没有了。努力过度有时候也足以使个人或国家死亡，但是我不能不钦佩因努力而吐血身亡的。猫拉夫司基们只懂得呀呀夫司基，无望！

无心再去会别个新学者了。也不愿再看别的文化机关。多见一个人多减去我对“理想的人”的一分希望，多看一个机关多使我落几点泪，何苦呢！小蝎是可佩服的，他不领着我来看，也不事先给我说明，他先叫我自己看，这是有言外之意的。

路过一个图书馆，我不想进去看，恐怕又中了空城计。从里边走出一群学生来，当然是阅书的了，又引起我的参观欲。图书馆的建筑很不错，虽然看着像年久失修的样子，可是并没有塌倒的地方。

一进大门，墙上有几个好似刚写好的白字：“图书馆革命。”图书馆向谁革命呢？我是个不十分聪明的人，不能立刻猜透。往里走了两步，只顾看墙上的字，冷不防我的腿被人抱住了，“救命！”地上有人喊了一声。

地上躺着十来个人呢，抱住我的腿的那位是，我认出来，新学者之一。他们的手脚都捆着呢。我把他们全放开，大家全像放生的鱼一气儿跑出多远去，只剩下那位新学者。

“怎么回事？”我问。

“又革命了！这回是图书馆革命！”他很惊惶的说。

“图书馆革了谁的命？”

“人家革了图书馆的命！先生请看，”他指了指他的腿部。

噢，他原来穿上了一条短裤子。但是穿上裤子与图书馆革命有什么关系呢？

“先生不是穿裤子吗？我们几个学者是以介绍外国学问道德风俗为职志的，所以我们也开始穿裤子。”他说，“这是一种革命事业。”

“革命事业没有这么容易的！”我心里说。

“我穿上裤子，可糟了，隔壁的大学学生见我这革命行为，全找了我来，叫我给他们每人一条裤子。我是图书馆馆长，我卖出去的书向来是要分给学生们一点钱的，因为学生很有些位信仰‘大家夫司基主义’的。我不能不卖书，不卖书便没法活着，卖书不能不分给他们一点钱，大家夫司基的信仰者是很会杀人的。可是，大家夫司基惯了，今天他们看见我穿上裤子，也要大家夫司基，我哪有钱给大家都做裤子，于是他们反革命起来；我穿裤子是革命事业，他们穿不上裤子又来革我的命，于是把我们全绑起来，把我那一点积蓄全抢了去！”

“他们倒没抢图书？”我不大关心个人的得失，我要看的是图书馆。

“不能抢去什么，图书在十五年前就卖完了，我们现在专做整理的工作。”

“没书还整理什么呢？”

“整理房屋，预备革命一下，把图书室改成一座旅馆，名称上还叫图书馆，实际上可以租出去收点租，本来此地已经驻过许多次兵，别人住自然比兵们要规矩一点的。”

我真佩服了猫人，因为佩服他们，我不敢再往下听了；恐怕由佩服而改为骂街了。

二十一

夜间又下了大雨。猫城的雨似乎没有诗意的刺动力。任凭我怎样的镇定，也摆脱不开一种焦躁不安之感。墙倒屋塌的声音一阵接着一阵，全城好像遇风的海船，没有一处，没有一刻，不在颤战惊恐中。毁灭才是容易的事呢，我想，只要多下几天大雨就够了。我决不是希望这不人道的事实现，我是替猫人们难过，着急。他们都是为什么活着呢？他们到底是怎么活着呢？我还是弄不清楚；我只觉得他们的历史上有些极荒唐的错误，现在的人们正在为历史的罪过受惩罚，假如这不是个过于空洞与玄幻的想法。

“大家夫司基”，我又想起这个字来，反正是睡不着，便醒着做梦玩玩吧。不管这个字，正如旁的许多外国字，有什么意思，反正猫人是受了字的害处不浅，我想。

学生们有许多信仰大家夫司基的，我又想起这句话。我要打算明白猫国的一切，我非先明白一些政治情形不可了。我从地球上各国的历史上看清楚：学生永远是政治思想的发酵力；学生，只有学生的心感是最敏锐的；可是，也只有学生的热烈是最浮浅的，假如心感的敏锐只限于接收几个新奇的字眼。假如猫学生真是这样，我只好对猫国的将来闭上眼！只责备学生，我知道，是不公平的，但是我不能不因期望他们而显出责备他们的意思。我必须看看政治了。差不多我一夜没能睡好，因为急于起去找小蝎，他虽然说他不懂政治，但是他必定能告诉我一些历史上的事实；没有这些事实我是无从明白目前的状况的，因为我在此地的日子太浅。

我起来的很早，为是捉住小蝎。

“告诉我，什么是大家夫司基？”我好像中了迷。

“那便是人人为人人活着的一种政治主义。”小蝎吃着迷叶说，“在这种政治主义之下，人人工作，人人快活，人人安全，社会是个大机器，人人是这个大机器的一个工作者，快乐的安全的工作着的小钉子或小齿轮。的确不坏！”

“火星上有施行这样主义的国家？”

“有的是，行过二百多年了。”

“贵国呢？”

小蝎翻了翻白眼，我的心跳起来了。待了好大半天，他说：“我们也闹过，闹过，记清楚了；我们向来不‘实行’任何主义。”

“为什么‘闹过’呢？”

“假如你家中的小孩子淘气，你打了他几下，被我知道了，我便也打我的小孩子一顿，不是因他淘气，是因为你打了孩子所以我也得去打；这对于家务便叫作闹过，对政治也是如此。”

“你似乎是说，你们永远不自己对自己的事想自己的办法，而是永远听见风便是雨的随着别人的意见闹？你们永远不自己盖房子，打个比喻说，而是老租房子住？”

“或者应当说，本来无须穿裤子，而一定要穿，因为看见别人穿着，然后，不自己按着腿的尺寸去裁缝，而只去买条旧裤子。”

“告诉我些个过去的事实吧！”我说，“就是闹过的也好，闹过的也至少引起些变动，是不是？”

“变动可不就是改善与进步。”

小蝎这家伙确是厉害！我微笑了笑，等着他说。他思索了半天：“从哪里说起呢？！火星上一共有二十多国，一国有一国的政治特色与改革。我们偶尔有个人听说某国政治的特色是怎样，于是大家闹起来。又忽然听到某国政治上有了改革，大家又急忙闹起来。结果，人家的特色还是人家的，人家的改革是真改革了，我们还是我们；假如你一定要知道我们的特色，越闹越糟便是我们的特色。”

“还是告诉我点事实吧，哪怕极没系统呢。”我要求他。

“先说哄吧。”

“哄？什么东西？”

“这和裤子一样的不是我们原有的东西。我不知道你们地球上可有这种东西，不，不是东西，是种政治团体组织——大家联合到一块拥护某种政治主张与政策。”

“有的，我们的名字是政党。”

“好吧，政党也罢，别的名字也罢，反正到了我们这里改称为哄。你看，我们自古以来总是皇上管着大家的，人民是不得出声的。忽然由外国来了一种消息，说：人民也可以管政事；于是大家怎想怎不能逃出这个结论——这不是起哄吗？再说，我们自古以来是拿洁身自好作道德标准的，忽然听说许多人可以组成个党，或是会，于是大家怎翻古书怎找不到个适当的字；只有哄字还有点意思：大家到一处为什么？为是哄。于是我们便开始哄。我告诉过你，我不懂政治；自从哄起来以后，政治——假如你能承认哄也算政治——的变动可多了，我不能详细的说；我只能告诉你些事实，而且是粗枝大叶的。”

“说吧，粗枝大叶的说便好。”我唯恐他不往下说了。

“第一次的政治的改革大概是要求皇上允许人民参政，皇上自然是不肯了，于是参政哄的人们联合了许多军人加入这个运动，皇上一看风头不顺，就把参政哄的重要人物封了官。哄人做了官自然就要专心做官了，把哄的事务忘得一干二净。恰巧又有些人听说皇上是根本可以不要的，于是大家又起哄，非赶跑皇上不可。这个哄叫作民政哄。皇上也看出来了，打算寻个心静，非用以哄攻哄的办法不可了，于是他自己也组织了一个哄，哄员每月由皇上手里领一千国魂。民政哄的人们一看红了眼，立刻屁滚尿流的向皇上投诚，而皇上只允许给他们每月一百国魂。几乎破裂了，要不是皇上最后给添到一百零三个国魂。这些人们能每月白拿钱，引起别人的注意，于是一人一哄，两人一哄，十人一哄，哄的名字可就多多了。”

“原谅我问一句，这些哄里有真正的平民在内没有？”

“我正要告诉你。平民怎能在内呢，他们没受过教育，没知识，没脑子，他们干等着受骗，什么办法也没有。不论哪一哄起来的时候，都是一口一个为国为民。得了官做呢，便由皇上给钱，皇上的钱自然出自人民身上。得不到官做呢，拚命的哄，先是骗人民供给钱，及至人民不受骗了，便联合军人去给人民上脑箍。哄越多人民越苦，国家越穷。”

我又插了嘴：“难道哄里就没有好人？就没有一个真是为国为民的？”

“当然有！可是你要知道，好人也得吃饭，革命也还要恋爱。吃饭和恋爱必需钱，于是由革命改为设法得钱，得到钱，有了饭吃，有了老婆，只好给钱做奴隶，永远不得翻身，革命，政治，国家，人民，抛到九霄云外。”

“那么，有职业，有饭吃的人全不做政治运动？”我问。

“平民不能革命，因为不懂，什么也不懂。有钱的人，即使很有知识，不能革命，因为不敢；他只要一动，皇上或军人或哄员便没收他的财产。他老实的忍着呢，或是捐个小官呢，还能保存得住一些财产，虽然不能全部的落住；他要是一动，连根烂。只有到过外国的，学校读书的，流氓，地痞，识几个字的军人，才能干政治，因为他们进有所得，退无一失，哄便有饭吃，不哄便没有饭吃，所以革命在敝国成了一种职业。因此，哄了这么些年，结果只有两个显明的现象：第一，政治只有变动，没有改革。这样，民主思想越发达，民众越贫苦。第二，政哄越多，青年们越浮浅。大家都看政治，不管学识，即使有救国的真心，而且拿到政权，也是事到临头白瞪眼！没有应付的能力与知识。这么一来，老人们可得了意，老人们一样没有知识，可是处世的坏主意比青年们多的多。青年们既没真知识，而想运用政治，他们非求老人们给出坏主意不可，所以革命自管革命，真正掌权的还是那群老狐狸。青年自己既空洞，而老人们的主意又极奸狡，于是大家以为政治便是人与人间的敷衍，敷衍得好便万事如意，敷衍得不好便要塌台。所以现在学校的学生不要读书，只要多记几个新字眼，多学一点坏主意，便自诩为政治的天才。”

我容小蝎休息了一会儿：“还没说大家夫司基呢？”

“哄越多人民越穷，因为大家只管哄，而没管经济的问题。末后，来了大家夫司基——是由人民做起，是由经济的问题上做起。革命了若干年，皇上始终没倒，什么哄上来，皇上便宣言他完全相信这一哄的主张，而且愿做这一哄的领袖；暗中递过点钱去，也就真做了这一哄的领袖，所以有位诗人曾赞扬我们的皇上为‘万哄之主’。只有大家夫司基来到，居然杀了一位皇上。皇上被杀，政权真的由哄——大家夫司基哄——操持了；杀人不少，因为这一哄是要根本铲除了别人，只留下真正农民与工人。杀人自然算不了怪事，猫国向来是随便杀人的。假如把不相干的人都杀了，而真的只留下农民与工人，也未必不是个办法。不过，猫人到底是猫人，他们杀人的时候偏要弄出些花样，给钱的不杀，有人代为求情的不杀，于是该杀的没杀，不该杀的倒丧了命。该杀的没杀，他们便混进哄中去出坏主意，结果是天天杀人，而一点没伸明了正义。还有呢，大家夫司基主义是给人人以适当的工作，而享受着同等的酬报。这样主义的施行，第一是要改造经济制度，第二是由教育培养人人为人人活着的信仰。可是我们的大家夫司基哄的哄员根本不懂经济问题，更不知道怎么创设一种新教育。人是杀了，大家白瞪了眼。他们打算由农民与工人作起，可是他们一点不懂什么是农，哪叫作工。给地亩平均分了一次，大家拿过去种了点迷树；在迷树长成之前，大家只好饿着。工人呢，甘心愿意工作，可是没有工可做。还得杀人，大家以为杀剩了少数的人，事情就好办了；这就好像是说，皮肤上发痒，把皮剥了去便好了。这便是大家夫司基的经过；正如别种由外国来的政治主义，在别国是对病下药的良策，到我们这里便变成自己找罪受。我们自己永远不思想，永远不看问题，所以我们只受革命应有的灾害，而一点得不到好处。人家革命是为施行一种新主张，新计划；我们革命只是为哄，因为根本没有知识；因为没有知识，所以必须由对事改为对人；因为是对人，所以大家都忘了作革命事业应有的高尚人格，而只是大家彼此攻击和施用最卑劣的手段。因此，大家夫司基了几年，除了杀人，只是大家瞪眼；结果，大家夫司基哄的首领又做了皇上。由大家夫司基而皇上，显着多么接不上碴，多么像个噩梦！可是在我们看，这不足为奇，大家本来不懂什么是政治，大家夫司基没有走通，也只好请出皇上；有皇上到底是省得大家分心。到如今，我们还有皇上，皇上还是‘万哄之主’，大家夫司基也在这万哄之内。”

小蝎落了泪！

二十二

即使小蝎说的都正确，那到底不是个建设的批评；太悲观有什么好处呢。自然我是来自太平快乐的中国，所以我总以为猫国还有希望；没病的人是不易了解病夫之所以那样悲观的。不过，希望是人类应有的——简直的可以说是人类应有的一种义务。没有希望是自弃的表示，希望是努力的母亲。我不信猫人们如果把猫力量集合在一处，而会产不出任何成绩的。有许多许多原因限制着猫国的发展，阻碍着政治入正轨，据我看到的听到的，我深知他们的难处不少，但是猫人到底是人，人是能胜过一切困难的动物。

我决定去找大蝎，请他给介绍几个政治家；假如我能见到几位头脑清楚的人，我也许得到一些比小蝎的议论与批评更切实更有益处的意见。我本应当先去看民众，但是他们那样的怕外国人，我差不多想不出方法与他们接近。没有懂事的人民，政治自然不易清明；可是反过来说，有这样的人民，政治的运用是更容易一些，假如有真正的政治家肯为国为民的去干。我还是先去找我的理想的英雄吧，虽然我是向来不喜捧英雄的脚的。

恰巧赶上大蝎请客，有我；他既是重要人物之一，请的客人自然一定有政治家了，这是我的好机会。我有些日子不到街的这边来了。街上依然是那么热闹，有蚂蚁的忙乱而没有蚂蚁的勤苦。我不知道这个破城有什么吸引力，使人们这样贪恋它；也许是，我继而一想，农村已然完全崩溃，城里至少总比乡下好。只有一样比从前好了，街上已不那么臭了；因为近来时常下雨，老天替他们做了清洁运动。

大蝎没在家，虽然我是按着约定的时间来到的。招待我的是前者在迷林给我送饭的那个人，多少总算熟人，所以他告诉了我："要是约定正午呀，你就晚上来；要是晚上，就天亮来；有时过两天来也行；这是我们的规矩。"我很感谢他的指导，并且和他打听请的客都是什么人，我心中计划着：设若客人们中没有我所希望见的，我便不再来了。"客人都是重要人物，"他说，"不然也不能请上外国人。”好了，我一定得回来，但是上哪里消磨这几点钟的时光呢？忽然我想起个主意：袋中还有几个国魂，掏出来赠给我的旧仆人。自然其余的事就好办了。我就在屋顶上等着，和他讨教一些事情。猫人的嘴是以国魂作钥匙的。

城里这么些人都拿什么作生计呢？这是我的第一个问题。

“这些人？”他指着街上那个人海说，“都什么也不干。”

来得邪，我心里说；然后问他：“那么怎样吃饭呢？”

“不吃饭，吃迷叶。”

“迷叶从哪儿来呢？”

“一人做官，众人吃迷叶。这些人全是官们的亲戚朋友。做大官的种迷叶，卖迷叶，还留些迷叶分给亲戚朋友。做小官的买迷叶，自己吃，也分给亲戚朋友吃。不做官的呢，等着迷叶。”

“做官的自然是很多了？”我问。

“除了闲着的都是做官的。我，我也是官。”他微微的笑了笑。这一笑也许是对我轻视他——我揭过他一小块头皮——的一种报复。

“做官的都有钱？”

“有。皇上给的。”

“大家不种地，不做工，没有出产，皇上怎么能有钱呢？”

“卖宝物，卖土地，你们外国人爱买我们的宝物与土地，不愁没有钱来。”

“是的，古物院，图书馆……前后合上碴了。”

“你，拿你自己说，不以为卖宝物，卖土地，是不好的事？”

“反正有钱来就好。”

“合算着你们根本没有什么经济问题？”

这个问题似乎太深了一些，他半天才回答出：“当年闹过经济问题，现在已没人再谈那个了。”

“当年大家也种地，也工作，是不是？”

“对了。现在乡下已差不多空了，城里的人要买东西，有外国人卖，用不着我们种地与做工，所以大家全闲着。”

“那么，为什么还有人做官？做官总不能闲着呀？做官与不做官总有迷叶吃，何苦去受累做官呢？”

“做官多来钱，除了吃迷叶，还可以多买外国的东西，多讨几个老婆。

不做官的不过只分些迷叶吃罢了。再说，做官并不累，官多事少，想做事也没事可做。”

“请问，那死去的公使太太怎么能不吃迷叶呢，既是没有别的东西可吃？”

“要吃饭也行啊，不过是贵得很，肉，菜，全得买外国的。在迷林的时候，你非吃饭不可，那真花了我们主人不少的钱。公使太太是个怪女人，她要是吃迷叶，自有人供给她；吃饭，没人供给得起；她只好带着那八个小妖精去掘野草野菜吃。”

“肉呢？”

“肉可没地方去找，除非有钱买外国的。在人们还一半吃饭，一半吃迷叶的时候——这是多少年前的事了——人们已把一切动物吃尽，飞的走的一概不留；现在你可看见过一个飞禽或走兽？”

我想了半天，确是没见过动物：“啊，白尾鹰，我见过！”

“是的，只剩下它们了，因为它们的肉有毒，不然，也早绝种了。”

你们这群东西也快……我心里说。我不必往下问了。蚂蚁蜜蜂是有需要的，可是并没有经济问题。虽然它们没有问题，可是大家本能的操作，这比猫人强的多。猫人已无政治经济可言，可是还免不了纷争捣乱，我不知道哪位上帝造了这么群劣货，既没有蜂蚁那样的本能，又没有人类的智慧，造他们的上帝大概是有意开玩笑。有学校而没教育，有政客而没政治，有人而没人格，有脸而没羞耻，这个玩笑未免开得太过了。

但是，无论怎说，我非看看那些要人不可了。我算是给猫人想不出高明主意来了，看他们的要人有方法没有吧。问题看着好似极简单：把迷叶平均的分一分，成为一种迷叶大家夫司基主义，也就行了。但这正是走入绝地的方法。他们必须往回走，禁止迷叶，恢复农工，然后才能避免同归于尽。但是，谁能担得起这个重任？他们非由蚊虫苍蝇的生活法改为人的不可——这一跳要费多大力气，要有多大的毅力与决心！我几乎与小蝎一样的悲观了。

大蝎回来了。他比在迷林的时候瘦了许多，可是更显着阴险狡诈。对他，我是毫不客气的，见面就问：“为什么请客呢？”

“没事，没事，大家谈一谈。”

这一定是有事，我看出来。我要问他的问题很多，可是我不知道怎么这样的讨厌他，见了他我得少说一句便少说一句了。

客人继续的来了。这些人是我向来没看见过的。他们和普通的猫人一点也不同了。一见着我，全说：老朋友，老朋友。我不客气的声明，我是从地球上来的，这自然是表示“老朋友”的不适当；可是他们似乎把言语中的苦味当作甜的，依然是：老朋友，老朋友。

来了十几位客人。我的运气不错，他们全是政客。

十几位中，据我的观察，可以分为三派：第一派是大蝎派，把“老朋友”说得极自然，可是稍微带着点不得不这么说的神气；这派都是年纪大些的，我想起小蝎所说的老狐狸。第二派的人年岁小一些，对外国人特别亲热有礼貌，脸上老是笑着，而笑得那么空洞，一看便看出他们的骄傲全在刚学会了老狐狸的一些坏招数，而还没能成精作怪。第三派的岁数最小，把“老朋友”说得极不自然，好像还有点羞涩的样子。大蝎特别的介绍这第三派：“这几位老朋友是刚从那边过来的。”我不大明白他的意思。可是不好意思细问。过了一会儿，我醒悟过来，所谓“那边”者是学校，这几位必定是刚入政界的新手。我倒要看看这几位刚由那边来的怎样和这些老狐狸打交道。

赴宴，这是，对我头一遭。客人到齐，先吃迷叶，这是我预想得到的。迷叶吃过，我预备好看新花样了。果然来了。大蝎发了话：“为欢迎新由那边过来的朋友，今天须由他们点选妓女。”

刚从那边过来的几位，又是笑，又是挤眼，又是羞涩，又是骄傲，都嘟囔着大家夫司基，大家夫司基。我的心好似我的爱人要死那么痛。这就是他们的大家夫司基！在那边的时候是一嘴的新主张与夫司基，刚到，刚到这边便大家夫司基妓女！完了，什么也不说了，我只好看着吧！

妓女到了，大家重新又吃迷叶。吃过迷叶，青年的政客脸上在灰毛下都透过来一些粉红色，偷眼看着大蝎。大蝎笑了。“诸位随便吧，”他说，“请，随便，不客气。”他们携着妓女的手都走到下层去，不用说，大蝎已经给他们预备好行乐的地方。

他们下去，大蝎向老年中年的政客笑了笑。他说：“好了，他们不在眼前，我们该谈正经事了。”

我算是猜对了，请客一定是有事。

“诸位都已经听说了？”大蝎问。

老年的人没有任何表示，眼睛好像省察着自己的内心。中年的有一位刚要点头，一看别人，赶快改为扬头看天。

我哈哈的笑起来。

大家更严重了，可是严重的笑起来，意思是陪着我笑——我是外国人。

待了好久，到底还是一位中年的说："听见了一点，不知道，绝对不知道，是否可靠。"

"可靠！我的兵已败下来了！"大蝎确是显着关切，或者因为是他自己的兵败下来了。

大家又不出声了。呆了许久，大家连出气都缓着劲，好像唯恐伤了鼻须。

"诸位，还是点几个妓女陪陪吧？"大蝎提议。

大家全活过来了："好的，好的！没女人没良策，请！"

又来了一群妓女，大家非常的快活。

太阳快落了，谁也始终没提一个关于政治的事。

"谢谢，谢谢，明天再会！"大家全携着妓女走去。

那几位青年也由下面爬上来，脸色已不微红，而稍带着灰绿。他们连声"谢谢"也没说，只嘟囔着大家夫司基。

我想：他们必是发生了内战，大蝎的兵败了，请求大家帮忙，而他们不愿管。假如我猜的不错，没人帮助大蝎也未必不是件好事。可是大蝎的神气很透着急切，我临走问了他一句："你的兵怎么败下来了？"

"外国打进来了！"

二十三

太阳还没完全落下去，街上已经连个鬼也没有了。可是墙上已写好了大白字：“彻底抵抗！”“救国便是救自己！”“打倒吞并夫司基！”……我的头晕得像个转欢了的黄牛！

在这活的死城里，我觉得空气非常的稀少，虽然路上只有我一个人。“外国打进来了！”还在我的耳中响着，好似报死的哀钟。为什么呢？不晓得。大蝎显然是吓昏了，不然他为什么不对我详细的说呢。可是，吓昏了还没忘记了应酬，还没忘记了召妓女，这便不是我所能了解的了。至于那一群政客，外国打进来，而能高兴的玩妓女，对国事一字不提，更使我没法明白猫人的心到底是怎样长着的了。

我只好去找小蝎，他是惟一的明白人，虽然我不喜欢他那悲观的态度！可是，我能还怨他悲观吗，在看见这些政客以后？

太阳已落了，一片极美的明霞在余光里染红了半天。下面一线薄雾，映出地上的惨寂，更显出天上的光荣。微风吹着我的胸与背，连声犬吠也听不到，原始的世界大概也比这里热闹一些吧，虽然这是座大城！我的眼泪整串的往下流了。到了小蝎的住处。进到我的屋中，在黑影中坐着一个人，虽然我看不清他是谁，但是我看得出他不是小蝎，他的身量比小蝎高着许多。

“谁？”他高声的问了声。由他的声音我断定了，他不是个平常的猫人，平常的猫人就没有敢这样理直气壮的发问的。

“我是地球上来的那个人。”我回答。

“噢，地球先生，坐下！”他的口气有点命令式的，可是爽直使人不至于难堪。

“你是谁？”我也不客气的问，坐在他的旁边。因为离他很近，我可以看出他不但身量高，而且是很宽。脸上的毛特别的长，似乎把耳鼻口等都遮住，只在这团毛中露着两个极亮的眼睛，像鸟巢里的两个发亮的卵。

“我是大鹰，”他说，“人们叫我大鹰，并不是我的真名字。大鹰？因为人们怕我，所以送给我这个名号。好人，在我们的国内，是可怕的，可恶的，因此——大鹰！”

我看了看天上，黑上来了，只有一片红云，像朵孤独的大花，恰好在大鹰的头上。我呆了，想不起问什么好，只看着那朵孤云，心中想着刚才那片光荣的晚霞。

“白天我不敢出来，所以我晚上来找小蝎。”他自动的说。

“为什么白天不？”我似乎只听见那前半句，就这么重了一下。

“没有一个人，除了小蝎，不是我的敌人，我为什么白天出来找不自在呢？我并不住在城里，我住在山上，昨天走了一夜，今天藏了一天，现在才到了城里。你有吃食没有？已经饿了一整天。”

“我只有迷叶。”

“不，饿死也好，迷叶是不能动的！”他说。

有骨气的猫人，这是在我经验中的第一位。我喊迷，想叫她设法。迷在家呢，但是不肯过来。

“不必了，她们女人也全怕我。饿一两天不算什么，死已在目前，还怕饿？”

“外国打进来了？”我想起这句话。

“是的，所以我来找小蝎。”他的眼更亮了。

“小蝎太悲观，太浪漫。”我本不应当这样批评我的好友，可是爽直可以掩过我的罪过。

“因他聪明，所以悲观。第二样，太什么？不懂你的意思。不论怎么着吧，设若我要找个与我一同死去的，我只能找他。悲观人是怕活着，不怕去死。我们的人民全很快乐的活着，饿成两张皮也还快乐，因为他们天生来的不会悲观，或者说天生来的没有脑子。只有小蝎会悲观，所以他是第二个好人，假如我是第一个。”

“你也悲观？”我虽然以为他太骄傲，可是我不敢怀疑他的智慧。

“我？不！因为不悲观，所以大家怕我恨我；假如能和小蝎学，我还不至被赶入山里去。小蝎与我的差别只在这一点上。他厌恶这些没脑子没人格的人，可是不敢十分得罪他们。我不厌恶他们，而想把他们的脑子打明白过来，叫他们知道他们还不大像人，所以得罪了他们。真遇到大危险了，小蝎是与我一样不怕死的。”

“你先前也是做政治的？”我问。

“是。先从我个人的行为说起：我反对吃迷叶，反对玩妓女，反对多娶老婆。我也劝人不吃迷叶，不玩妓女，不多娶老婆。这样，新人旧人全叫我得罪尽了。你要知道，地球先生，凡是一个愿自己多受些苦，或求些学问的，在我们的人民看，便是假冒伪善。我自己走路，不叫七个人抬着我走，好，他们决不看你的甘心受苦，更不要说和你学一学，他们会很巧妙的给你加上‘假冒伪善’！做政客的口口声声是经济这个，政治那个；做学生的是口口声声这个主义，那个夫司基；及至你一考问他们，他们全白瞪眼；及至你自己真用心去研究，得，假冒伪善。平民呢，你要给他一个国魂，他笑一笑；你要说，少吃迷叶，他瞪你一眼，说你假冒伪善。上自皇上，下至平民，都承认做坏事是人生大道，做好事与受苦是假冒伪善，所以人人想杀了我，以除去他们所谓的假冒伪善。在政治上，我以为无论哪个政治主张，必须由经济问题入手，无论哪种政治改革，必须具有改革的真诚。可是我们的政治家就没有一个懂得经济问题的，就没有一个真诚的，他们始终以政治为一种把戏，你要我一下，我挤你一下。于是人人谈政治，而始终没有政治，人人谈经济，而农工已完全破产。在这种情形之下，有一个人，像我自己，打算以知识及人格为做政治的基础——假冒伪善！不加我以假冒伪善的罪状，他们便须承认他们自己不对，承认自己不对是建设的批评，没人懂。在许多年前，政治的颓败是经济制度不良的结果；现在，已无经济问题可言，打算恢复猫国的尊荣，应以人格为主；可是，人格一旦失去，想再恢复，比使死人复活的希望一样的微小。在最近的几十年中，我们的政治变动太多了，变动一次，人格的价值低落一次，坏的必得胜，所以现在都希望得最后的胜利，那就是说，看谁最坏。我来谈人格，这个字刚一出口便招人唾我一脸吐沫。主义在外国全是好的，到了我们手里全变成坏的，无知与无人格使天粮变成迷叶！可是，我还是不悲观，我的良心比我，比太阳，比一切，都大！我不自杀，我不怕反对，遇上有我能尽力的地方，我还是干一下。明知无益，可是我的良心，刚才说过，比我的生命大得多。”

大鹰不言语了，我只听着他的粗声喘气。我不是英雄崇拜者，可是我不能不钦佩他；他是个被万人唾骂的，这样的人不是立在浮浅的崇拜心理上的英雄，而是个替一切猫人雪耻的牺牲者，他是个教主。

小蝎回来了。他向来没这么晚回来过，这一定是有特别的事故。

“我来了！”大鹰立起来，扑过小蝎去。

“来得好！”小蝎抱住大鹰。二人痛哭起来。

我知道事情是极严重了，虽然我不明白其中的底细。

“但是，”小蝎说，他似乎知道大鹰已经明白一切，所以从半中腰里说起：“你来并没有多少用处。”

“我知道，不但没用，反有碍于你的工作，但是我不能不来；死的机会到了。”大鹰说。两个人都坐下了。

“你怎么死？”小蝎问。

“死在战场的虚荣，我只好让给你。我愿不光荣的死，可是死得并非全无作用。你已有了多少人？”

“不多。父亲的兵，没打全退下来了。别人的兵也预备退。只有大蝇的人或者可以听我调遣；可是，他们如果听到你在这里，这‘或者’便无望了。”

“我知道，”大鹰极镇静的说，“你能不能把你父亲的兵拿过来？”

“没有多少希望。”

“假如你杀一两个军官，示威一下呢？”

“我父亲的军权并没交给我。”

“假如你造些谣，说：我有许多兵，而不受你的调遣——”

“那可以，虽然你没有一个兵，可是我说你有十万人，也有人相信。还怎样？”

“杀了我，把我的头悬在街上，给不受你调遣的兵将下个警告，怎样？”

“方法不错，只是我还得造谣，说我父亲已经把军权让给我。”

“也只好造谣，敌人已经快到了，能多得一个兵便多得一个。好吧，朋友，我去自尽吧，省得你不好下手杀我。”大鹰抱住了小蝎，可是谁也没哭。

“等等！”我的声音已经岔了，“等等！你们二位这样做，究竟有什么好处呢？”

“没有好处。”大鹰还是非常镇静，“一点好处也没有。敌人的兵多，器械好，出我们全国的力量也未必战胜。可是，万一我们俩的工作有些影响呢，也许就是猫国的一大转机。敌人是已经料到，我们决不敢，也不肯，抵抗；我们俩，假如没有别的好处，至少给敌人这种轻视我们一些惩戒。假如没人响应我们呢，那就很简单了：猫国该亡，我们俩该死，无所谓牺牲，无所谓光荣，活着没作亡国的事，死了免做亡国奴，良心是大于生命的，如是而已。再见，地球先生。”

“大鹰，”小蝎叫住他，“四十片迷叶可以死得舒服些。”

“也好，”大鹰笑了，“活着为不吃迷叶，被人指为假冒伪善；死时为吃迷叶，好为人们证实我是假冒伪善，生命是多么曲折的东西！好吧，叫迷拿迷叶来。我也不用到外边去了，你们看着我断气吧。死时有朋友在面前到底觉得多些人味。”

迷把迷叶拿来，转身就走了。

大鹰一片一片的嚼食，似乎不愿再说什么。

“你的儿子呢？”小蝎问，问完似乎又后悔了，“噢，我不应当问这个！”

“没关系，”大鹰低声的说，“国家将亡，还顾得儿子！”他继续的吃，渐渐的嚼得很慢了，大概嘴已麻木过去。

“我要睡了。”他极慢的说。说完倒在地上。

待了半天，我摸了摸他的手，还很温软。他极低微的说了声：“谢谢！”这是他的末一句话。虽然一直到夜半他还未曾断气，可是没再发一语。

二十四

大鹰的死——我不愿用“牺牲”，因为他自己不以英雄自居——对他所希望的作用是否实现，和，假如实现，到了什么程度，一时还不能知道。我所知道的是：他的头确是悬挂起来，“看头去”成为猫城中一时最流行的三个字。我没肯看那人头，可是细心的看了看参观人头的大众。小蝎已不易见到，他忙得连迷也不顾得招呼了，我只好到街上去看看。城中依然很热闹，不，我应当说更热闹：有大鹰的头可以看，这总比大家争看地上的一粒石子更有趣了。在我到了悬人头之处以前，听说，已经挤死了三位老人两个女子。猫人的为满足视官而牺牲是很可佩服的。看的人们并不批评与讨论，除了拥挤与互骂似乎别无作用。没有人问：这是谁？为什么死？没有。我只听见些，脸上的毛很长。眼睛闭上了。只有头，没身子，可惜！

设若大鹰的死只惹起这么几句评断，他无论怎说是死对了；和这么群人一同活着有什么味儿呢。

离开这群人，我向皇宫走去，那里一定有些值得看的，我想。路上真难走。音乐继续不断的吹打，过了一队又一队，人们似乎看不过来了，又顾着细看人头，又舍不得音乐队，大家东撞撞西跑跑，似乎很不满意只长着两个眼睛。由他们的喊叫，我听出来，这些乐队都是结婚的迎娶前导。人太多，我只能听见吹打，看不见新娘子是坐轿，还是被七个人抬着。我也无意去看，我倒是要问问，为什么大难当头反这么急于结婚呢？没地方去问；猫人是不和外国人讲话的。回去找迷。她正在屋里哭呢，见了我似乎更委屈了，哭得已说不出话。我劝了她半天，她才住声，说：

“他走了，打战去了，怎么好！”

“他还回来呢，”我虽然是扯谎，可是也真希望小蝎回来，“我还要跟他一同去呢。他一定回来，我好和他一同走。”

“真的？”她带着泪笑了。

"真的。你跟我出去吧，省得一个人在这儿哭。"

"我没哭。"迷擦了擦眼，扑上点白粉，和我一同出来。

"为什么现在这么多结婚的呢？"我问。

假如能安慰一个女子，使她暂时不哭，是件功绩，我只好以此原谅我的自私；我几乎全没为迷设想——小蝎战死不是似乎已无疑了么——只顾满足我的好奇心。到如今我还觉得对不起她。

"每次有乱事，大家便赶快结婚，省得女的被兵丁给毁坏了。"迷说。

"可是何必还这样热闹的办呢？"我心中是专想着战争与灭亡。

"要结婚就得热闹，乱事是几天就完的，婚事是终身的。"到底还是猫人对生命的解释比我高明。她继续着说："咱们看戏去吧。"她信了我的谎话以后便忘了一切悲苦："今天外务部部长娶儿媳妇，在街上唱戏。你还没看过戏？"

我确是还没看过猫人的戏剧，可是我以为去杀了在这种境况下还要唱戏的外务部长是比看戏更有意义。虽然这么想，我到底不是去杀人的人，因此也就不妨先去看戏。近来我的辩证法已有些猫化了。

外务部长的家外站满了兵。戏已开台，可是平民们不得上前；往前一挤，头上便啪的一声挨一大棍。猫兵确是会打——打自家的人。迷是可以挤进去的，兵们自然也不敢打我，可是我不愿近前去看，因为唱和吹打的声音在远处就觉着难听，离近了还不定怎样刺耳呢。

听了半天，只听到乱喊乱响，不客气的说，我对猫戏不能欣赏。

"你们没有比这再安美雅趣一点的戏吗？"我问迷。

"我记得小时候听过外国戏，比这个雅趣。可是后来因为没人懂那种戏，就没人演唱了。外务部长他自己就是提倡外国戏的，可是后来听一个人——一个外国人——说，我们的戏顶有价值，于是他就又提倡旧戏了。"

"将来再有个人——一个外国人——告诉他，还是外国戏有价值呢？"

"那也不见得他再提倡外国戏。外国戏确是好，可是深奥。他提倡外国戏的时候未必真明白它的深妙处，所以一听人说，我们的戏好，他便立刻回过头来。他根本不明白戏剧，可是愿得个提倡戏剧的美名，那么，提倡旧戏是又容易，又能得一般人的爱戴，一举两得，为什么不这样干呢。我们有许多事是这样，新的一露头就完事，旧的因而更发达；真能明白新的是不容易的事，我们也就不多费那份精神。"

迷是受了小蝎的传染，我猜，这决不会是她自己的意见；虽然她这么说，可是随说随往前挤。我自然不便再钉问她。又看了会儿，我实在受不住了。

“咱们走吧？”我说。

迷似乎不愿走，可是并没坚执，大概因为说了那些话，不走有些不好意思。

我要到皇宫那边看看，迷也没反对。

皇宫是猫城里最大的建筑，可不是最美的。今天宫前特别的难看：墙外是兵，墙上是兵，没有一处没有兵。这还不算，墙上堆满了烂泥，墙下的沟渠填满了臭水。我不明白这烂泥臭水有什么作用，问迷。

“外国人爱干净，”迷说，“所以每逢听到外国人要打我们来，皇宫外便堆上泥，放上臭水；这样，即使敌人到了这里，也不能立刻进去，因为他们怕脏。”

我连笑都笑不上来了！

墙头上露出几个人头来。待了好大半天，他们爬上来，全骑在墙上了。迷似乎很兴奋：“上谕！上谕！”

“哪儿呢？”我问。

“等着！”

等了多大工夫，腿知道；我站不住了。

又等了许久，墙上的人系下一块石头来，上面写着白字。迷的眼力好，一边看一边“哟”。

“到底什么事？”我有些着急。

“迁都！迁都！皇上搬家！坏了，坏了！他不在这里，我可怎办呢！”迷是真急了。本来，小蝎不在此地，叫她怎办呢！

我正要安慰她，墙上又下来一块石板。“快看！迷！”

“军民人等不准随意迁移，只有皇上和官员搬家。”她念给我听。

我很佩服这位皇上，只希望他走在半路上一跤跌死。可是迷反倒喜欢了：

“还好，大家都不走，我就不害怕了！”

我心里说，大家怎能不走呢，官们走了，大家在此地哪里得迷叶吃呢。正这么想，墙上又下来一块上谕。迷又读给我听：

“从今以后，不许再称皇上为‘万哄之主’。大难临头，全国人民应一心一德，应称皇上为‘一哄之主’。”迷加了一句：“不哄敌情就好了！”

然后往下念：“凡我军民应一致抵抗，不得因私误国！”我加上了一句：“那么，皇上为什么先逃跑呢？”

我们又等了半天，墙上的人爬下去，大概是没有上谕了。迷要回去，看看小蝎回来没有。我打算去看看政府各机关，就是进不去，也许能在外边看见一些命令。我与她分手，她往东，我往西。东边还是那么热闹，娶亲的唱戏的音乐远射着刺耳的噪杂。西边很清静，虽然下了极重要的谕旨，可是没有多少人来看，好像看结婚的是天下第一件要事。

我特别注意外务部。可是衙门外没有一个人。等了半天，不见一个人出来。是的，部长家里办喜事，当然没人来办公；特别是在这外交吃紧的时节。不过，猫人有没有外交，还是个问题，虽然有这么个外务部。没人，我要不客气了，进去看看。里面真没有人。屋子也并没关着。我可以自由参观了。屋子里什么也没有，除了堆着一些大石板，石板上都刻着“抗议”。我明白了：所谓外交者一定就是无论发生了什么事便送去一块“抗议”，外交官便是抗议专家。我想找到些外国给猫人的公文；找不到。大概对猫人的“抗议”，人家是永远置之不理的。也别说，这样的外交确是简单省事。

不用再看别的衙门了，外务部既是这么简单，别的衙门里还许连块像“抗议”的石头也没有呢。

出来还往西走，衙门真多：妓女部，迷叶所，留洋部，抵制外货局，肉菜厅，孤儿公卖局……这不过是几个我以为特别有趣的名字，我看不懂的还多着呢。除了闲着便是做官，当然得多设一些衙门；我以为多，恐怕猫人还以为不够呢。

一直往西走。这是我第一次走到西头。想到外国城去看看，不，还是回去看看小蝎回来没有。我改由街的那一边往回走。没遇上多少学生，大概都看人头与听戏去了。可是，走了半天，遇见一群学生，都在地上跪着，面前摆着一大块石头，上边写着几个白字：“马祖大仙之神位。”我知道，过去一问，他们准跑得一干二净；我轻轻的溜到后边，也下跪，听他们讲些什么。

最前面的立起来一个，站在石头前面向大家喊：“马祖主义万岁！大家夫司基万岁！扑罗普落扑拉扑万岁！”大家也随着喊。喊过之后，那个人开始对大家说话，大家都坐在地上。他说：“我们要打倒大神，专信马祖大仙！我们要打倒家长，打倒教员，恢复我们的自由！我们要打倒皇上，实行大家夫司基！我们欢迎侵伐我们的外国人，他们是扑罗普落扑拉扑！我们现在就去捉皇上，把他献给我们的外国同志！这是我们惟一的机会，马上就要走。捉到了皇上，然后把家长教员杀尽，杀尽！杀尽他们，迷叶全是我们的，女子都是我们的，人民也都是我们的，做我们的奴隶！大家夫司基是我们的，马祖大仙说过：扑罗普落扑拉扑是地冬地冬的呀呀者的上层下层花拉拉！我们现在就到皇宫去！”

大家并没动。“我们现在就走！”大家还是不动。

“好不好大家先回家杀爸爸？”有一位建议，“皇宫的兵太多，不要吃眼前亏！”

大家开始要往起站。

“坐下！那么，先回家杀爸爸？”

大家彼此问答起来。

“杀了爸爸，谁给迷叶吃？”有一位这样问。

“正是因为把迷叶都拿到手才杀爸爸！”有一位回答。

“现在我们的主张已不一致，可以分头去做：杀皇上派的去杀皇上，杀爸爸派的去杀爸爸。”又是一个建议。

“但是马祖大仙只说过杀皇上的观识大加油，没有说过杀爸爸——”

“反革命！”

“杀了那错解马祖大仙的神言的！”

我以为这是快打起来了。待了半天，谁也没动手，可是乱得不可开交。慢慢的一群分为若干小群，全向马祖大仙的神位立着嚷。又待了半天，一个人一组了，依旧向着石头嚷。嚷来嚷去，大家嚷得没力气了，努着最后的力量向石头喊了声：“马祖大仙万岁！”各自散去。

什么把戏呢？

二十五

对猫人我不愿再下什么批评；批评一块石头不能使它成为美妙的雕刻。凡是能原谅的地方便加倍的原谅；无可原谅的地方只好归罪于他们国的风水不大好。

我去等小蝎，希望和他一同到前线上去看看。对火星上各国彼此间的关系，我差不多完全不晓得。问迷，她只知道外国的粉比猫人造得更细更白，此外，一问一个摇头。摇头之后便反攻：“他怎还不回来呢？！”我不能回答这个，可是我愿为全世界的妇女祷告：世界上永不再发生战争！

等了一天，他还没回来。迷更慌了。猫城的做官的全走净了，白天街上也不那么热闹了，虽然还有不少参观大鹰的人头的。打听消息是不可能的事；没人晓得国事，虽然“国”字在这里用得特别的起劲：迷叶是国食，大鹰是国贼，沟里的臭泥是国泥……有心到外国城去探问，又怕小蝎在这个当儿回来。迷是死跟着我，口口声声：“咱们也跑吧？人家都跑了！花也跑了！”我只有摇头，说道不出来什么。

又过了一天，他回来了。他脸上永远带着的那点无聊而快活的神气完全不见了。迷喜欢得连一句话也说不出，只带着眼泪盯着他的脸。我容他休息了半天才敢问：“怎样了？”

“没希望！”他叹了口气。

迷看我一眼，看他一眼，蓄足了力量把句早就要说而不敢说的话挤出来：“你还走不走？”

小蝎没看着她，摇了摇头。

我不敢再问了，假如小蝎说谎呢，我何必因追问而把实话套出来，使迷伤心呢！自然迷也不见得就看不出来小蝎是否骗她。

休息了半天，他说去看他的父亲。迷一声不出，可是似乎下了决心跟着他。小蝎有些转磨；他的谎已露出一大半来了。我要帮助他骗迷，但是她的眼神使我退缩回来。小蝎还在屋里转，迷真闷不住了：“你上哪里我上哪里！”随着流下泪来。小蝎低着头，似乎想了半天：“也好吧！”

我该说话了：“我也去！”

当然不是去看大蝎。

我们往西走，一路上遇见的人都是往东的，连军队也往东走。

“为什么敌人在西边而军队往东呢？”我不由的问出来。

“因为东边平安！”小蝎咬牙的声音比话响得多。

我们遇见了许多学者，新旧派分团往东走，脸上带着非常高兴的神气。有几位过来招呼小蝎：“我们到东边去见皇帝！开御前学者会议！救国是大家的事，主意可是得由学者出，学者！前线上到底有多少兵？敌人是不是要占领猫城？假如他们有意攻猫城，我们当然劝告皇帝再往东迁移，当然的！光荣的皇上，不忘记了学者！光荣的学者，要尽忠于皇帝！”小蝎一声没出。学者被皇上召见的光荣充满，毫不觉得小蝎的不语是失礼的。这群学者过去，小蝎被另一群给围上；这一群人的脸上好像都是刚死了父亲，神气一百二十分的难看：“帮帮我们！大人！为什么皇上召集学者会议而没有我们？我们的学问可比那群东西的低？我们的名望可比那群东西的小？我们是必须去的，不然，还有谁再称我们为学者？大人，求你托托人情，把我们也加入学者会议！”小蝎还是一语没发。学者们急了：“大人要是不管，可别怪我们批评政府，叫大家脸上无光！”小蝎拉着迷就走，学者都放声哭起来。

又来了军队，兵丁的脖子上全拴着一圈红绳。我一向没见过这样的军队，又不好意思问小蝎，我知道他已经快被那群学者气死了。小蝎看出我的心意来，他忽然疯了似的狂笑：“你不晓得这样的是什么军队？这就是国家夫司基军。别国有过这样的组织，脖子上都戴红绳做标帜。国家夫司基军，在别国，是极端的爱国，有国家没个人。一个褊狭而热烈的夫司基。我们的红绳军，你现在看见了，也往平安地方调动呢，大概因为太爱国了，所以没法不先谋自己的安全，以免爱国军的解体。被敌人杀了还怎能再爱国呢？你得想到这一层！”小蝎又狂笑起来，我有点怕他真是疯了。我不敢再说什么，只一边走一边看那红绳军。在军队的中心有个坐在十几个兵士头上的人，他项上的红绳特别的粗。小蝎看了他一眼，低声向我说：“他就是红绳军的首领！他想把政府一切的权柄全拿在他一人手里，因为别国有因这么办而强胜起来的。现在他还没得到一切政权，可是他比一切人全厉害——我所谓的厉害便是狡猾。我知道他这是去收拾皇上，实行独揽大权的计划，我知道！”

“也许那么着猫国可以有点希望？”我问。

“狡猾是可以得政权，不见得就能强国，因为他以他的志愿为中心，国家两个字并不在他的心里。真正爱国的是向敌人洒血的。”

我看出来：敌人来到是猫人内战的引火线。我被红绳军的红绳弄花了眼，看见一片红而不光荣的血海，这些军人在里边泅泳着。

我们已离开了猫城。我心里不知为什么有个不能再见这个城的念头。又走了不远，遇见一群猫人，对于我这又是很新奇的：他们的身量都很高，样子特别的傻，每人手里都拿着根草。迷，半天没说一句话，忽然出了声：“好啦，西方的大仙来了！”

“什么？”小蝎，对迷向来没动过气的，居然是声色俱厉了！迷赶紧的改嘴：

“我并不信大仙！”

我知道因我的发问可以减少他向迷使气：“什么大仙？”

小蝎半天也没回答我，可是忽然问了我一句：

“你看，猫人的最大缺点在哪里？”

这确是个难以回答的问题，我一时回答不出。

小蝎自己说了：“糊涂！”我知道他不是说我糊涂。

又待了半天，小蝎说：“你看，朋友，糊涂是我们的要命伤。在猫人里没有一个是充分明白任何事体的。因此他们在平日以摹仿别人表示他们多知多懂，其实是不懂装懂。及至大难在前，他们便把一切新名词撇开，而翻着老底把那最可笑的最糊涂的东西——他们的心灵底层的岩石——拿出来，因为他们本来是空洞的，一着急便显露了原形，正如小孩急了便喊妈一样。我们的大家夫司基的信徒一着急便喊马祖大仙，而马祖大仙根本的是个最不迷信的人。我们的革命家一着急便搬运西方大仙，而西方大仙是世上最没仙气最糊涂的只会拿草棍的人。问题是没有人懂的，等到问题非立待解决不可了，大家只好求仙。这是我们必亡的所以然，大家糊涂！经济，政治，教育，军事等等不良足以亡国，但是大家糊涂足以亡种，因为世界上没有人以人对待糊涂像畜类的人的。这次，你看着，我们的失败是无疑的了；失败之后，你看着，敌人非把我们杀尽不可，因为他们根本不拿人对待我们，他们杀我们正如屠宰畜类，而且决不至于引起别国的反感，人们看杀畜类是不十分动心的；人是残酷的，对他所不崇敬的——他不崇敬糊涂人——是毫不客气的去杀戮的。你看着吧！”

我真想回去看看西方大仙到底去做些什么，可是又舍不得小蝎与迷。

在一个小村里我们休息了一会儿。所谓小村便是只有几处塌倒的房屋，并没有一个人。

“在我的小时候，”小蝎似乎想起些过去的甜蜜，“这里是很大的一个村子。这才几年的工夫，连个人影也看不到了。灭亡是极容易的事！”他似乎是对他自己说呢，我也没细问他这小村所以灭亡的原因，以免惹他伤心。我可以想象到：革命，革命，每次革命要战争，而后谁得胜谁没办法，因为只顾革命而没有建设的知识与热诚，于是革命一次增多一些军队，增多一些害民的官吏；在这种情形之下，人民工作也是饿着，不工作也是饿着，于是便逃到大城里去，或是加入只为得几片迷叶的军队，这一村的人便这样死走逃亡净尽。革命而没有真知识，是多么危险的事呢！什么也救不了猫国，除非他们知道了糊涂是他们咽喉上的绳子。

我正在这么乱想，迷糊然跳起来了：“看那边！”

西边的灰沙飞起多高，像忽然起了一阵怪风。

小蝎的唇颤动着，说了声：“败下来了！”

二十六

“你们藏起去！”小蝎虽然很镇静，可是显出极关切的样子，他的眼向来没有这么亮过。“我们的兵上阵虽不勇，可是败下来便疯了。快藏起去！”他面向着西，可是还对我说：“朋友，我把迷托付给你了！”他的脸还朝着西，可是背过一只手来，似乎在万忙之中还要摸一摸迷。

迷拉住他的手，浑身哆嗦着说：“咱们死在一处！”

我是完全莫名其妙。带着迷藏起去好呢，还是与他们两个同生死呢？死，我是不怕的；我要考虑的是哪个办法更好一些。我知道：设若有几百名兵和我拼命，我那把手枪是无用的。我顾不得再想，一手拉住一个就往村后的一间破房里跑。不知道我是怎样想起来的，我的计划——不，不是计划，因为我已顾不得细想；是直觉的一个闪光，我心里那么一闪，看出这么条路来：我们三个都藏起去，等到大队过去，我可以冒险去捉住一个散落的兵，便能探问出前线的情形，而后再作计较。不幸而被大队——比如说他们也许在此地休息一会儿——给看见，我只好尽那把手枪所能为的抵挡一阵，其余便都交给天了。

但是小蝎不干。他似乎有许多不干的理由，可是顾不得说；我是莫名其妙。他不跑，自然迷也不会听我的。我又不知道怎样好了。西边的尘土越滚越近；猫人的腿与眼的厉害我是知道的；被他们看见，再躲就太晚了。

“你不能死在他们手里！我不许你那么办！”我急切的说，还拉着他们俩。

“全完了！你不必赔上一条命；你连迷也不用管了，随她的便吧！”小蝎也极坚决。

讲力气，他不是我的对手；我搂住了他的腰，半抱半推的硬行强迫；他没挣扎，他不是撒泼打滚的人。迷自然紧跟着我。这样，还是我得了胜，在村后的一间破屋藏起来。我用几块破砖在墙上堆起一个小屏，顺着砖的孔隙往外看。小蝎坐在墙根下，迷坐在一旁，拉着他的手。

不久，大队过来了。就好像一阵怪风裹着灰沙与败叶，整团的前进。嘈杂的声音一阵接着一阵，忽然的声音小了一些，好像波涛猛然低降，我闭着气等那波浪再猛孤丁的涌起。人数稀少的时候，能看见兵们的全体，一个个手中连木棍也没有，眼睛只盯着脚尖，惊了魂似的向前跑。现象的新异使我胆寒。一个军队，没有马鸣，没有旗帜，没有刀枪，没有行列，只在一片热沙上奔跑着无数的裸体猫人，个个似因惊惧而近乎发狂，拼命的急奔，好似吓狂了的一群，一地，一世界野人。向来没看见过这个！设若他们是整着队走，我决不会害怕。

好大半天，兵们渐渐稀少了。我开始思想了：兵们打了败仗，小蝎干什么一定要去见他们呢？这是他父亲的兵，因打败而和他算账？这在情理之中。但是小蝎为何不躲避他们而反要迎上去呢？想不出道理来。因迷惑而大了胆，我要冒险去拿个猫兵来。除了些破屋子，没有一棵树或一个障碍物；我只要跳出去，便得被人看见！又等了半天，兵们更稀少了，可是个个跑得分外的快；大概是落在后面特别的害怕而想立刻赶上前面的人们。去追他们是无益的，我得想好主意。

好吧，试试我的枪法如何。我知道设若我若打中一个，别人决不去管他。前面的人听见枪响也决不会再翻回头来。可是怎能那么巧就打中一个人正好不轻不重而被我生擒了来呢？再说，打中了他，虽然没打到致命的地方，而还要审问他，枪弹在肉里面还被审，我没当过军官，没有这分残忍劲儿。这个计策不高明。

兵们越来越少了。我怕起来：也许再待一会儿便一个也剩不下了。我决定出去活捉一个来。反正人数已经不多，就是被几个猫兵围困住，到底我不会完全失败。不能再耽延了，我掏出手枪，跑出去。事情不永远像理想的那么容易，可也不永远像理想的那么困难。假如猫兵们看见了我就飞跑，管保追一天我也连个影也捉不到。可是居然有一个兵，忽然的看见我，就好像小蛙见了水蛇，一动也不动的呆软在那儿了。其余的便容易了，我把他当猪似的扛了回来。他没有喊一声，也没挣扎一下；或者跑得已经过累，再加上惊吓，他已经是半死了。

把他放在破屋里，他半天也没睁眼。好容易他睁开眼，一看见小蝎，他好像身上最娇嫩的地方挨了一刺刀似的，意思是要立起来扑过小蝎去。我握住他的胳臂。他的眼睛似是发着火，有我在一旁，他可是敢怒而不敢言。

小蝎好像对这个兵一点也不感觉兴趣，他只是拉着迷的手坐着发呆。我知道，我设若温和的审问那个兵，他也许不回答；我非恐吓他不可。恐吓得到了相当的程度，我问他怎样败下来的。

他似乎已忘了一切，呆了好大半天他好像想起一点来：“都是他！”指着小蝎。

小蝎笑了笑。

“说！”我命令着。

“都是他！”兵又重了一句。我知道猫人的好啰嗦，忍耐着等他把怒气先放一放。

“我们都不愿打仗，偏偏他骗着我们去打。敌人给我们国魂，他，他不许我们要！可是他能，只能，管着我们；那红绳军，这个军，那个军，也全是他调去的，全能接了外国人的国魂平平安安的退下来，只剩下我们被外国人打得魂也不知道上哪里去！我们是他爸爸的兵，他反倒不照应我们，给我们放在死地！我们有一个人活着便不能叫他好好的死！他爸爸已经有意把我们撤回来，他，他不干！人家那平安退却的，既没受伤，又可以回去抢些东西；我们，现在连根木棍也没有了，叫我们怎么活着？！”他似乎是说高兴了，我和小蝎一声也不出，听着他说；小蝎或者因心中难过也许只是不语而并没听着，我呢，兵的每句话都非常的有趣，我只盼望他越多说越好。

“我们的地，房子，家庭，”兵继续的说，“全叫你们弄了去；你们今天这个，明天那个，越来官越多，越来民越穷。抢我们，骗我们，直落得我们非去当兵不可；就是当兵帮助着你们做官的抢，你们到底是拿头一份，你们只是怕我们不再帮助你们，才分给我们一点点。到了外国人来打你们，来抢你们的财产，你叫我们去死，你个瞎眼的，谁能为你们去卖命！我们不会做工，因为你们把我们的父母都变成了兵，使我们自幼就只会当兵；除了当兵我们没有法子活着！”他喘了一口气。我乘这个机会问了他一句：

“你们既知道他们不好，为什么不杀了他们，自己去办理一切呢？”

兵的眼珠转开了，我以为他是不懂我的话，其实他是思索呢。待了一会儿，他说：“你的意思是叫我们革命？”

我点了点头；没想到他会知道这么两个字——自然我是一时忘了猫国革命的次数。

“不用说那个，没有人再信！革一回命，我们丢点东西，他们没有一个不坏的。就拿那回大家平分地亩财产说吧，大家都是乐意的；可是每人只分了一点地，还不够种十几棵迷树的；我们种地是饿着，不种也是饿着，他们没办法；他们，尤其是年轻的，只管出办法，可是不管我们肚子饿不饿。不治肚子饿的办法全是糊涂办法。我们不再信他们的话，我们自己也想不出主意，我们只是谁给迷叶吃给谁当兵；现在连当兵也不准我们了，我们非杀不可了，见一个杀一个！叫我们和外国人打仗便是杀了我们的意思，杀了我们还能当兵吃迷叶吗？他们的迷叶成堆，老婆成群，到如今连那点破迷叶也不再许我们吃，叫我们去和外国人打仗，那只好你死我活了。”

“现在你们跑回来，专为杀他？”我指着小蝎问。

“专为杀他！他叫我们去打仗，他不许我们要外国人给的国魂！”

“杀了他又怎样呢？”我问。

他不言语了。

小蝎是我经验中第一个明白的猫人，而被大家恨成这样；我自然不便，也没工夫，给那个兵说明小蝎并非是他所应当恨的人。他是误以小蝎当做官吏阶级的代表，可是又没法子去打倒那一阶级，而只想杀了小蝎出口气。这使我明白了一个猫国的衰亡的真因：有点聪明的想指导着人民去革命，而没有建设所必需的知识，于是因要解决政治经济问题而自己被问题给裹在旋风里；人民呢经过多少次革命，有了阶级意识而愚笨无知，只知道受了骗而一点办法没有。上下糊涂，一齐糊涂，这就是猫国的致命伤！带着这个伤的，就是有亡国之痛的刺激也不会使他们咬着牙立起来抵抗一下的。

该怎样处置这个兵呢？这倒是个问题。把他放了，他也许回去调兵来杀小蝎；叫他和我们在一块，他又不是个好伴侣。还有，我们该上哪里去呢？

天已不早了，我们似乎应当打主意了。小蝎的神气似乎是告诉我：他只求速死，不必和他商议什么。迷自然是全没主张。我是要尽力阻止小蝎的死，明知这并无益于他，可是由人情上看我不能不这么办。上哪里去呢？回猫城是危险的；往西去？正是自投罗网，焉知敌人现在不是正往这里走呢！想了半天，似乎只有到外国城去是万全之策。

但是小蝎摇头。是的，他肯死，也不肯去丢那个脸。他叫我把那个兵放了：“随他去吧！”

也只好是随他去吧。我把那个兵放了。

天渐渐黑上来；异常的，可怕的，静寂！心中准知道四外无人，准知道远处有许多溃兵，准知道前面有敌人袭来，这个静寂好像是在荒岛上等着风潮的突起，越静心中越紧张。自然猫国灭亡，我可以到别国去，但是为我的好友，小蝎，设想，我的心似乎要碎了！一间破屋中过着亡国之夕，这是何等的悲苦。就是对于迷，现在我也舍不得她了。在亡国的时候才理会到一个“人”与一个“国民”相互的关系是多么重大！这个自然与我无关，但是我必须为小蝎与迷设想，这么着我才能深入他们的心中，而分担一些他们的苦痛；安慰他们是没用的，国家灭亡是民族愚钝的结果，用什么话去安慰一两个人呢？亡国不是悲剧的舒解苦闷，亡国不是诗人的正义之拟喻，它是事实，是铁样的历史，怎能纯以一些带感情的话解说事实呢！我不是读着一本书，我是听着灭亡的足音！我的两位朋友当然比我听的更清楚一些。他们是诅咒着，也许是甜蜜的追忆着，他们的过去一切；他们只有过去而无将来。他们的现在是人类最大的耻辱正在结晶。

天还是那么黑，星还是那么明，一切还是那么安静，只有亡国之夕的眼睛是闭不牢的。我知道他们是醒着，他们也知道我没睡，但是谁也不能说话，舌似乎被毁灭的指给捏住，从此人与国永不许再出声了。世界上又哑了一个文化，它的最后的梦是已经太晚了的自由歌唱。它将永不会再醒过来。它的魂灵只能向地狱里去，因为它生前的纪录是历史上一个污点。

二十七

大概是快天亮了，我矇眬的睡去。

当！当！两响！我听见已经是太晚了。我睁开眼——两片血迹，两个好朋友的身子倒在地上，离我只有二尺多远。我的，我的手枪在小蝎的身旁！

要形容我当时的感情是不可能的。我忘了一切，我不知道心里哪儿发痛。我只觉得两个活泼泼的青年瞪着四个死定的眼看着我呢。活泼泼的？是的，我一时脑子里不能转弯了，想不到他们会停止了呼吸的。他们看着我，但是并没有丝毫的表情，他们像捉住一些什么肯定的意义，而只要求我去猜。我看着他们，我的眼酸了，他们的还是那样的注视。他们把个最难猜透的谜交给我，而我忘了一切。我想不出任何方法去挽回生命；在他们面前我觉得到人生的脆弱与无能。我始终没有落泪；除了他们是躺着，我是立着，我完全和他们一样的呆死。无心的，我蹲下，摸了摸他们，还温暖，只是没有了友谊的回应；他们的一切只有我所知道的那点还存在着，其余的，他们自己已经忘了。死或者是件静美的事。

迷是更可怜的。一个美好的女子岂是为亡国预备的呢。我的心要碎了。民族的罪恶惩罚到他们的姊妹妻母；就算我是上帝，我也得后悔为这不争气的民族造了女子！

我明白小蝎，所以我更可怜迷；她似乎无论怎样也不应当死；小蝎有必死的理由。可是，与国家同死或者不需要什么辩论？民族与国家，在这个世界上，还有种管辖生命的力量。这个力量的消失便是死亡，那不肯死的只好把身体变做木石，把灵魂交与地狱。我更爱迷与小蝎了。我恨不能唤醒他们，告诉他们，他们是纯洁的，他们的灵魂还是自己的。我恨不能唤起他们，带他们到地球上来享受生命一切应有的享受。幻想是无益的；除了幻想却只有悲哀。我无论怎样幻想，他们只是呆呆的不动；他们似乎已忘了我是个好朋友。不管我心中怎样疼痛，他们一点也不欣赏，生死之间似隔着几重天。生是一切，死是一切，生死中间隔着个无限大的不可知。我似乎能替花鸟解释一些什么，我不能使他们再出一声。死的缄默是绝对的真实：我不知怎样好了，可是他们决定不再动了。我觉不到生命还有什么意义。

就是那么呆呆的守着他们，一直到太阳出来。他们的形体越来越看得清楚，我越觉得没有主张。光射在迷的脸上，还是那么美好，可爱，只是默默不语。小蝎的头窝在墙角，脸上还不时的带出那种无聊的神气，好像死还没医治了他的悲观，迷的脸上一点害怕的样子没有了。

我不能再守着他们。这是我心中忽然觉出来的。设若再继续下去，我一定会疯。离开他们？这么一想，我那始终没落的眼泪雨似的落下来。茫茫大地，我到哪里去？舍了两个好朋友，独自去游浪，这比我离开地球的时候难堪得多多了。异地的孤寂是难以担当的，况且是由于死别，他们的死将永远追随着我。我哭了不知好久，我双手拉住他们，几乎是喊着：迷，小蝎，再见了！

顾不得埋掩他们，我似乎只要再耽误一秒钟，便永不能起身了。咬一咬牙，拾起我的手枪，跳出破墙。走开几步，我回头看了看；决定不再回去，叫他们的尸身腐烂在那里，我不能再回去！我骂我自己，不祥的人，由地球上同来的朋友死在这里，现在又眼看着他们俩这样，我应当永不再交朋友！

往哪里走？回猫城，当然的。那是我的家。

路上一个人不见，死笼罩住一切。天空是灰的，灰黄的路上卧着几个死兵，白尾鹰们正在啄食，上下飞舞，尖苦的叫着。我走得飞快，可是眼中时常看见迷的笑，耳中似乎听到小蝎惯说的字句，他们是追随着我呢。快到了猫城，我的心跳得紧；是希冀，是恐怖，我说不清。到了，没有一个人。街上卧着，东一个，西一个，许多妇女。兵们由此经过，我猜得出其中的道理。“花也跑了！”我似乎又听见迷在我耳旁说。是的，花要是不走，也必定被兵们害死。我顾不得细看，一直往前跑，到了大鹰的头悬挂所在，他还在那里守着这空城，头上的肉已被鹰鸟啄尽。他是这死寂猫城的灵魂。跑到小蝎的住处，什么也没有了，连墙都推倒了两处。

兵们没有把小蝎的任何东西留下，我真愿意得着一点，无论是什么，做个纪念物。我只好走吧，这个地方的一砖一石都能引下我的泪。

我往东去，我知道人们都在那边。回头看了看，灰空中立着个死城！

向大蝎的迷林走去，这是我认识的一条路。路上那个小村已经没人了，我知道兵们一定已由此经过了。

到了迷林，没有人。我坐在树下休息了一会儿。还得走，静寂逼迫着我动作。向前走到我常洗澡的沙滩那里，从雾气中我看见些行人往西来。我猜想，这或者是大局已有转机，所以人们又要回猫城去。一会儿比一会儿人多了，有许多贵人还带着不少的兵。我坐在河岸上一边休息一边观察。人越来越多，带兵的人们似乎都争着往前跑，像急于去得到一些利益似的。一来二去，因为争路，兵们开始打起来，而且贵人们亲自指挥着。我莫名其妙。猫人的战争是不易见胜负的，大家只用木棍相击，轻易不致打倒一个；打的工夫还不如转的工夫多，你躲我，我躲你，非赶到有人失神，木棍是没有碰到身上的机会。工夫大了，大家还是乱转，而且是越转相距越远。有一队，一边打，一边往前转，大概是指挥人要乘着大家乱打的当儿，把他的兵转到前面去，好继续往西走。这一队离河岸较近，我认出来，为首的是大蝎。他到底是有些策略。又待了一会儿，他的兵们全转在前面来了，果然不出我所料，他们一摆脱便向前急进。

我的机会到了。似乎是飞呢，我赶上了大蝎。

他似乎很愿意见着我，同时又似乎连讲话都顾不得，急于往前跑。我一边喘一边问他，干什么去。

“请跟我去！跟我去！”他十分恳切的说，“敌人就快到猫城了！也许已过了那里，说不定！”

我心中痛快了一些，大概是到了不能不战的时候了，大家一齐去保护猫城，我想。可是，大家要都是去迎敌，为什么半路上自己先打起来呢？我想的不对！我告诉大蝎，他不告诉我干什么去，我不能跟他走。

他似乎不愿说实话，可是又好像很需要我，而且他知道我的脾气，他说了实话：

“我们去投降，谁先到谁能先把京城交给敌人，以后自不愁没有官做。”

“请吧！”我说，“没那个工夫陪你去投降！”没有再和他说第二句话，我便扭头往回走。

后面的兵也学着大蝎，一边打一边前进了。我看见那位红绳军的领袖也在其中，仍旧项上系着极粗的红绳，精神百倍的争着往前去投降。

我正看着，前面忽然全站定了。转过头来，敌人到了，已经和大蝎打了对面。这我倒要看看了，看大蝎怎样投降。

我刚跑到前面，后面的那些领袖也全飞奔前来。红绳军的首领特别的轻快像个燕子似的，一落便落在大蝎的前面，向敌人跪好。后面的领袖继续也全跪好，就好像咱们老年间大家庭出殡的时候，灵前跪满了孝子贤孙。

这是我第一次看见猫人的敌军。他们的身量，多数都比猫人还矮些。看他们脸上的神气似乎都不大聪明，可是分明的显出小气与毒狠的样子。我不知道他们的历史与民性，无从去判断，他们给我的第一个印象是这样罢了。他们手里都拿条像铁似的短棍，我不知道它们有什么用处。

等猫人首领全跪好了，矮人们中的一个，当然是长官了，一抬手，他后面的一排兵，极轻巧的向前一蹿，小短棍极准确的打在大蝎们的头上。我看得清楚极了，大蝎们全一低头，身上一颤，倒在地上，一动也不动了。莫非短棍上有电？不知道。后面的猫人看见前面投降的首领全被打死，哎呀，那一声喊，就好像千万个刀放在脖子上的公鸡。喊了一声，就好像比声音还快，一齐向后跑去。一时被挤倒的不计其数，倒了被踩死的也很多。敌人并没有追他们。大蝎们的尸首被人家用脚踢开，大队慢慢的前进。

我想起小蝎的话：“敌人非把我们杀尽不可！”

可是，我还替猫人抱着希望：投降的也是被杀，难道还激不起他们的反抗吗？他们假如一致抵抗，我不信他们会灭亡。我是反对战争的，但是我由历史上看，战争有时候还是自卫的惟一方法；遇到非战不可的时候，到战场上去死是人人的责任。褊狭的爱国主义是讨厌的东西，但自卫是天职。我理想着猫人经过这一打击，必能背城一战，而且胜利者未必不是他们。

我跟着大队走。那方才没被踩死而跑不了的，全被矮兵用短棍结果了性命。我不能承认这些矮子是有很高文化的人，但是拿猫人和他们比，猫人也许比他们更低一些。无论怎说，这些矮人必是有个，假如没有别的好处，国家观念。国家观念不过是扩大的自私，可是它到底是“扩大”的；猫人只知道自己。

幸而和小蝎起行的时候，身旁带了些迷叶，不然我一定会饿死的。我远远的跟着矮人的大队，不要说是向他们乞求点吃食，就是连挨近他们也不敢。焉知他们不拿我当作侦探呢。一直的走到我的飞机坠落处，他们才休息一下。我在远远望着，那只飞机引起了他们注意，这又是他们与猫人不同之处，这群人是有求知心的。我想起我的好友，可怜，他的那些残骨也被他们践踏得粉碎了！

他们休息了一会儿，有一部分的兵开始掘地。工作得很快，看着他们那么笨手笨脚的，可是说做便做，不迟疑，不懒散，不马马虎虎，一会儿的工夫他们挖好了深大的一个坑。又待了一会儿，由东边来了许多猫人，后面有几个矮子兵赶着，就好像赶着一群羊似的。赶到了大坑的附近，在此地休息着的兵把他们围住，往坑里挤。猫人的叫喊真足以使铁做的心也得碎了，可是矮兵们的耳朵似乎比铁还硬，拿着铁棒一个劲儿往坑里赶。猫人中有男有女，而且有的妇女还抱着小娃娃。我的难过是说不出来的，但是我没法去救他们。我闭上眼，可是那哭喊的声音至今还在我的耳旁。哭喊的声音忽然小了，一睁眼，矮兽们正往坑中填土呢。整批的活埋！这是猫人不自强的惩罚。我不知道恨谁好，我只得了一个教训：不以人自居的不能得人的待遇；一个人的私心便足以使多少多少同胞受活埋的暴刑！

要形容一切我所看见的，我的眼得哭瞎了；矮人们是我所知道的人们中最残忍的。猫国的灭亡是整个的，连他们的苍蝇恐怕也不能剩下几个。

在最后，我确是看见些猫人要反抗了，可是他们还是三个一群，五个一伙的干；他们至死还是不明白合作。我曾在一座小山里遇见十几个逃出来的猫人，这座小山是还未被矮兵占据的惟一的地方；不到三天，这十几个避难的互相争吵打闹，已经打死一半。及至矮兵们来到山中，已经剩了两个猫人，大概就是猫国最后的两个活人。敌人到了，他们两个打得正不可开交。矮兵们没有杀他们俩，把他们放在一个大木笼里，他们就在笼里继续作战，直到两个人相互的咬死；这样，猫人们自己完成了他们的灭绝。

*　　*　　*

我在火星上又住了半年，后来遇到法国的一只探险的飞机，才能生还我的伟大的光明的自由的中国。

小坡的生日

一　小坡和妹妹

哥哥是父亲在大坡开国货店时生的，所以叫作大坡。小坡自己呢，是父亲的铺子移到小坡后生的；他这个名字，虽没有哥哥的那个那么大方好听，可是一样的有来历，不发生什么疑问。

可是，生妹妹的时候，国货店仍然是开在小坡，为什么她不也叫小坡？或是小小坡？或是二小坡等等？而偏偏的叫作仙坡呢？每逢叫妹妹的时候，便有点疑惑不清楚。据小坡在家庭与在学校左右邻近旅行的经验，和从各方面的探听，新加坡的街道确是没有叫仙坡的。你说这可怎么办！

这个问题和“妹妹为什么一定是姑娘”一样的不能明白。哥哥为什么不是姑娘？妹妹为什么一定叫仙坡，而不叫小小坡或是二小坡等等？简直的别想，哎！一想便糊涂得要命！

妈妈这样说：大坡是在那儿生的，小坡和仙坡又是在那儿生的，这已经够糊涂半天的了；有时候妈妈还这么说：哥哥是由大坡的水沟里捡了来的，他自己是从小坡的电线杆子旁边拾来的，妹妹呢，是由香蕉树叶里抱来的。好啦，香蕉树叶和仙坡两字的关系又在哪里？况且“生的”和“捡来的”又是一回事，还是两回事？“妈妈，妈妈，好糊涂！”一点儿也不错。

也只好糊涂着吧！问父亲去？别！父亲是天底下地上头最不好惹的人：他问你点儿什么，你要是摇头说不上来，登时便有挨耳瓜子的危险。可是你问他的时候，也猜不透他是知道，故意不说呢；还是他真不知道，他总是板着脸说：“少问！”“缝上他的嘴！”你看，缝上嘴不能唱歌还是小事，还怎么吃香蕉了呢！

问哥哥吧？呸！谁那么有心有肠的去问哥哥呢！他把那些带画儿的书本全藏起去不给咱看，一想起哥哥来便有点发恨！“你等着！”小坡自己叨唠着：“等我长大发了财，一买就买两角钱的书，一大堆，全是带画儿的！把画儿撕下来，都贴在脊梁上，给大家看！哼！”

问妹妹吧？唉！问了好几次啦，她老是摇晃着两条大黑辫子，一边儿跑一边娇声细气的喊：“妈妈！妈妈！二哥又问我为什么叫仙坡呢！”于是妈妈把妹子留下，不叫再和他一块儿玩耍。这种惩罚是小坡最怕的，因为父亲爱仙坡，母亲哥哥也都爱她，小坡老想他自己比父母哥哥全多爱着妹妹一点才痛快；天下哪儿有不爱妹妹的二哥呢！

“昨儿晚上，谁给妹妹一对油汪汪的槟榔子儿？是咱小坡不是！”小坡搬着胖脚趾头一一的数：“前儿下雨，谁把妹妹从街上背回来的？咱，小坡呀！不叫我和她玩？哼！那天吃饭的时候，谁和妹妹斗气拌嘴来着？咱，……”想到这里，他把脚趾头拨回去一个，作为根本没有这么一大回事；用脚趾头算账有这么点好处，不好意思算的事儿，可以随便把脚趾头拨回一个去。

还是问母亲好，虽然她的话是一天一变，可是多么好听呢。把母亲问急了，她翻了翻世界上顶和善顶好看的那对眼珠，说：

“妹妹叫仙坡，因为她是半夜里一个白胡子老仙送来的。”

小坡听了，觉得这个回答倒怪有意思的。于是他指着桌儿底下摆着的那几个柚子说：

“妈！昨儿晚上，我也看见那个白胡子老仙了。他对我说：小坡，给你这几个柚子。说完，把柚子放在桌儿底下就走了。”

妈妈没法子，只好打开一个柚子给大家吃；以后再也不提白胡子老仙了。妹妹为什么叫仙坡，到底还是不能解决。

大坡上学为是念书讨父母的喜欢。小坡也上学——专为逃学。设若假装头疼，躺在家里，母亲是一会儿一来看。既不得畅意玩耍，母亲一来，还得假装着哼哼。“哼哼”本来是多么可笑的事。哼，哼哼，噗哧的一声笑出来了。叫母亲看出破绽来也还没有多大关系，就是叫她打两下儿也疼不到哪里去。不过妈妈有个小毛病：什么事都去告诉父亲，父亲一回来，她便嘀嘀咕咕，嘀嘀咕咕，把针尖大小的事儿也告诉给他。世上谁也好惹，就是别得罪父亲。那天他亲眼看见的：父亲板着脸，郑重其事的打了国货店看门的老印度两个很响的耳瓜子。看门的印度，在小坡眼中，是个“伟人”。“伟人”还要挨父亲两个耳光，那么，小坡的装病不上学要是传到他老人家耳朵里去，至少还不挨上四个或八个耳瓜子之多！况且父亲手指上有两个金戒指，打在脑袋上，梆！要不起个橄榄大小的青包才怪！还是和哥哥一同上学好。到学校里，乘着先生打盹儿要睡，或是爬在桌上改卷子的时候，人不知鬼不觉的溜出去。在街上，或海岸上，玩耍够了，再偷偷的溜回来，和哥哥一块儿回家去吃饭。反正和哥哥不同班，他无从知道。哥哥要是不知道，母亲就无从知道。母亲不知道，父亲也就无从晓得。家里的人们很像一座小塔儿，一层管着一层。自要把最底下那层弥缝好了，最高的那一层便傻瓜似的什么也不知道。想想！父亲坐在宝塔尖儿上像个大傻子，多么可笑！

这样看来，逃学并不是有多大危险的事儿。倒是妹妹不好防备：她专会听风儿，钻缝儿的套小坡的话，然后去报告母亲。可是妹妹好说话儿，他一说走了嘴的时候，便忙把由街上捡来的破马掌，或是由教堂里拾来的粉笔头儿给她。她便蔫茓着小嘴，一声也不出了。

而且这样贿赂惯了，就是他直着告诉妹妹他又逃了学，妹妹也不信。

"仙！我捡来一个顶好，顶好看的小玻璃瓶儿！"

"那儿呢？二哥，给我吧！"

小玻璃瓶儿换了手。

"仙！我又逃了学！"

"你没有，二哥！去捡小瓶儿，怎能又逃学呢？"

到底是妹妹可爱，看她的思想多么高超！于是他把逃学的经验有枝添叶的告诉她一番，她也始终不跟妈妈学说。

"只要你爱你的妹妹，逃学是没有危险的！"小坡时常这样劝告他的学友。

小坡有两个志愿，只有他的妹妹知道：当看门的印度，（新加坡的大一点的铺户，都有印度人看门守夜。）和当马来巡警。

据小坡看：看门守夜的印度有多么尊严好看！头上裹着大白布包头，下面一张黑红的大脸，挂满长长的胡子，高鼻子，深眼睛，看着真是又体面又有福气。大白汗衫，上面有好几个口袋儿，全装着，据小坡猜，花生米，煮豌豆，小槟榔，或者还有两块鸡蛋糕。那条大花布裙子更好看了，花红柳绿的裹着带毛的大黑腿，下面光着两只黑而亮的大脚丫儿。一天到晚，不用操心做事，只在门前坐着看热闹，所闲得不了啦，才细细的串脚丫缝儿玩。天仙宫的菩萨虽然也很体面漂亮，可是菩萨没有这种串脚丫缝的自由。关老爷两旁侍立的黑白二将，黑的太黑，白的又太白，都不如看门的印度这样威而不猛，黑得适可而止。（这自然不是小坡的话，不过他的意思是如此罢了。）

况且晚上就在门前睡觉，不用进屋里去，也用不着到时候就非睡去不可。门前一躺，看着街上的热闹，听着铺户里的留声机，妈妈也不来催促。

（老印度有妈妈没有，还是个问题。设若没有，那么老印度未免太可怜了；设若有呢，印度妈妈应该有多么高的身量呢？）困了呢，说睡就睡，也不用等着妹妹，——小坡每天晚上等着妹妹睡了，替她放好蚊帐，盖好花毯，他自己才敢去睡。不然，他老怕红眼儿虎，专会欺侮小姑娘们的红眼儿虎，把妹妹叼了去；把蚊帐放好，红眼儿虎就进不去了。

“仙！赶明儿你长大开铺子的时候，叫我给你看门。你看我是多么高大，多么好看的印度！”

“我是个大姑娘，姑娘不开铺子！”妹妹想了半天这样说。

“你不会变吗？仙！你要是爱变成男人呀，天天早晨吃过稀饭的时候，到花园里对椰子树说：仙要变男人啦！这样，你慢慢的就变成父亲那么高的一个人。可是，仙！你别也变成印度；我是印度，你再变成印度，咱们谁给谁看门呢！”

“就是变成男人，我也不开铺子！”

“你要干什么呢？仙！啊，你去赶牛车？”

“呸！你才赶牛车呢！”仙坡用小手指头顶住笑涡，想了半天：“我长大了哇，我去，我去做官！”

小坡把嘴搁在妹妹耳朵旁边，低声的嘀咕：“仙！做官和做买卖是一回事。那天你没听见父亲说吗：他在中国的时候，花了一大堆钱买了一个官。后来把那一大堆钱都赔了，所以才来开国货店。”

“呕！”仙坡一点也不明白，假装明白了二哥的话。

“仙！父亲说啦，做买卖比做官赚的钱多。赶明儿哥哥也去开铺子，妈妈也去开铺子。可是我就爱给‘你’看门。仙，你看，我是多么有威风的印度！”小坡说着，直往高处拔脖子，立刻觉得身量高出一大块来，或者比真印度还高着一点了。

仙坡看着二哥，确是个高大的印度，但是不知为什么心中有点不顺，终于说：“偏不爱开铺子吗！”

小坡知道：再叫妹妹开铺子，她可就要哭了。

“好啦，仙！你不用开铺子啦，我也不当印度了。我去当马来巡警好不好？”

妹妹点了点头。

马来巡警背上打着一块窄长的藤牌，牌的两端在肩外出出着，每头有一尺多长。他站定了的时候，颇似个十字架。他脸朝南的时候，南来北往的牛车，马车，电车，汽车，人力车，便全咯噔一下子站住；往东西走的车辆忽啦一群全跑过去。他忽然一转身，脸朝东了，东来西往的车便全停住，往南北的车都跑过去。这是多么有势力威风，趣味！假如小坡当了巡警，背上那块长藤牌，忽然面朝南，忽然脸向东，叫各式各样的车随着他停的停，跑的跑，够多么有趣好玩！或者一高兴，在马路当中打开捻捻转儿，叫四面的车全撞在一块儿，岂不更加热闹！

妹妹也赞成这个意思，可是：

“二哥！车要是都撞在一处，车里坐的人们岂不也要碰坏了吗？”

小坡向来尊重妹妹的意见，况且他原是软心肠的小孩，没有叫坐车的老头儿，老太太，大姑娘们把耳朵鼻子都碰破的意思。他说：

“仙！我有主意了：我要打嘀溜转的时候，先喊一声：我要转了！车上的人快都跳下来！这么着，不是光撞车，碰不着人了吗？”

妹妹觉得这真好玩，并且告诉他：“二哥！等你当巡警的时候，我一定到街上看热闹去。”

小坡谢了谢妹妹肯这样赏脸，并且嘱咐她：

“可是，仙！你要站得离我远一些，别叫车碰着你！”

小坡是真爱妹妹的！

二　种族问题

小坡弄不清楚：他到底是福建人，是广东人，是印度人，是马来人，是白种人，还是日本人。在最近，他从上列的人种表中把日本人勾抹了去，因为近来新加坡人人喊着打倒日本，抵制仇货；父亲——因为开着国货店——喊得特别厉害，一提起日本来，他的脖子便气得比蛤蟆的还粗。小坡心中纳闷，为什么日本人这样讨人嫌，不要鼻子。有一天偶然在哥哥的地理书中发现了一张日本图，看了半天，他开始也有点不喜欢日本，因为日本国形，不三不四恰像个“歪脖横狼”的破炸油条，油条炸成这个模样，还成其为油条？一国的形势居然像这样不起眼的油条，其惹人们讨厌是毫不足怪的；于是小坡也恨上了日本！

可是这并不减少他到底是哪国人的疑惑。

他有一件宝贝，没有人知道——连母亲和妹妹也算在内——他从那儿得来的。这件宝贝是一条四尺来长，五寸见宽的破边，多孔，褪色，皱皱巴巴的红绸子。这件宝贝自从落在他的手里，没有一分钟离开过他。就是有一回，把它忘在学校里了。他已经回了家，又赶紧马不停蹄的跑回去。学校已经关上了大门，他央告看门的印度把门开开。印度不肯那么办，小坡就坐在门口扯着脖子喊，一直的把庶务员和住校的先生们全嚷出来。先生们把门开开，他便箭头儿似的跑到讲堂，从石板底下掏出他的宝贝。匆忙着落了两点泪，把石板也摔在地上，然后三步两步跑出来，就手儿踢了老印度一脚；一气儿跑回家，把宝贝围在腰间，过了一会儿，他告诉妹妹，他很后悔踢了老印度一脚。晚饭后父亲给他们买了些落花生，小坡把瘪的，小的，有虫儿的，都留起来；第二天拿到学校给老印度，作为赔罪道歉。老印度看了看那些奇形怪状的花生，不但没收，反给了小坡半个比醋还酸的绿橘子。

这件宝贝的用处可大多多了：往头上一裹，裹成上尖下圆，脑后还搭拉着一块儿，他便是印度了。登时脸上也黑了许多，胸口上也长出一片毛儿，说话的时候，头儿微微的摇摆，真有印度人的妩媚劲儿。走路的时候，腿也长出一块来，一挺一挺的像个细瘦的黑鹭鸶。嘴唇儿也发干，时常用手指沾水去湿润一回。

把这件宝贝从头上撤下来，往腰中一围，当作裙子，小坡便是马来人啦。嘴唇撅撅着，蹲在地上，用手抓着理想中的咖喇饭往嘴中送。吃完饭，把母亲的胭脂偷来一小块，把牙和嘴唇全抹红了，作为是吃槟榔的结果；还一劲儿呸呸的往地上唾，唾出来的要是不十分红，就特别的用胭脂在地上抹一抹。唾好了，把妹妹找了来，指着地上的红液说：

"仙！这是马来人家。来，你当男人，你打鼓，我跳舞。"

于是妹妹把空香烟筒儿拿来敲着，小坡光着胖脚，胳臂"软中硬"的伸着，腰儿左右轻扭，跳起舞儿来。跳完了，两个蹲在一处，又抓食一回理想的咖喇饭，这回还有两条理想的小干鱼，吃得非常辛辣而痛快。

小坡把宝贝从腰中解下来，请妹妹帮着，费五牛二虎的力气，把妹妹的几个最宝贵的破针全利用上，做成一个小红圆盔，戴在头上。然后搬来两张小凳，小坡盘腿坐上一张，那一张摆上些零七八碎的，作为是阿拉伯的买卖人。

"仙，你当买东西的老太婆。记住了，别一买就买成，样样东西都是打价钱的。"

于是仙坡弯着点儿腰，嘴唇往里瘪着些，提着哥哥的书包当篮子，来买东西。她把小凳上的零碎儿一样一样的拿起来瞧，有的在手中颠一颠，有的搁在鼻子上闻一闻，始终不说买哪一件。小坡一手擩在膝上，一手搬着脚后跟，眼看着天花板，好似满不在乎。仙坡一声不出的扭头走开，小坡把手抬起来，手指捏成佛手的样儿，叫仙坡回来。她又把东西全摸了一个过儿，然后拿起一支破铁盒，在手心里颠弄着。小坡说了价钱，仙坡放下铁盒就走。小坡由凳上跳下来，端着肩膀，指如佛手在空中摇画，逼她还个价钱。仙坡只是摇头，小坡不住的端肩膀儿。他拿起铁盒用布擦了擦，然后跑到窗前光明的地方，把铁盒高举，细细的赏玩，似乎决不愿意割舍的样子。仙坡跟过来，很迟疑的还了价钱；小坡的眼珠似乎要努出来，把铁盒藏在腋下，表示给多少钱也不卖的神气。仙坡又弯着腰走了，他又喊着让价儿。……仙坡的腰酸了，只好挺起来；小坡的嘴也说干了，直起白沫；于是这出阿拉伯的扮演无结果的告一结束。

至于什么样儿的是广东人，和什么样儿的是福建人，上海人，小坡是没有充分的知识的。可是他有很好的解决办法：人家都说，父亲是广东人，那末，自然广东人都应和父亲差不多了。至于福建人呢，小坡最熟识的是父亲的国货店隔壁信和洋货庄的林老板。父亲对林老板感情的坏恶，差不多等于他恨日本人，每谈到林老板的时候，父亲总是咬着牙说：他们福建人！不懂得爱国。据小坡看呢，不但林老板是胖胖大大的可爱，就是他铺中的洋货也比父亲的货物漂亮花俏的多。就拿洋娃娃说吧，不但他自己，连妹妹也是这样主张：假如她出嫁的时候，一定到林老板那里买两个眼珠会转的洋娃娃，带到婆家去。

好在卖洋货和林老板是否可恶的问题，小坡也不深究；他只认定了穿著打扮像林老板的全是福建人。第一，林老板嘴中只有一个金牙，不像父亲和父亲的朋友们都是满嘴黄澄澄的。小坡自然不知道牙是可以安上去的，他总以为福建人是生下来就比广东人少着几个金牙的。第二，林老板的服装态度都非常文雅可爱，嘴里也不像父亲老叼着挺长挺粗的吕宋烟，说话也不像父亲那样理直气壮的卖嚷嚷。他有一回还看见林老板穿起夏布大衫，这是他第一次看到褂子居然可以长过膝的。每逢他装福建人的时候，他便把那块红绸宝贝直披在背后当作长袍，然后找一点黄纸贴在犬牙上，当作林老板的惟一的金牙。

母亲说：“凡是不会说广东，福建话，而规规矩矩穿着洋服的都是上海人。”于是小坡装上海人的时候，必要穿好了衣裳，还要和妹妹临时造一种新言语代表上海话。这种话他们随时造随时忘，可是也有几个字是永远不变动的，如管“香烟”叫“狗耳朵”，把“香蕉”叫“老鼠”等等。

外国洋鬼子是容易看出来的，他们的脸色，鼻子，头发，眼珠，都有显然的特色。可是他们的言语和上海人的一样不好懂，或者洋鬼子全是由上海来的？哥哥现在学鬼子话了；学校新来的一位上海先生教他们国语；而哥哥学的鬼子话又似乎和上海人的国语不是一个味儿，这个事儿又透着有点糊涂！在新加坡的人们都喜光着脚，唯独洋鬼子们总是穿着袜子，而且没看见过他们趿拉着木板鞋满街走的，所以装洋鬼子的时候，一定非穿袜子皮鞋不可。妹妹根本反对穿袜子，也只好将就着不叫她穿。不穿袜子的鬼子很少见，可是穿军衣的鬼子很多，于是小坡把那件宝贝折成一寸来宽，系在腰间，至少也可以当一条军人的皮带。至于鼻子要高出一块等等是很容易的。一系上皮带，心里一想，鼻子就高了，眼珠便变成蓝色。虽然有时候妹妹说：他的鼻子还是很平，眼珠一点也不蓝。那只是妹妹偶然脾气不顺，成心这么说，并非是小坡不真像洋鬼子。

小坡对于这些人们，虽然有这样似乎清楚，而又不十分清楚的分别，可是这并不是说他准知道他是哪一种人。他以为这些人都是一家子的，不过是有的爱黄颜色便长成一张黄脸，有的喜欢黑色便来一张黑脸玩一玩。人们的面貌身体本来是可以随便变化的。不然，小坡把红巾往头上一缠的时节，怎么能就脸上发黑，鼻子觉得高出一块呢？况且在街上遇见的小孩子们，虽然黑黄不同，可是都说马来话，（他和妹妹也总是用马来话交谈的。）这不是本来大家全是马来，而后来把颜色稍稍变了一变的证明吗？况且一进校门便看见那张红色的新加坡地图，新加坡原来是一块圆不圆，方又不方，像母亲不高兴时做的凉糕；这块凉糕上并没有中国，印度等地名；那末，母亲一来就说：她与父亲都是由中国来的；国货店看门的是由印度来的，岂不是根本瞎说；新加坡地图上分明没有中国印度啊！母亲爱瞎说，什么四只耳朵的大老妖咧，什么中国有土地爷咧，都是瞎说；自然哪，这种瞎说是很好听的。

哥哥是最不得人心的：一看见小坡和福建，马来，印度的小孩儿们玩耍，便去报告父亲，惹得父亲说小坡没出息。小坡郑重的向哥哥声明："我们一块儿玩的时候，我叫他们全变成中国人，还不行吗？"而哥哥一点也不原谅，仍然是去告诉父亲。

父亲的没理由，讨厌一切"非广东人"，更是小坡所不能了解的。就是妈妈也跟着父亲学这个坏毛病：有一回他问母亲，父亲小的时候是不是马来人？母亲居然半天儿没有答理他！还是妹妹好，她说："东街上的小孩儿们全有马来父亲，咱们的父亲也一定是马来。"

"一定！马来人是由上海来的，父亲看不起上海人，所以也讨厌马来。不知道父亲为什么看不起上海人？"小坡摇着头说。

"父亲是由广东来的，妈妈告诉我的，广东人是天下最好最有钱的！"仙坡这时候的神气颇似小坡的老大姐。

"广东就是印度！"

仙坡想了半天，"对了！"

"仙！赶明儿你长大了，要小孩的时候，你上哪里去捡一个呢？"

"我？"仙坡揉着辫子上的红穗儿，想了半天："我到西边印度人家去抱一个来。"

"对了，仙！你看印度的小孩的小黑鼻子，大白眼珠，红嘴唇儿，多么可爱呀！是不是？"

"对呀！"

"可是，妈妈要不愿意呢？"

"我告诉妈妈呀，反正印度小孩儿长大了也会变成中国人的。你看，咱们那几只小黄雏鸡，不是都慢慢变成黑毛儿的，和红毛儿的了吗？小孩也能这样变颜色的。"

"对了！仙！"

他们这样解决了人种问题。

三　新年

全世界的小朋友们！你们可曾接到小坡的贺年片？也许还没有收到，可是小坡确是没忘了你们呀。

小坡的父亲在新年未到，旧岁将残的时候，发了许多红纸金字的贺年片。小坡托妹妹给他要了一张和一个红信封。一只小白鸟撅撅着小黄嘴巴儿，印在信封的左角上。片子上的金字是“恭贺新年”和小坡父亲的姓名。小坡把父亲的名字抹了一条黑道，在一旁写上“小坡”两个字；笔上的墨太足了，在“小坡”二字的左右落了两个不小的黑点儿；就着墨点的形象，他画成一个小兔和一个小王八，他托哥哥大坡在带着小白鸟的信封上写：

“给全世界的小朋友。”

小友们，等我给你们讲一讲，小坡所用的“全世界”是什么意思。不错，小坡常说：新加坡就是世界；可是当他写这贺年片的时候，他是把太阳，月亮，天河，和星星都算在内的啊！

太阳上虽然很热，月亮上虽然很冷，星星们看着虽然很小，其实它们上边全有小孩儿咧。——有老头儿老太太没有，不可得而知。你们不是在晚间常看见天上的星星，一闪一闪的好像金刚石那么发亮吗？为什么？就是因为它们上边的小孩们放爆竹玩咧。有时候在夜间，你们听见咕隆咕隆的打雷，一亮一亮的打闪，请你们不要害怕，不必藏在母亲的怀里；那是星星上的小孩一齐放爆竹：麻雷子，二踢脚，地老鼠，黄烟带炮等等一齐放，所以声音光亮都大了一些。他们本来是想：把你们吵醒，跟他们耍笑耍笑去。可是，你们睡着了也不要紧，因为他们也很喜欢到你们的梦中和你们耍笑耍笑。你们梦见过许多好看的小“光眼子”不是？有的还带着雪白的翅膀？对了，他们就是由星星上飞来的。

小坡的贺年片是在年前发的，可是你们不一定能在元旦接到。你看，他的红片儿也许先送到太阳上去，也许先送到月亮上去，也许先在地球上转一个圈儿，那全看邮差怎么走着顺脚。就是先在咱们的地球上转吧，不是也许先送到爱尔兰，也许先送到墨西哥吗？简直的没有准儿！可是，你们只要忍耐着点儿，早晚一定能接到的。

假如你们看见天上有飞机的时候，请你们大家一齐喊，叫它下来，因为也许那只飞机就是带着小坡的贺年片往月亮上或是星星上送的。

还有一层：小坡的信封上，印着个黄嘴的小白鸟，并没有贴邮票；他只在信封的右角上粘了半张香烟画片，万一邮局的人们不给他往外送呢！但是，据我想，这倒不大要紧。邮局的人们不至于那么狠心，把小坡的信扣住不发。他的信是给全世界的小孩儿的，那么，邮局的人们不是也有小孩儿吗？他们能把自己小孩儿的信留起来不送？不能吧。

所可虑的是：邮差把小坡的信先交给他自己的儿女，他们再一粗心，忘了叫父亲转递。这么一来呀，小坡的贺年片可不一准能到你们手里了。你们应当在门口儿等着，见个邮差便问：有小坡的信没有？或是说：有贴香烟画片的信没有？这样提醒邮差一声儿，或者他不至于忘了转寄小坡的信。

你们也许很关心：小坡怎样过新年呢？也许你们要给他寄些礼物去，而不知道寄什么东西好。

好啦，你们听我说：

小坡所住的地方——新加坡——是没有四季的，一年到头老是很热。不管是常绿树不是，（如不知什么是常绿树，请查一查《国语教科书》。）一年到晚叶儿总是绿的。花儿是不断的开着，虫儿是终年的叫着，小坡的胖脚是永远光着，冰激凌是天天吃着。所以小坡过新年的时候，天气还是很热，花儿还是美丽的开着，蜻蜓蝴蝶还是妖俏的飞着；也不刮大风，也不下雪，河里也不结冰。你们要是送给他礼物，顶好是找个小罐儿装点雪，假如你住的地方有雪，给他看看，他没有看见过。他听说过：雪是一片一片的小花片儿，由天上往下落；可是，他总以为雪是红颜色的；有一回他看见一家行结婚礼的，新郎新娘出来的时候，有许多人由楼上往下撒细碎的红纸片儿；他心里说：“啊，这大概就是下雪吧！”从此以后，他便以为雪花是红颜色的了。他这样说，妹妹仙坡也自然这么信；就是妈妈也不敢断言雪是白的，还是红的，还是豆瓣绿的；因为妈妈是广州人，也没有看见过雪。

小坡看见过的东西也许你们没有见过，比如：你们看见过香蕉树吗？小坡的后院里就有好几株，现在正大嘟噜小挂结着又长又胖的香蕉，全是绿的，比小荷叶还绿；你们看见过项上带着肉峰的白牛吗？看见过比螺蛳还大一些的蜗牛吗？……请你们给小坡寄些礼物吧，他一定要还礼的。也许他给你送两个大蜗牛玩玩，（这种大蜗牛也是“先出犄角，后出头”的。）也许他给你画两张图。小坡的图画是很有名的，而且画得很快；不过有时候过于慌了，也许把香蕉画成蓝的，把黄牛画成三条腿。请你告诉他慢慢来，不要忙，他一定可以画得很正确很美观的。

新加坡的人们，不像别处，是各式各样的，以脸色说吧，就有红黄黑白的不同。小坡过年的时候，这“各色人等”也都过年；所以显着分外的热闹。那里有穿红绣鞋的小脚儿老太太，也有穿西服露着胳臂的大姑娘。那里有梳小辫，结红绳的老头儿；也有穿花裙，光着脚的青年小伙子。有的妇女鼻子上安着很亮的珠子，有的妇女就戴着大草帽和男人一样的做工。可是，到了新年，大家全笑着唱着过年，好像天下真是一家了。谁也不怒视谁一眼，谁也不错说一句话；大家都穿上新衣，吃些酒肉，忘记了旧的困苦，迎接新的希望。基督教堂的钟声当当的敲出个曲调来，中国的和尚庙奏起法器，也沉远悠扬的好听。菩萨神仙过年不过，我们不知道，但是他们一定是抿着嘴，很喜欢看这群人们这样欢天喜地，和和美美的享受这年中的第一天。

虫儿鸟儿一清早便唱起欢迎新岁的歌儿，唱得比什么音乐都好听。花儿草儿带着清香的露珠欢迎这元旦的朝阳。天上没有一块愁眉不展的黑云，也没有一片无依无靠，孤苦零丁的早霞，只是蓝汪汪的捧着一颗满脸带笑的太阳。阳光下闪动着各色的旗子，各样的彩灯，真成了一个锦绣的世界。

小坡自己呢，哎呀，真忙个不得了。随着鸟声他便起来了，到后花园中唱了一个歌儿给虫儿鸟儿们听。然后进来亲了亲妹妹的脑门儿，妹妹还没睡醒，可是小嘴唇上已经带着甜美的笑意。把妹妹叫醒，给她道了新禧，然后抱着二喜去洗澡。二喜是一个小白猫，脑门上有两个黄点儿。洗完了澡，便去见母亲，张罗着同她买东西去。虽然是新年，还要临时去买吃食，因为天气太热，东西搁不住。母亲买东西一定要带着小坡，因为他会说马来话又会挑东西，打价钱；而且还了价钱不卖的时候，他便抢过卖菜的或是卖肉的大草帽儿，或是用他的胖手指头戳他们的夹肢窝，于是他们一笑就把东西卖给他了。

在市场买了一大筐子东西，小坡用力顶在头上，（这是跟印度人学的。）压得他混身都出了玉米粒大的汗珠子。到了家中把筐子交给陈妈——他们的老妈子。陈妈向来是一天睡十八点钟觉的，就是醒着的时候，眼睛也不大睁着。今天她也特别的有精神，眼睛确是睁着，而且眼珠里似乎有些笑意。

父亲也不出门，在花园中收拾花草。把一串大绿香蕉也摘下来，挂在堂中，上面还挂上一些五彩纸条儿，真是好看。哥哥的钱全买了爆竹，在门口儿放着，妹妹用手堵着耳朵注意的听响儿。小坡忽然跑到厨房，想帮助母亲干点儿事。又慌着跑到花园和父亲一块儿整理花草。听见了炮声，又赶紧跑到门口看哥哥放爆竹，哥哥不准他动手，他也不强往前巴结，站在妹妹身后，替她堵着耳朵。喝！真忙！幸亏没穿鞋，不然非把鞋底跑个大窟窿不可！

吃饭了，桌上摆满了碟碗，小坡就是搬着脚趾头算，也算不清了。真多，而且摆得多么整齐好看呢！哎呀！父亲还给买来玩艺儿！妹妹是一套喝咖啡用的小壶小碗小罐，小坡是一串火车，带站台铁轨。“到底是新年哪！”小坡心里说。

吃完了饭，剩下不少东西，母亲叫小坡和妹妹在门口看着，如有要饭的花子来了，给他们一些吃，母亲向来是非常慈善的。

父亲喝多了酒，躺在竹床上，要起也起不来。哥哥吃得也懒得动。二喜叼着一个鱼头到花园里去慢慢的吃。小坡和妹妹拿着新玩艺儿在门外的马缨花下坐着，热风儿吹过，他也慢慢的打起盹儿来。

这时候，四外无声，天上响晴。鸟儿藏在绿叶深处闭上小圆眼睛。蜻蜓也落在叶尖上，只懒懒的颤动着透明的嫩翅膀。椰子树的大长绿叶，有时上下起落，有时左右平摆，在空中闪动着，好似彼此嘀咕什么秘密。只有蜂儿还飞来飞去忙个不了，嗡嗡的声儿，更叫人发困。

风儿越来越小了，门上的旗子搭拉下来，树叶儿也似乎往下披散，就是马缨花干上的寄生草儿也好像睡着了，竟自有一枝半枝的离了树干在空中悬悬着，好似睡着了的小儿，把胳臂轻松的搭在床沿上。

马儿也不去拉车，牛儿也歇了工，都在树阴下半闭着眼卧着。多么静美！远处几声鸡啼，比完全没有声儿还要静寂。

多么静美！这便是小坡的新年。啊，别出声，小坡睡着了！一切的人们鸟兽都吃饱酣睡，在梦里呼吸着花儿的香味。

小坡醒来时，看见妹妹的黑发上落着三四朵深红的马缨花。

四　花园里

可惜新年也和别的日子一样，一眨巴眼儿就过去了。父亲又回铺子去做生意，母亲也不做七碟子八碗的吃食了，陈妈依旧一天睡十八点钟觉，而且脸上连一丁点笑容也没有啦。父亲给的玩艺儿也有点玩腻啦，况且妹妹的小碗儿丢了一个，小坡的火车也不住的出轨，并且摔伤不少理想中的旅客。

妈妈和哥哥都出了门，陈妈正在楼上做梦。小坡抱着火车，站台，轨道，跑到花园中，想痛痛快快的开一次快车。到了园里，只见妹妹仙坡独自坐在篱旁，地上放着一些浅黄的豆花，编花圈儿玩呢。

“仙，干什么呢？”

“给二喜编个花圈儿。”

“不用编了，把花儿放在火车上，咱们运货玩吧。”

“也好。从哪儿运到哪儿呢？”妹妹问，其实她准知道小坡怎么回答。

“从这里运到吉隆坡，好不好？”

父亲常到吉隆坡去办事情，总是坐火车去，所以小坡以为凡是火车都要到吉隆坡去，好似没有吉隆坡，世界上就根本没有修火车路的必要。

“好，咱们上货吧。”妹妹说。

兄妹俩把豆花一朵一朵的全装上车去，小坡把铁轨安好，来回开了几趟；然后停车，把花儿都拿下来；然后又装上去，又跑了几趟；又拿下来；又装上去……慢慢的把花儿全揉搓熟了，火车也越走越出毛病。

“仙，咱们不这么玩啦。”

“干什么呢？”妹妹一时想不出主意来。

小坡背着手儿，来回走了两遭，想起来了：“仙，咱们把南星，三多，什么的都找来，好不好？”

“妈妈要是说咱们呢？”

“妈妈没在家呀！仙，你等着，我找他们去。”

不大一会儿，小坡带来一帮小孩儿：两个马来小姑娘；三个印度小孩，二男一女；两个福建小孩，一男一女；一个广东胖小子。

两个马来小姑娘打扮得一个样儿，都是上身穿着一件对襟小白褂，下边围着条圆筒儿的花裙子。头发都朝上梳着，在脑瓜顶上梳成朝天杵的小髻儿。全光着脚，腿腕上戴着对金镯子。她们俩是孪生的姊妹，模样差不多，身量也一般儿高。两个都是慢条斯理，不慌不忙的，似乎和他们玩不玩全没什么关系。她们也不多言，也不乱动，只手拉手儿站在一边，低声的争辩：谁是姐姐，谁是妹妹；因为她们俩一切都相同，所以记不清谁是姐，谁是妹。

两个小男印度，什么也没穿，只在腰间围着条短红裙。他们的手，脚，脊梁，都非常的柔软，细腻，光滑；虽然是黑一点儿，可是黑得油汪汪的好看。那个印度小妞妞也穿着一条红裙，可是背上斜披着一条丝织的大花巾，两头儿在身旁搭拉着，非常潇洒美观。

两个福建小孩都穿着黑暑凉绸的宽袖宽腿衣裤。那个小姑娘梳着一头小短辫，系着各色的绒绳。

广东的胖小子，只穿着一条小裤衩。粗粗的胳臂，胖胖的腿，两眼直不棱的东瞧瞧西看看，真像个混小子。

大家没有一个穿着鞋的，就是两个福建小孩——父亲是开皮鞋店的——也是光着脚丫儿。

他们都站在树荫下，谁也不知道干什么好。南星，那个广东胖小子，一眼看见小坡的火车，忽然小铜钟似的说了话：

"咱们坐火车玩呀！我来开车！"说着他便把火车抱起来，大有不再撒手的样儿。

"往吉隆坡开！"小坡只好把火车让给南星，因为他——南星——真坐过火车，而且在火车上吃过一碗咖喱饭。坐过火车的自然知道怎么驶车，所以小坡只好退步。

两个印度小男孩的父亲在新加坡车站卖票，于是他们喊起来：

"这里买票！"

（现在他们全说马来话——南洋的"世界语"。）

大家全拔了一根兔儿草当买票的钱。

"等一等！人太多，太乱，我来当巡警！"小坡当了巡警，上前维持秩序："女的先买！"

小妞儿们全拿着兔儿草过来，交给两个小印度。他们给大家每人一个树叶当作车票。

大家都有了车票，两个卖票的小印度也自己买了票——他们自己的左手递给右手一根草，右手给左手一个树叶。

他们全在南星背后排成两行。他扯着脖子喊了一声：“门！——”然后两腿弯弯着，一手托着火车，一手在身旁前后的抡动，脚擦着地皮，嘴中“七咚七咚”的响。

开车了！

后面的旅客也全弯弯着腿，脚擦着地，两手前后抡转，嘴中“七咚，七咚”，这样绕了花园一圈。

“吃咖喱饭呀！不吃咖喱饭，不算坐过火车！”驶车的在前面嚷。

于是大家改为一手抡动，一手往嘴里送咖喱饭。这样又绕了花园一遭。

火车越走越快了，南星背后的两个马来小妞儿，裙子又长，又没有多大力气，停止了争论谁是姐，谁是妹；喘着气问：“什么时候才能到呢？”

“离吉隆坡还远着呢！到了的时候，我自然告诉你们。”小坡在后面喊。

“什么？到吉隆坡去？刚才买的票只够到柔佛去的！”两个小印度很惊异的说：“没有别的法子，只好还得补票。”说着他们便由车上跳下来，跟大家要钱。都没带钱，只好都跳下去，到墙根去拔兔儿草。南星一个人托着火车，口中“七咚七咚”的，绕了花园一遭。

火车还跑着，大家不知道怎么股子劲儿，又全上去了。

车跑得更快了！马来小姑娘撩着裙子，头上的小髻向前杵杵着，拼命的跑。到底被裙子一裹腿，两个一齐朝前跌下去，正压在驶车的背上。后面的旅客也一时收不住脚，都自自然然的跌成一串；可是口中还“七咚七咚”的响。仙坡的辫子缠在马来小妞的腿上，脚后跟正顶住印度小姑娘的鼻子尖；但是不管，口中依旧念着“七咚七咚”。

“改成货车啦！就这么爬吧！”小坡出了主意。他看见过：客车是一间一间的小屋子，货车多半是没有盖儿的小矮车。那末，大家现在跌在地上，矮了一些，当然正好变作货车。

南星又“门！——”了一声，开始向前爬，把火车也扔在一边。大家在后面也手脚齐用的跟着。

小猫二喜也来了，跟在后面。她比他们跑得轻俏了，一点也不吃力。

小坡不说话，自然永远到不了吉隆坡，因为只有他认识那个地方。（其实他并没到过那里，因为父亲常提那里的事儿，小坡便自信他和吉隆坡很有关系似的。）可是他偏不说，于是大家继续往前爬。

南星忽然看见小坡的“站台”在篱旁放着，他“门！——”了一声，便爬过去。喊了声：“到了！”便躺在地上不住的喘气。大家也都倒下，顾不得问到底是不是到了吉隆坡。小坡明知还没有到目的地，可是也没有力量再爬，只好口中还“七咚七咚”的，倒在地上不动。

大家不知躺了好久才喘过气儿来。两个马来小妞儿先站起来了，头上的小髻歪歪在一边，脑门上还挂着许多小汗珠，脸上红红的，更显得好看。她们低声的说：“不玩了！坐火车比走道儿还累的慌，从此再也不坐火车了！”

小坡赶紧站起来，拦住她们。虽然是还没到吉隆坡，但是她们既不喜欢再坐火车，只好想些别的玩法吧。她们听了小坡甜甘的劝告，又拉着手儿坐下了。仙坡也抬起头儿问她谁是姐姐，谁是妹妹；于是她们又想起那未曾解决过的问题，忘了回家啦。

“来，说笑话吧！”小坡出了主意。

大家都赞成。南星虽没笑话可说，可也没反对，因为他有个好主意：等大家说完，他再照说一遍，也就行了。

他们坐成一个圆圈，都脸儿朝里，把脚放在一处，许多脚趾头像一窝蜜蜂似的，你挤我，我挤你的乱动。

“谁先说呢？”小坡问。

没有人自告奋勇。

“看谁的大拇脚趾头最小，谁就先说。”三多——那个福建小儿——建议。

“对了！”仙坡明知自己的脚小，可是急于听笑话，所以用手遮着脚这样说。

南星也没等人家推举他，就拨着大伙儿的脚趾，像老太太挑香蕉似的，检查起来。结果是两个马来小妞的最小，大家都鼓起掌欢迎她们说笑话。

两小妞的脸蛋更红了，你看着我，我瞧着你，不知说什么好，也不知谁应当先说。嘀咕了半天，打算请姐姐先讲，可是根本弄不清谁是姐姐，于是又改成两个一齐说。她们看着地上，手摸弄着腿腕上的镯子，一齐细声细气的说：

“有一回呀，有一回呀，有一个老虎，”

“不是，不是老虎，是鳄鱼！”

“不是鳄鱼，是老虎！”

“偏不是老虎，是鳄鱼！”

一个非说老虎不行，一个非讲鳄鱼不可。姐妹俩越说越急，头上的小髻都挤到一块，大家只听到：“老虎，鳄鱼，鳄鱼，老虎。”

南星鼓起掌来，他觉得这非常好听。平常人们说笑话，总是又长又复杂，钩儿弯儿的，老听不明白。你看她们说的多么清楚：老虎，鳄鱼，没有别的事儿。好！拼命鼓掌！

仙坡恐怕她们打起来，劝她们一个先说老虎，一个再说鳄鱼。她们不听，非一齐说不可；因为她们这两个笑话是一字不差记在心里的；可是独自个来说，是无论怎样也背不上来的。

大家看这个样儿，真有点不好办，全举起手来要说话。及至小坡问他们要说什么，又将手落下去，全一语不发啦。最后还是小坡提议：叫她们姐妹等一会儿再说，现在先请妹妹仙坡说一个。其实仙坡的笑话，他是久已听熟的，但是爱妹妹心切，所以把她提出来。大家也不知究竟听明白没有，又一齐鼓掌。小印度姑娘不懂得怎样鼓掌，用手拍着脚心；心中纳闷：为什么她拍的没有别人那样响亮呢?

仙坡很感激大家鼓掌欢迎她，可是声明：她的嘴很小，恐怕说不好。大家都以为这不成理由，而且南星居然想到：嘴小吃香蕉吗，倒许吃得不痛快；说笑话吗，恐怕嘴小比嘴大还好；他自己的嘴很大，然而永远不会说故事。

仙坡很客气的答应了他们，大家全屏气息声的听着。她先扭着头看了看椰树上琥珀色的半熟椰果，然后捻了捻辫上的红绒绳儿，又摸了摸脚背上的小黑痣儿。南星以为这就是说笑话，登时鼓起掌来。小坡有点不高兴，用脚趾头夹了南星的胖腿肚子一下，南星赶紧停止了拍掌。

仙坡说了：

“有一回呀，有一只四眼儿虎，”

两个马来小妞，两个印度小儿一齐说了：“虎都是两只眼睛！”马来和印度都是出虎的地方，所以他们知道的详细。

仙坡把小嘴一撅，生了气：“不说了！”

印度小孩觉得有点不好意思，赶紧解说：“你说的是两只虎，那自然是四个眼的。”

“呸！偏是一只老虎，四个眼睛！”仙坡的态度很强硬。

马来姐妹一齐低声问：“四个眼睛都长在什么地方呢？都长在脖子

上？”说完，她们都遮嘴，低声笑了一阵。

仙坡回答不出，只好瞪了她们一眼。

三多忽然一时聪明，替仙坡说：“戴眼镜的老虎便是四眼虎！”

南星不明白话中的奥妙，只觉得糊涂得颇有趣味，又鼓起掌来。

仙坡不言语了。小坡试着想个好听的故事，替妹妹转转脸。不知为什么，除了四眼虎这个笑话，什么也想不起来。

大家请求印度小姑娘说，她也说了个虎的故事，而且只说了一半，把下半截儿忘了。

这时候，大家都想说，可是脑中只有虎，虎，虎，虎，谁也想不出新鲜事儿来。

最后南星自荐，给大家说了一个：

“有一回呀，有只四眼虎，还有只六眼虎，还有只——有只——七眼虎。”说到六只眼，他的“以二进”的本事完了，只能一只一只往上加了。一直说到：“还有只十八眼虎，”再也想不起：十八以后还是五十呢，还是十二呢。

想不起，便拉倒，于是他就秃头儿文章，忽然不说了。假如他不是自己给自己鼓掌，谁也想不到他是说完了。

五　还在花园里

南星的笑话说完，不但没人鼓掌，而且两个马来小妞低声的批评；她们向来没听过这样糊涂的故事！南星听见了，虽然没生气，心中可有点不欢喜。糊涂人也有点精明劲儿，这点精明是往往在人家说他糊涂的时候发现，南星也是如此。他想了半天，打算说些绝不带傻气的话，以证明他不“完全”糊涂；他承认自己有“一点”糊涂。他忽然说：

“我坐过火车！”

这句话叫他的身份登时增高了许多，因为在这一帮小孩中，只他一个人有说这个话的资格。大家自然都看见过火车，可是没有坐过，“看过”和“坐过”是根本不同的；当然不敢出声，只好听着南星说：

“火车一动，街道，树木，人马，房子，电线杆子就全往后面跑。”

这个话更是叫他们闻所未闻，个个张着嘴发愣，不敢信以为实，也不敢公然反对。

现在南星看出他的身份是何等的优越，心中又觉得有点不安，似乎糊涂惯了，忽然被人钦敬，是很难受的事儿。于是他双手扯着嘴，弄了个顶可怕，又可笑的鬼脸。

大家此时好像受了南星的魔力，赶快都双手扯嘴，弄了个鬼脸；而且人人心中觉到，他们的鬼脸没有南星的那样可怕又可笑。

到底是小坡胆气壮，不易屈服，他脸对脸的告诉南星，他不明白为什么树木和电线杆子全往后退。

“你看，”南星此刻也有点怀疑，到底刚才所说的是否正确。可是话已说出去，也不好再改嘴：“你看，比如这是火车，”他捡起小坡的火车来，托在手上：“你们是火车两旁的人马树木，你们全站起来！”

大家依命都站起来。

“看着，”南星说，“这是火车，”火车一走，他往前跑了几步，“你们就觉着往后退！”他又往前跑了几步，回过头来问：“觉得往后退没有？”

大家一齐摇头！

南星脸红了，结结巴巴的说：

“来！来！咱们大家当火车，你们看两旁的树木房子退不退！”

他们排成两行，还由南星做火车头，“门！——”了一声，绕了花园一遭。

“看出东西全往后退没有？”南星问，其实他自己也没觉得它们往后退，不过不好意思不这么问一声儿。

“没有！没有！”大家一齐喊。两个马来小妞低声儿说：“我们倒看见树叶儿动了，可是，或者是因为有风吧！”说完她们咭咭咕咕的笑了一阵。

“反正我坐过火车！”南星没话可说，只好这样找补一句。

“他瞎说呢，”两个马来小妞偷偷的对仙坡说，“我们坐过牛车，就没看见东西往后退。”

牛车，火车，都是车，仙坡自然也信南星是造谣言呢。

三多想：也许树木和房子怕火车碰着它们，所以往后躲，这也似乎近于情理；但是他没敢发表他的意见。看着大家还排着两行，没事可做，他说了话：

“咱们当兵走队玩吧！”

大家正想不出主意，乐得的有点事儿做，登时全把手搁在嘴上吹起喇叭来。南星一边儿吹号，一边儿把脚丫抬起老高，噗嚓噗嚓的走。大家也噗嚓噗嚓的在后面跟着。小坡拔起一根三楞草插在腰间，当做剑；又捡起根竹竿骑上，当马；耀武扬威的做起军官来。

“不行！不行！站住！”小坡在马上下命令：“大家都吹喇叭，没有拿枪当兵的还行吗？”

全部军队都站住，讨论谁吹喇叭，谁当后面跟着的兵。

讨论的结果：大家全愿意吹喇叭，南星说他可以不吹喇叭，但是必须允许他打大鼓。

“我们不能都吹喇叭！”小坡的态度很坚决：“这么着，先叫小姑娘们吹喇叭，我们在后面跟着当兵。然后我们再吹喇叭，叫她们跟着走，这公道不公道？”

小坡的办法有两个优点：尊敬女子和公道。大家当然赞成。于是由仙坡领队，她们全把手放在嘴上，嘀打嘀打的吹起来。

可是，后面的兵士也全把手放在嘴上吹起来。

“把手放下去！”小坡向他们喊。

他们把手放下去了，可是嘴中依然嘀打嘀打的吹着，而且吹得比前面的乐队的声音还大的多。小坡本想惩罚他们中的一个，以示警戒。可是，他细一听啊，好，他自己也正吹得挺响。

走了一会儿，小坡下命换班。

男的跑到前面来，女的退到后边去，还是大家一齐出声，谁也不肯歇着。小坡本来以为小姑娘们容易约束，谁知现在的小妞儿更讲自由平等。

“大家既都愿意吹喇叭，”小坡上了马和大家说，“落得痛痛快快的一齐唱回歌吧！”

唱歌比吹喇叭更痛快了，况且可以省去前后换班的麻烦，大家鼓掌赞成。

“站成一个圆圈，我一举竹竿就唱。”小坡把竹竿——就是刚才骑着的那匹大马——举起，大家唱起来。

有的唱马来歌，有的唱印度曲，有的唱中国歌，有的唱广东戏，有的不会唱扯着脖子嚷嚷，南星是只会一句：“门！——”

啊哎吆喝，门！——吆哎啊喝，门！——哎呀，好难听啦，树上的鸟儿也吓飞了，小猫二喜也赶快跑了，街坊四邻的小狗一齐叫唤起来，他们自己的耳朵差不多也震聋了。

小坡忽然想起：陈妈在楼上睡觉，假如把她吵醒，她一定要对妈妈说他的坏话。他赶紧把竹竿举起，叫大家停住。他们正唱得高兴，哪肯停止；一直唱（或者应该说，“嚷”）下去，声儿是越来越高，也越难听。唱到大家都口干舌燥，嗓子里冒烟，才自动的停住。停住之后，南星还补了三四声“门！——”招得两个马来小妞说：设若火车是她们家的，她们一定在火车头上安起一架大留声机来，代替汽笛——天下最难听的东西！

幸而陈妈对睡觉有把握，她始终没醒；小坡把心放下去一些。

歇了一会儿，大家才彼此互问：“你刚才唱的是什么？”“你听我唱的好不好？”

“我也不知道我唱的是什么。你唱的我一点也没听见！”大家这么毫不客气的回答。

大家并不觉得这样回答有什么不对的地方，本来吗，唱歌是要“唱”的，谁管别人听不听呢。

又没事可做了！有的手拍脑门，有的手按心口，有的擦着裙子，有的扯着耳朵，大家想主意。主意本来是很多的，但是一到想的时候，便全不露面儿了。想了半天，大家开始彼此问："你说，咱们干什么好？"

"我们'打倒'吧？"小坡提议。

"什么叫'打倒'呢？"大家一齐拥上前来问。

据小坡的经验，无论开什么会，演说的人要打算叫人们给他鼓掌，一定得说两个字——打倒。无论开什么会，听讲的人要拍掌，一定是要听到两个字——打倒。比如学校里欢迎校长吧，学生代表一喊打倒，大家便鼓起掌来。比如行结婚礼吧，证婚人一说打倒，便掌声如雷。这并不是说，他们欢迎校长，而又想把他打出去；他们庆贺人家白头偕老，又同时要打新郎新娘一顿；这不过是一种要求鼓掌的记号罢了。

不但社会上开会如此，就是小坡的学校内也是如此。三年级的学生喊打倒，二年级的小姑娘也喊打倒，幼稚园的胖小子也喊打倒。先生不到时候不放学，打倒。妈妈做的饭不好吃，打倒。好像他们这一辈子专为"打倒"来的，除了他们自己，谁都该打倒。最可笑的是，小坡看出来，人人喊打倒，可是没看见过谁真把谁打倒。更奇怪的是：不真打，人们还真不倒。小坡有点不佩服这群只真嚷嚷，而不真动手的人们。

小坡的计划是：去搬一只小凳当讲台，一个人站在上边，作为讲演员。他一喊打倒，下面就立起一位，问：你是要打倒我吗？台上的人一点头，登时跳下台去，和质问的人痛打一番。讲演人战胜呢，便再上台去喊打倒，再由台下一人向他挑战。他要是输了呢，便由战胜者上台去喊打倒。如此进行，看最后谁能打倒的顶多，谁就算赢了；然后由大家给他一点奖品。

南星没等说完，已经把拳头握好，专等把喊打倒的打倒。两个小印度也先在自己的胸上捶了两拳，作为接战的预备。三多也把暑凉绸褂子脱了，交给妹妹拿着。

两个马来小妞儿一听他们要打架比武，吓得要哭。仙坡虽然胆子大一些，但是声明：男和女打不公道。印度小姑娘主张：假如非打不可，那末就三个女的打一个男的，而且女的可以咬男子的耳朵。三多的妹妹没说什么，心中盘算：大家要打成一团的时候，她便把哥哥的褂子盖在头上，藏在花丛里面。

南星虽然凶猛非常，可是听到她们要咬耳朵，心中未免有点发嘀咕：设若他长着七八十来只耳朵呢，咬掉一个半个也原不算什么。可是一个人只有两只——他摸了摸耳朵，确是只有一对儿！——万一全咬下去，脑袋岂不成了秃球！他傻子似的看着小坡，小坡到底有主意：女子不要加入战团，只要在远处坐着，给他们拍掌助威。

大家赞成这个办法。女子坐在一边，专等鼓掌。小坡搬了一只小矮凳来，怕南星抢他的，登时便跳上去。

小坡的嘴唇刚一动，南星便蹿过去了；他以为小坡一定要说打倒的。谁知小坡并没那么说，他真像个讲演家似的，手指着天上："诸位！今天，哥哥到这里，"（有仙坡在座，他自然要自称哥哥，虽然他常听人们演说的时候自称"兄弟"。）"要——打倒！"

"你要打倒我吗？"下面四位英雄一齐喊。

小坡原是主张一个打一个的，可是一见大家一齐来了，要一定主持原议，未免显得太不勇敢。于是他大声喝道：

"就是！要打你们一群！"

这一喊不要紧，简直的像拆了马蜂窝了，大家全吼了一声，杀上前来。

两个小印度腿快，过来便一人拉住小坡一只胳臂。南星上来便搂他的腿。三多抡圆了拳头，打在自己头上，把自己打倒。小坡拼命往外抽胳臂，同时两脚叉开，不叫南星搂住。

仙坡一看三个打一个，太不公平，捋了一把树叶，往南星背上扔；可是无济于事，因为树叶打人是不疼的。两个马来小妞害怕，遮着眼睛由手指缝儿往外看，看得分外清楚。印度小姑娘用手拍脚心，鼓舞他们用力打。三多的妹妹看见哥哥自己打倒了自己，过去骑在他身上，叫他当黄牛。

小坡真有能耐，前抡后扯，左扭右晃，到底把胳臂抽出来。南星是低着头，专攻腿部，头上挨了几拳，也不去管，好像是已把脑袋交给别人了似的。他本来是搂着小坡的腿，可是经过几次前后移动，也不知是怎回事，搂着的腿变成黑颜色了。好吧，将错就错，反正摔谁也是一样，一使劲，把小印度搬倒了一个。这两个滚成一团，就手儿也把小坡绊倒。于是四个人全满地翻滚，谁也说不清哪个是自己的手脚，哪个是别人的；不管，只顾打；打着谁，谁算倒运；打着自己，也只好算着。

打着打着，南星改变了战略：用他的胖手指头钻人们夹肢窝和大腿根的痒痒肉。大家跟着都采用这个新战术，哎呀！真痒痒！都倒在地上，笑得眼泪汪汪，也没法再接着作战。笑声刚住，肋骨上又来了个手指头，只好捧着肚子再笑。刚喘一口气，脚心上又挨了一戳，机灵的一下子，又笑起来。小姑娘们也看出便宜来，全过来用小手指头，像一群小毛毛虫似的，痒痒出出，痒痒出出，在他们的胸窝肋骨上乱串。他们满地打滚，口中一劲儿央求。

“谁赢了？”三多忽然喊了一声。

大家都忽然的爬起来，捧着肚子喘气，刚喘过气来，齐喊：“我赢了！”

“请仙坡发给奖品！”小坡说。

仙坡和两个马来小妞嘀咕了半天，然后她上了小凳手中拿着一块橘皮，说：

“这里是一块黄宝石，当作奖品。我们想，”她看了两个马来小妞一眼：“这个奖品应当给三多！”

“为什么？没道理！”他们一齐问。

“因为，”仙坡不慌不忙的说，“他自己打倒自己，比你们乱打一回的强。他打倒自己以后，还背着妹妹当黄牛，又比你们好。”她转过脸去对三多说：“这是块宝石，很娇嫩的，你可好好的拿着，别碰坏了！”

三多接过宝石，小姑娘们一齐鼓掌。

“不公道！”两个小印度嚷。

“不明白！”南星喊。

“分给我一半！”小坡向三多说，跟着赶紧把妹妹背起来：“我也爱妹妹，当黄牛，还不分给我一半？”

南星一看，登时爬在地上，叫小印度姑娘骑上他：“也分给我一半！”

两个小印度慌着忙着把两个马来小妞背起来。

三多的妹妹在三多的背上说：

“不行了！太晚了！”

“不玩了！”南星的怒气不小。

“不玩了？可以！得把我们背回家去！”小姑娘们说。

他们一人背着一个小姑娘，和小坡兄妹告辞回家。

六　上学

要是学校里一年到头老放假，这一年的光阴要过得多么快活，多么迅速；你看，年假一个来月过得有多么快，还没玩耍够呢，又到开学的日子了！不知道先生们为何这样爱教书，为什么不再放两三个月的假，难道他们不喜欢玩耍吗？哪怕再放“一”个月呢，不也比现在就上学强吗？

小坡虽然这么想，可是他并不怕上学。他只怕妹妹哭，怕父亲生气；此外，他什么也不怕，没有他不敢做的事儿。开学就开学啵，也跟做别的游戏一样，他高高兴兴的预备起来。由父亲的铺中拿来七八支虫蚀掉毛，二三年没卖出去的毛笔。父亲那里不是没有好笔，但是小坡专爱用落毛的，因为一边写字，一边摘毛，比较的更热闹一些。还拿来一个大铜墨盒，不为装墨，是为收藏随时捡来的宝贝——粉笔头，小干槟榔，棕枣核儿等等。

父亲给买来了新教科书，他和妹妹一本一本的先把书中图画看了一遍。妹妹说：这些新书不如旧的好，因为图画不那么多了。小坡叹了口气说：先生们不懂看画，只懂看字，又有什么法儿呢！

东西都预备好了，书袋找不到了。小坡和妹妹翻天搗洞的寻觅，连洗脸盆里，陈妈的枕头底下都找到了，没有！最后他问小猫二喜看见了没有，二喜喵了一声，把他领到花园里，哈哈！原来书袋在花丛里藏着呢。拿起一看，里面鼓鼓囊囊的装着些小棉花团，半个破皮球，还有些零七八碎的；原来二喜没有地方放这些玩艺儿，借用小坡的书袋做了百宝囊。他告诉了妹妹这件事，他们于是更加喜爱二喜。小坡说：等父亲高兴的时候，可以请求他给买个新书袋，就把这个旧的送给二喜。妹妹说：简直的她和二喜一人买个书袋，都去上学也不坏。可是小坡说：学校里有一对小白老鼠，要是二喜去了恐怕小鼠们有些性命难保！这个问题似乎应该等有工夫时，再详加讨论。

由家里到学校有十几分钟便走到了。学校里是早晨八点钟上课，哥哥大坡总在七点半前后动身上学。可是小坡到六点半就走，因为妹妹每天要送他到街口，然后他再把妹妹送回家，然后她再送他到街口，然后他再把妹妹送回来。如此互送七八趟，看见哥哥预备好了，才恋恋不舍的把妹妹交给母亲，然后同哥哥一齐上学。

有的时候呢，他和妹妹在附近走一遭，去看南星，三多，和马来小妞儿们。小坡纳闷：为什么南星们不和他在一个学校念书；要是大家成天在一块儿够多么好！不行，大家偏偏分头去上学，只有早晚才能见面，真是件不痛快的事。还更有不可明白的事呢：大家都是学生，可是念的书都不相同，而且上学的方法也不一样。拿南星说吧，他一月只上一天学。那就是说：每月一号，南星拿着学费去交给先生，以后就不用再去，直等到第二月的一号。听说南星所入的学校里，有一位校长，一位教员，一个听差，和一个学生——就是南星。校长，教员，听差，和南星都在每月一号到学校来。大家到齐，听差便去摇铃，摇得很响。一听见铃声南星便把学费交给校长。听差又摇铃，摇得很响；校长便把南星的学费分给先生与听差。听差又摇铃，摇得很响；校长和先生便出去吃饭。他们走后，南星抢过铜铃来摇，摇得更响；痛痛快快的摇过一阵，便回家去。他第一次入学的时候，拿着第一册国语教科书，现在上了三年的学，还是拿着第一册国语。他的父母说：天下再找不出这样省书钱，省笔墨费的地方，所以始终不许南星改入别的学校。校长和先生呢，也真是热心教育，始终不肯停。新加坡学校太多，招不来学生，那不是他们的过错。小坡很想也入南星所在的学校，但是父亲不但不允所请，还带手儿说：南星的父亲是糊涂虫！

两个马来小姑娘的上学方法就又不同了：她们的是个马来学校。她们是每天午前十一点钟才上学，而且到了学校，见过先生便再回家。听说：她们的学校里不是先生教学生，是学生教先生。她们所担任的课程是“吃饭”。到十一点钟，她们要不到学校去，给先生们出主意吃什么饭，先生们便无论如何想不出主意来，非一直饿到晚上不可！她们到了学校，见了先生，只要说：“今天是咖喱饭和炒青菜。”说着，向先生一鞠躬。先生赶紧把这个菜单写在黑板上。等他写完，她们便再一鞠躬，然后手拉手儿回家去。小坡也颇想入这个学校，因为他可以教给马来先生们许多事情。但是父亲不知为何老藐视马来人，又不准小坡去！

两个小印度是在英文学校念书。学校里有中国小孩，印度小孩等等；还有白脸，高鼻子，蓝眼珠的美国教员，而且教员都是大姑娘。小坡时时想到：我要是换学校啊，一定先入这个英文学校。那里有各样的小孩，多么好玩；

况且有白脸，高鼻子，蓝眼珠的教员，而且都是大姑娘！我要是在那里好好念书，先生一喜爱我，也许她们把仙坡请去当教员；仙坡虽然没长着蓝眼珠，但是她反正是姑娘啊！

两个小印度上学的方法也很有趣味：他们是上一天学，休息一天的，因为他们俩交一份儿学费，两个人倒换着上学。今天哥哥去，明天弟弟去。蓝眼珠的先生们认不清他们谁是谁，所以也不知道。到学期考试的时候，哥哥预备英文，弟弟就预备地理，你看这有多么省事！谁能把一大堆书都记住，就是先生们吧，不也是有的教国语，有的教唱歌吗？可见一个人不能什么都会不是？小印度们的办法真有道理，各人抱着一角儿，又省事，又记得清楚。小坡想：假如他披上他那件红绸子宝贝，变成印度，再叫妹子把脸涂黑，也颇可以学学小印度们，一对一天的上学。唉！不好办！父亲准不许他们这样办！一问父亲，父亲一定又说：“广东人上广东学校，没有别的可说！”

小坡要是羡慕南星们呀，可是他真可怜三多。三多是完全不上学校，每天在家里跟着个戴大眼镜，长胡子，没有牙的糟老头子，念读写作，一天干到晚！没有唱歌，也没有体操！顶厉害的是：书上连一张图画没有，整篇整本密密匝匝的全是小黑字儿！也就是自己能打倒自己的三多，能忍受这个苦处；换个人哪，早一天喊五百多次“打倒”了！不错，三多比谁都认识的字多。但是他只认识书本上的字，一换地方，他便抓瞎了。比如你一问他街上的广告，铺户门匾上的字，他便低声说：“这些字和书本上的不一样大，不敢说！”可怜的三多！

小坡虽然羡慕别人的学校，可是他并不是不爱他所入的学校。那里有二百多学生，男女都有。先生也有十来位，都能不看图就认识字。他们都很爱小坡，小坡也很爱他们。小坡尤其爱他本级的主任先生，因为这位先生说话声音洪亮，而且能在讲台上站着睡觉。他一睡，小坡便溜出去玩一会儿。他醒来大声一讲书，小坡便再溜进来，绝对的不相冲突。

六点半了，上学去！背上书袋，袋中除了纸墨笔砚之外，还塞着那块红绸子宝贝，以便随时变化形象。

拉着妹妹走出家门。

“先去看看南星，好不好？”

“好哇。”

绕过一条街，找到了南星。

“上学吗，小坡？”南星问。

“可不是。你呢？”

“我？还没到一号呢。”

“呕！”小坡心中多么羡慕南星！“咱们找三多去吧？”

“别去啦！三多昨儿没背上书来，在门口儿罚站，脑袋晒得直流油儿。我偷偷的给他用香蕉叶子做了个帽子，好！被那个糟老头子看见了，拿起大烟袋，梆！给了我一下子！你看看，这个大包！”

果然，南星的头顶上有个大包，颜色介乎青紫之间！

“啊！”小坡很为南星抱不平，想了一会儿，说：“南星，赶明儿咱们都约会好，去把那个糟老头子打倒，好不好？”

“他的烟袋长，长，长着呢！你还没走近他身前，他把烟袋一抡，梆！准打在你的头上！好，我不敢再去！”南星摸着头上的大包，颇有点“一朝被蛇咬，三年怕井绳”的神气。

“先去偷他的烟袋呀！”小坡说。

“不行！三多说过：老头子除了大烟袋，还有个手杖呢！老头子常念道：没有手杖不用打算教学！”

“手杖？”仙坡不明白。

“唉，手杖？”南星也不知道什么是手杖，只是听三多说惯了，所以老觉得“似乎”看见过这种名叫手杖的东西。——不敢说一定是什么样儿。

“什么是手杖呢？二哥！”仙坡问小坡。

小坡翻了翻眼珠：“大概是个顶厉害的小狗，专咬人们的腿肚子！”

“那真可怕！”仙坡颤着声儿说。

小坡知道这个老头子有些不好惹，他只好说些别的：“咱们找小印度去，怎样？”

“已经上学了，刚才从这儿过去的。”南星回答。

“反正他们总有一个在家呀，他们不是一对一天轮着班上学吗？”小坡问。

“今天他们学校里开会，有点心，有冰激凌吃。他们所以全去了。他们说：一个先进去吃，吃完了出来换第二个。这样来回替换，他们至少要换十来回！可惜，我的脸不黑；不然，我也和他们一块去了！点心，冰激凌！哼！”南星此刻对于生命似乎颇抱悲观。

“冰激凌！点心！”小坡，仙坡一齐舔着嘴唇说。

待了半天，小坡说：“去看看马来小姑娘们吧？”

“她们也上学了！”南星丧气颓声的说，似乎大家一上学，他简直成了个无依无靠的“小可怜儿”啦。

“也上学啦？这么早？我不信！”仙坡说。

“真的！我还背了她们一程呢！她们说：有一位先生今天早晨由床上掉下来了。不知道怎么再上去好，所以来传集学生们，大家想个好主意。”

“呕！”仙坡很替这位掉下床来而不知怎么再上去好的先生发愁。

“把床翻过来，盖在他身上，就不错；省得上床下床怪麻烦的，”小坡说，待了一会儿：“可是，那要看是什么床啦：藤床呢还可以，要是铁床可未免有点压的慌！”

“其实在地板上睡也不坏，可以不要床。”仙坡说。

“有这样的老师，真是好玩！我赶明儿告诉父亲，也把我送到马来学校去念书。”南星说。

“你要去，我也去。可是你得天天背着我上学！”仙坡说。

“可以！”南星很高兴仙坡这样重视他。

“好啦，南星，晚上见！我可得上学啦！”小坡说。

“早点回来呀！小坡！咱们还得打一回呀！”南星很诚恳的央求。

“一定！”小坡笑了笑，拉着妹妹把她送回家去。到了家门，哥哥已经走了，他忙着扯开大步，跑向学校去。

七　学校里

到了学校里，小坡的第一件事是和人家打起来了。假如你们知道小坡打架的宗旨，你们或者不至于说他是好勇斗狠，不爱和平了。小坡的打架，十回总有九回半是为维持公道，保护别人呀。尤其是小姑娘们，她们受了别人的欺侮，不去报告先生，总是来找小坡诉苦。小坡虽然还在低年级，可是一见不平的事儿，便勇往直前，不管敌人的胳臂比电线杆子还粗，也不管敌人的腿是铁打的还是铜铸的。打！没有别的可说！人们仗着胳臂粗，身量大，去欺侮人，好，跟他们拼命！

小坡到拼命的时候，确也十分厉害。双手齐抡，使敌人注意上部，其实目的是用脑袋撞敌人的肚子。自然哪，十回不见得有三四回恰好撞上；但是，设若撞上呀，哈！敌人在三天之内不用打算舒舒服服的吃香蕉了！

小坡的头是何等坚硬！你们还记得：他和妈妈上市买东西去，不是他永远把筐子，不论多么沉重，顶在头上吗？再说，闲着没事儿的时候，他还贴着墙根，两脚朝天，用脑袋站着，一站就是十来分钟。有经过这样训练的脑袋，再加以全身力量作后盾，不要说撞人呀，就是碰在老山羊头上，也得叫山羊害三天头疼！据被撞过的人说：只要小坡的脑门触上你的肚皮，得啦，你的肚皮便立刻贴在脊梁骨上去，不好受！

小坡对于比自己身量矮，力气弱的呢，根本不屑于这么费“脑力”——脑袋的力量，他只要手拍脑门然后一指敌人的肚子，敌人便没有别的办法，只好认罪赔情。

对于“个子”，力气差不多与小坡相等的，他也轻易不用脑袋；用拳头打胜岂不更光荣，也显着不占便宜啊。到底是小坡，什么事都讲公道！

还有一类小孩呢，好欺侮人，又不敢名正言顺的干，偷偷摸摸的占小便宜儿；被人指出过错来，不肯认罚；听人家跟他挑战，便赶紧抹着泪去见老师。小坡永远不跟这样的小鬼儿宣战，只是看见他们正在欺侮人的时候，过去就是一拳，打完再说。被打的当然去告诉先生，先生当然惩罚小坡。小坡一声不出，低头领受先生的罚办。他心里说：反正那一拳打得不轻！至少叫你三天之内不敢再欺侮人！

“操场的树后面见！”是正式挑战的口号。

这个口号包括着许多意思：操场东边有一排密匝匝的小山丹树，剪得整整齐齐的，有三尺多高。这排红花绿叶的短墙以后，还有块空地。有几株大树把这块地遮得绿荫荫的，又凉爽，又隐僻，正好作为战场。到这儿来比武的，目的在见个胜负，事前事后都不准去报告先生们的。打完了的时候，胜家便说：“完了，对不起呀！”败将也随着说：“完了，对不起呀！”假如不分胜负，同时倒在地上，便喊个一，二，三，一齐说：“完了，对不起呀！”这样说，虽是打了架，而根本不伤和气。所以小坡虽常常照顾这块地方，可是并没和谁结下仇恨。

现在我们应当低点声儿说了！小坡，这样可爱的一个小孩儿，原来也有时候受贿赂，替人家打架。

“小坡，替我和王牛儿打一回吧！他管我父亲叫大洋狗！”一个小魔鬼手里握着五张香烟画儿。“打倒王牛儿，这全是你的，保管全是新的！”

小坡一劲儿摇头，可是眼睛盯着小魔鬼的手。

小魔鬼递过一张来。

小坡迟疑了一会儿，接过来了，舍不得再交还回去，果然是骨力硬整，崭新的香烟画！

“你先拿着那张，打赢了之后再给这四张！”小魔鬼张开手，不错，还有四张，看着特别的可爱。

“输赢总得给我？”小坡的灵魂已经被小魔鬼买了去！

“打输了哇？吹！打赢了？给！你常打胜仗，是不是？”小魔鬼的话说得甜美而带力量。

“好了，什么时候？”小坡完全降服了。

“下了第二堂，操场后面。”

“好吧，那儿见！”小坡把画儿郑重的收好，心中十分得意。

时间到了，大家来到大树底下。

打！哎呀，自己的脑袋没有热力贯着，一撞就撞了个空。拳头也只在空气中瞎抡，打不着人。敌人的拳头雨点般打来，打在身上分外的疼。而且好像拳拳打在小坡的良心上了！只觉得疼，鼓不起勇气来！心中越惭愧，手脚越发慌。每拳打在身上都似乎是说：要人家的洋画，不要脸！哪！……结果，被人家打倒在地！王牛儿得意扬扬的说："完了，对不起呀！"小坡含羞带愧的说："完了，对不起呀！"

呸！呸！呸！——小魔鬼的声音！

以后再也不这样干了，多么丢脸！为争公道的时候，打得多么有力气，打输打赢都是光荣的；为几张香烟画打的时候，头和豆腐一样软，而且心里何等的难过！况且事后一打听，原来是小魔鬼先说：王牛儿的姐姐长得像只小老鼠，王牛儿才反口说他父亲像大洋狗。

"小坡！"后来又有一个小魔鬼捧着一把各色的花蛤壳："你和李三羊打。"

小坡没等他说完，手遮着眼睛就跑开了。

我们往回说吧。小坡进了校门正问看门的老印度，在新年的时候吃了什么好东西，听了什么好笑话。背后来了个小妞儿，拉了他一把。回头一看，原来是同班的小英。她满脸是泪，连脑门上都是泪珠，不晓得她怎么会叫眼泪往上流。

"怎么了？小英！"

小英还是不住的抽搭，嘴唇张了几次，吃进去许多大咸泪珠，可是说不出话来。

"怎么了，小英；别哭，吃多了眼泪可就吃不下饭去了！"小坡常见妹妹仙坡闹脾气哭喊的时候，便吃不下饭去，所以知道吃眼泪是有碍于饮食的。

小英果然停住哭声，似乎是怕吃不了饭。她委委屈屈的说："他打我！"

"谁？"小坡问，心中很替小英难过。

"张秃子！打我这儿！"小英的手在空中随便指了一指。

小坡看了看小英的身上，并没有被打的痕迹。或者张秃子打人是不留痕迹的，也未可知。反正小英的眼泪是真的，一定是受了委屈。

"他还抢去一只小船，张秃子！"小英说。

小坡有点发糊涂：还是那只小船叫张秃子呢？还是张秃子抢去小船？

"小船？"他问。

"纸折的小船，张秃子！"

小坡决定了：这一定是张秃子（人），抢去张秃子（小船）。

"你去告诉了先生没有？"

“没有！”这时小英的泪已干了，可是用小指头在眼睛上抹了两个黑圈。

“好啦，小英，我去找张秃子把小船要回来。”小坡说着，撩起老印度的裙子给小英擦了擦脸。老印度因为开学，刚换上一条新裙子，瞪了小坡一眼。

“要回小船还不行！”小英说。

“怎么？”

“你得打他！他打了我这儿，张秃子！”小英的手指又在空中指了一指。

“小英，他要是认错儿，就不用打他了。”小坡的态度很和平。

“非打他不可！张秃子！”

小姑娘们真不好惹！小坡还记得：有一回妹妹仙坡说，拉车的老牛故意瞪了她一眼，非叫他去打牛不可。你说，万一老牛真有意打架，还有小坡的好处吗？经过长时间的辩论，不行，妹妹是“一把儿死拿”，一点儿不退步。最后小坡急中生智，在石板上画了只老牛，叫妹妹自己去打，算是把这斗牛的危险躲过去了。

“好啦，小英，咱们先上教室去吧。”

小英和小坡刚进了讲堂，迎面正好遇见张秃子。张秃子一看小坡拉着小英的手，早明白了其中的故典儿，没等小坡开口，他便说了：

“操场的树后面见哪，小坡！”

“什么时候？”小坡问。

“现在就走！你敢不敢？”张秃子的话有些刺耳。

“你先去，等我把衣裳脱了。”小坡穿着雪白的新制服，不敢弄脏。脱了上身，挂在椅子上，然后从书袋中掏出红绸宝贝，围在腰间，既壮威风，又省得脏了裤子。

“小英，你看我一围上这个宝贝，立刻就比张秃子还高了许多，是不是？”

“真的！”小英一看小坡预备到战场去，拍着两只小手，连话也说不出了。

大树底下，除张秃子与小坡之外，还有几个参观的，都穿着新制服，坐在地上看热闹。

由树叶透进的阳光，斑斑点点射在张秃子的秃头上，好像个带斑点的倭瓜，黄腊腊儿的带着些绿影儿。张秃子虽然头发不多，力气可是不小。论他的身量，也比小坡高好些；胳臂腿儿也全筋是筋，骨是骨的，有把子笨劲。

可是小坡一点没把这个倭瓜脑袋的混小子放在心里。他手插在腰间，说：

“张秃子，赶快把小英的小船交回去！再待一会儿，可就太晚了！”

张秃子把那只小纸船放在树根下的青苔上，然后紧了紧裤带，又摸了摸秃脑袋，又咽了口气，又舔了舔嘴唇，又指了指青苔上的小纸船，又看了看旁边坐着的参观者，又捏了捏鼻子，这才说：

“打呀！不用费话，你打胜，小船是小英的；你打败，小船归我啦！”

张秃子不但态度强横，对于作战也似乎很有把握。把脚一跺，秃头一晃，吼了一声，就扑上来了。

一看来得厉害，小坡算计好，非用脑袋不足以取胜。他架开敌人的双手，由尾巴骨起，直至头顶，联成一气，照着张秃子的肚子顶了去。张秃子也是久经大敌的手儿，早知小坡的“撞羊头”驰名远近，他赶快一吸气，把肚子缩回，跟着便向旁边一偏身，把小坡的头让过去。

小坡每逢一用脑袋，便只用眼睛看着敌人脚步移动，把脖子，脊梁一概牺牲。他见张秃子的脚挪到旁边去了，心中说：“好，捶咱脊背！”果然，啷当啷当啷，背上着了拳，胸中和口腔里还似乎有些回响。张秃子打人有这样好处：捶人的时候老有声有韵的，梆当梆当梆，五声一顿，不多不少，怪有意思的。

小坡赶快往后退，拉好了尺寸，两手虚晃，头又顶上前去。喝！张秃子的脚又挪开了，头又撞着了空气！啷当啷当啷，背上又挨了五拳。哎呀，脖子上也梆当开了。只好低着头听响儿，一抬头非叫敌人兜着脖子打倒不可。得换些招数了：不往后退，往前死攻，抱住张秃子的腿，给他个短距离的碎撞。好容易得着敌人的胖腿，自己的背上不知梆当了多少次了，牺牲不小！不管，只要抱住他的腿，就有办法了。唉！还是不好，距离太近，撞不上劲来，而背上的啷当啷当啷更响亮了。

“小坡要完！小坡要完！”参观人这样乱说。

小坡有点发急了！

急中生智，忽然放了张秃子的腿，“急溜的”一下，往敌人背后转去。张秃子正扬着头儿捶得有趣，忽然捶空一拳，一低头，唉！小坡没有了。忙着转身，身儿刚转好，梆！肚子好像撞在个大皮球上，可是比皮球还硬一些。“啊！小坡的脑袋！”想起小坡的脑袋来，心中当时失了主心骨儿。两手不往前抡，搁在头上，好像要想什么哲学问题。肚子完全鼓出去，似乎说：来，再撞，果然，梆！我要倒下，他心里想。果然，不幸而言中，晃晃悠悠，晃晃悠悠，脚不触地，向后飞去，耳旁忽忽的颇有风声。咯喳！秃脑瓜扎进山丹树叶里面去了。

“完了，对不起呀！”小坡一手摸着脑门，一手搓着脖子说。

“完了，对不起呀！”张秃子的嘴在一朵大红山丹花下面说。

参观的过来，把张秃子从树叶里拉出来。张秃子捧着肚子说：“可惜，这些山丹花不很香，不很香！”

小坡从树根下捡起那只小船，绕过山丹树，到操场来找小英。她正在矮树旁边等着呢。

“哟！小坡！小坡！我都听见了！你梆梆梆的打张秃子，真解恨！解恨！”小英跺着脚说。

“这是你的小船，小英。好好的拿着，别再叫别人抢去！”他把小船交给小英，心里说：“梆梆梆的打张秃子，那敢情好！打张秃子，我脊背上可直发烧！”

“可是有一样，张秃子以后也许不敢再欺侮小姑娘了！”小坡自言自语的往教室里走。“你捶的痛快呀，我顶得也不含糊！”

八 逃学

先生正教算术，一手提着教鞭，一手捏着粉笔，很快的在黑板上画了两个“7”，然后咳了一声，用教鞭连敲黑板，大声喊道：

“小英！七七是多少？说！”

小英立起来，两腿似乎要打嘀溜转，低头看桌上放着的小纸船，半天没言语。

“说！”先生又打了个霹雳。

小英眼睛慢慢往左右了，希望同学们给她打个手势；大家全低着头似乎想什么重大的问题。

“说！”先生的教鞭在桌上拍拍连敲。

张秃子在背后低声的说：“七七是两个七。”

小英还是低着头，说：“七七是两个七。”

“什么？”先生好似没有听见。

“七七是两个七。”小英说，说完，腿一软，便坐下了。坐下又补了一句：“张秃子说的！”

“啊？张秃子？”先生正想不起怎么办好，听说张秃子，也就登时想起张秃子来了，于是说：“张秃子！七七是多少！说！快说！”

“不用问我，最讨厌‘7’的模样，一横一拐的不像个东西！”张秃子理直气壮的说。

先生看了看黑板上的“7”，果然是不十分体面。

小坡给张秃子拍掌，拍得很响。

“谁拍掌呢？谁？”先生瞪着眼，教鞭连敲桌子。

大家都爱小坡，没有人给他泄漏。可是小坡自己站起来了：“我鼓掌来着。先——！”他向来不叫“先生”，只是把“先”字拉长一点。

“你？为什么？”先生喊。

“‘7’是真不好看吗！‘8’字有多么美：又像一对小环，又像一个小葫芦，又像两个小糖球黏到了一块儿。”

小坡还没说完，大家齐喊：

“我们爱吃糖球！”

“七七是多少，我问你！”先生用力过猛，把教鞭敲断了一节儿。

“没告诉你吗，先——！‘7’字不顺眼，说不上来。二八一十六，四八四十八，五八——”

“我问你七七是多少，谁叫你说八！”先生一着急，捏起个粉笔头儿，扔在嘴里，咬了咬，吃下去了。吃完粉笔头，赌气子坐在讲桌上，不住的叨唠：“不教了！不教了！气死！气死！”

“二八一十六，四八四十八，五八——”小坡继续着念。

大家唏里哗啦，一齐在石板上面画“8”。

小坡画了个大“8”，然后把石板横过来，给大家看：“对了，‘8’字横着看，还可以当眼镜儿。”

大家忙着全把石板横过来，举在面前，“真像眼镜！”

“戴上眼镜更看不真了！”张秃子把画着“8”的石板放在鼻子前面。

“‘9’也很好玩，一翻儿就变成‘6’。”小坡在石板上画了个“9”，然后把石板倒拿：“变！是‘6’不是？”

大家全赶快画“9”，赶快翻石板，一声呐喊：“变！”有几个太慌了，把石板哗嚓嚓摔在桌子上。

先生没有管他们，立起来，又吃了一个粉笔头。嘴儿动着，背靠黑板，慢慢的睡去。

大家一看，全站起来，把眼闭上。有的居然站着睡去，有的闭着眼慢慢坐下，趴在桌上睡。张秃子不肯睡。依旧睁着眼睛，可是忽然很响的打起呼来。

小坡站了一会儿，轻手蹑脚的往外走。一边走，一边叨唠：

“大家爱‘8’，你偏问‘7’，不知好歹！找你妈去，叫她打你一顿！”

小坡本来是很爱先生的，可是他们的意见老不相合；他爱“8”，先生偏问“7”；他要唱歌，先生偏教国语。谁也没法儿给他们调停调停，真糟！

走到校外，小坡把这算术问题完全忘掉。心中算计着，干什么去好呢。想不出主意来，好吧，顺着大街走吧，走到哪儿算哪儿。

一边走，一边手脚“不识闲儿”，地上有什么果子皮，烂纸，全像踢足球似的踢到水沟里去！恐怕叫小脚儿老太太踩上，跌个脚朝天。有的时候也试用脚趾夹地上的小泥块什么的。近来脚趾练得颇灵动；可惜脚趾太短了一些，不然颇可以用脚拿筷子吃饭。洋货店门外挂着的皮球也十分可爱，用手杵了一下，球儿左右摆动了半天，很像学校大钟的钟摆。假如把皮球当钟摆多么好，随时拿下来踢一回，踢完再挂上去，岂不是“一搭两用”吗。钟里为什么要摆呢？不明白！不用问先生去，一问他钟摆是干什么的，他一定说：七七是多少？哎呀，还有小乒乓球，洋娃娃，口琴儿等等！可惜都在玻璃柜里，不能摸一摸；只好趴在玻璃盖儿上看着，嘴中叨唠：有钱的时候，买这个口琴！不，还是乒乓球好，没事儿和妹妹打一回，准把妹妹赢了；可是也不要赢太多了，妹妹脸皮儿薄，输多了就哭。还是长大了开个洋货店吧！什么东西都有：小球儿，各种的小球儿；口琴儿，一大堆；粉笔，各种颜色的；油条，炸得又焦又长；可是全不卖，自己和妹妹整天拿着玩，这够多么有趣；也许把南星找来一块儿玩耍；南星啊，一定光吃油条，不干别的！

旁边的鸡鸭店挂着许多板鸭，小烧猪，腊肠儿，唉，不要去摸，把烧猪摸脏了，人家还怎么吃！“小坡到处讲公德，是不是？”他自己问自己。“公德两个字怎么写来着？”……“又忘了！”……“想起来了！”……“哼，又忘了！”

慢慢的走到大马路。有一家茶叶铺是小坡最喜爱的。小徒弟们在柜台前挑捡茶叶，东一簸箩，西一竹篓，清香的非常好闻。玻璃柜中的茶叶筒儿也很美丽，方的，圆的，六棱儿的，都贴着很花俏的纸，纸上还画着花儿和小人什么的。小坡每逢走到这里，一定至少要站十来分钟。

这个还有点奇怪的地方，每逢看见这个茶叶店，便想起：啊，哥哥大坡一定是在这里被妈妈捡去的！这条大街处处有水沟，不知道为何只有此处像是捡哥哥的地方。他往水沟里看了看，也许又有个小孩在那里躺着。没有，可是有个小青蛙，团着身儿不知干什么玩呢。“啊，大概哥哥也是小青蛙变的！小蛙，上这儿来，我带你看妈妈去！”小坡蹲在沟边上向小蛙点头。来了一股清水，把小青蛙冲走了，可惜！

咚，咚，咚，咚，由远处来了一阵鼓声。啊！不是娶新娘，便是送殡的！顶好是送殡的，那才热闹！小坡伸着脖子往远处看，心中噗咚噗咚的直跳，唯恐不是送葬的。而且就是出殡，也还不行；因为送殡的有时完全用汽车，忽——，一展眼儿就跑过去，有什么好看！小坡要看的是前有旗伞执事，后有大家用白布条拉着的汽车，那才有意思。况且没有旗伞的出殡的，人们全哭得红眼妈似的，看着怪难过。有旗伞执事在街上慢慢走的呢，人人嬉皮笑脸的，好似天下最可乐的事就是把死人抬着满街走。那才有意思！

“哎呀，好天爷！千万来个有旗伞执事的！”小坡还伸着脖子，心中这样祷告。

咚，咚，咚，咚，不是一班乐队呀，还有“七擦”，“七擦”的中国吹鼓手呢！这半天还不过来，一定是慢慢走的！

等不得了，往前迎上去。小坡疯了似的，撒腿就跑，一气跑出很远。

可了不得，看，那个大开路鬼哟！一丈多高，血红的大脸，眼珠儿有肉包子大小，还会乱动！大黑胡子，金甲红袍，脚上还带着小轮子！一帮小孩子全穿着绿绸衣裤，头戴蛤壳形的草帽，拉着这位会出风头，而不会走路的开路鬼。小坡看着这群孩子，他嘴里直出水，哈！我也去拉着那个大鬼，多么有趣哟！

开路鬼后面，一排极瘦极脏的人们，都扛着大纸灯，灯上罩着一层黄麻。小坡很替这群瘦人难过，看那个瘦老头子，眼看着就被大灯给压倒了！

这群瘦灯鬼后面是一辆汽车，上面坐着几个人，有的吹唢呐，有的打铜锣，有的打鼓。吹唢呐的，腮帮同儿凸起，像个油光光的葫芦。打锣的把身子探在车外，一边笑，一边当当的连敲，非常得意。小坡恨不得一下子跳上车去，当当的打一阵铜锣！

汽车后面又是一大群人，一人扛着一块绸子，有的浅粉，有的淡黄，有的深蓝，有的葱心儿绿，上面都安着金字，或是黑绒剪的字。还有一些长白绸子条，上面的字更多。小坡想不出这都是干什么的，而且一点“看头儿”也没有。把大块很好的绸子满街上摆着，糟蹋东西！拿几块黑板写上几个“7”，或是画上两只小兔，岂不比这个省钱！小坡替人家想主意。也别说，大概这许是绸缎店的广告队？对了，电影院，香烟庄都时常找些人，背着广告满街走，难道不许人家绸缎铺也这么办吗！小坡你糊涂！小坡颇后悔他的黑板代替绸子的计划。

啊，好了！绸子队过去了！又是一车奏乐的，全是印度人。他们是一律白衣白裙，身上斜披大红带，带子上有些绣金的中国字。小坡认不清那是什么字，过去问老印度。老印度摇头，大概也不认识。

“不认识字，你们倒是吹喇叭呀！”小坡说。

印度们不理他，只抱着洋喇叭洋号，仰头看着天。

汽车后面有一个打白旗的，襟上带着一朵花儿，一个小红缎条，小坡不知道这个人又是干什么的。只见他每一举旗的时候，前面的绸子队便把绸子扛得直溜一点，好像大家的眼睛全往后盯着他似的。有的时候，他还骂街，骂得很花哨，前面的绸子队也不敢还言。小坡心里说，这个人一定是绸缎庄的老板，不然，他怎么这样威风呢。

后面又是一辆没篷的汽车，车里坐着个老和尚，闭着眼一动也不动。小坡心里说："这必定是那位死人了！"继而一看，这位老和尚的手儿一抬，往嘴送了一片橘子。小坡明白了，这不是死人，不过装死罢了。他走过去把住车沿，问："橘子酸不酸呀？"老和尚依然一动也不动。小坡没留神，车前面原来还有两个小和尚呢。他们都是光头未戴帽，脑袋晒得花花的流油。他们手打问心，齐声"呸"了小坡一口。小坡瞪了他一眼，说：

"操场后面见！"

小和尚们不懂，依旧打着问心，脑袋上花花的往下流油。

这辆后边，还有一车和尚，都戴黑僧帽，穿着蓝法衣，可是法衣上有许多口袋，和洋服一样。他们都嘟囔着，好像是背书。小坡想出来了：前面的老和尚一定是先生，闭着眼听他们背书。不知道背错了挨打不挨？

这车背书的和尚后面，又有一辆大汽车，拉着一大堆芭蕉扇儿，和几桶冰水，还有些大小纸包，大概是点心之类。两个戴着比雨伞还大的草帽的，挑着水桶，到车旁来灌水，然后挑去给人们喝。小坡过去，欠着脚看了看车中的东西。"喝！还有那么些瓶子柠檬水呢！"

"拿一把！"驶车的说。

小坡看前后没人，当然这是对他说了，于是拿了一把芭蕉扇，遮着脑袋。还跟着车走，两个挑水的又回来灌水，小坡搭讪着喝了碗冰水，他们也没向他要钱。哼，舒服多了，冰水喝了，头上还有芭蕉扇遮去阳光，这倒不坏！天天遇见送葬的，岂不天天可以白喝冰水？哼！也许来瓶柠檬水呢！还跟着车走，希望驶车的再说："拿一把！"岂不可以再拿一把芭蕉扇，给妹妹拿回去。可是驶车的不再言语了。后面咚咚的打起鼓来，不得已，只好退到路旁，去看后面还有什么好玩的事儿。

喝！又是一车印度，全是白衣，红裙，大花包头。不得了，还有一车呢；不得了，还有一车呢！三车印度一齐吹打起来，可是你吹你的，我打我的，谁也不管谁，很热闹，真的；但是无论如何不像音乐。

小坡过去，乘着打鼓的没留神，用拳头捶了鼓皮一下，捶得很响。打鼓的印度也不管，因为三队齐吹，谁也听不出错儿来。小坡细一看，哈！有两个印度只举着喇叭，在嘴上比画着，可是不吹。小坡过去戳了他们的脚心一下，两人机灵的一下子，全赶快吹起来。小坡很得意，这一戳会这么有灵验。

三车印度之后，有两排穿黄绸衣裤的小孩，一人拿着个纸人儿。纸人的衣裳很漂亮，可惜脸上太白，而且脑袋全左右前后乱转。小坡也试着转，哼，怎么也把脸转不到后面去；用手使力搬着，也不行！算了吧，把脸转到后面去，万一转不回来，走路的时候可有点麻烦！

纸人队后面，更有趣了，一群小孩头上套着大鬼脸，一路乱跳！有一个跳着跳着，没留神，踩上一块香蕉皮，大爬虎似的倒在地上，把鬼脸的鼻子摔下一块去。哎，戴鬼脸到底有好处，省得摔自己的鼻子！

又是辆大汽车，上边扎起一座彩亭。亭上挂满了花圈，有的用鲜花做的，有的用纸花做的。小坡纳闷：这些圈儿是干什么的呢？花圈中间，有一张大相片，是个乌漆巴黑的瘪嘴老太太。小坡又不明白了：这张相片和出葬有什么关系呢？摆出来叫大家看？一点不好看哪！不明白，死人的事儿反正与活人不同，不用管，看着吧！

啊哈！更有趣了！七八十，至少七八十人，都是黑衣黑裤，光着脚。一人手中一条白布带，拉着一辆老大老大的汽车。一个老印度驶车，可是这群人假装往前拉。小坡笑起来了：假如老印度一犯坏主意，往前忽然一赶车，这群黑衣人岂不一串跌下去，正像那天我们开火车玩，跌在花园中一样？那多么有趣！小坡跺着脚，向老印度打手势，低声而恳切的说："开呀！往前开呀！"老印度偏不使劲开。"这个老黑鸟！糊涂！不懂得事！"

车上扎着一座彩亭，亭中放着一个长方的东西，盖着红绸子，看不出到底是什么。亭上还站着一对小孩，穿着彩衣，可是光着头，晒得已经半死了。小坡心里说：大概这两个小孩就是死人，虽然还没死，可是等走到野外，也就差不多了！多么可怜！

车后面有四五个穿麻衣，麻帽，麻鞋的，全假装往前推着汽车。他们全低着头，可是确是彼此谈笑着，好像这样推车走很好玩似的。他们的麻衣和林老板的夏布大衫一样长，可是里边都是白帆布洋服。有一个年纪青的，还系着根红领带，从麻衣的圆大领上露出来。

这群人后面，汽车马车可多了！一辆跟着一辆，一辆跟着一辆，简直的没有完啦！车中都坐着大姑娘，小媳妇，老太太，小妞儿，有的穿麻衣，有的穿西装，有的梳高髻，有的剪着发，有的红着眼圈，有的说说笑笑，有的吸着香烟，有的吃着瓜子，小妞儿是一律吃着洋糖，水果，路上都扔满了果皮！喝！好不热闹！

小坡跟着走，忽然跑到前面看印度吹喇叭，忽然跑到后边看小孩儿们跳鬼。越看越爱看，简直的舍不得回学校了！回去吧？再看一会儿！该回去了？可是老印度又奏起乐来！

走着走着，心中一动！快到小坡了！哎呀，万一叫父亲看见，那还了得！父亲一定在国货店门外看热闹，一定！快往回跑吧！等等，等他们都走过去，“再向后转走！”拿着芭蕉扇立在路旁，等一队一队都走过去，他才一步一回头的往回走。

“到底没看见死人在哪儿装着！”他低着头想：“不能藏在乐队的车上！也不是那个老和尚！在哪儿呢？也许藏在开路大鬼的身里？说不清！”

“无论怎样吧，出殡的比什么都热闹好玩。回家找南星们去，跟他们做出殡玩，真不错！”

九　海岸上

设若有人说，小坡是个逃学鬼儿，我便替小坡不答应他！什么？逃学鬼儿？哼，你以为小坡不懂得用功吗？小坡每逢到考试的时候，总考得很好咧！再说，就是他逃学的时候，他也没做坏事呀！就拿他看殡说吧，他往学校走的时候，便做了件别个小孩子不肯做的好事。那是这么一档子事：他不是正顺着大马路走吗，唉，一眼看见个老太太，提着一筐子东西，累得满头是汗，吁吁带喘。小坡一看，登时走过去，没说什么，抢过筐子便顶在头上了。

“在哪儿住哇，老太太？”

老太太一看小坡的样儿，便知道他是个善心的孩子，喘着说：

“广东学校旁边。”

“好啦，跟着我走吧，老太太！”小坡顶着筐子，不用手扶，专凭脖子的微动，保持筐子的平稳。两脚吧唧吧唧的慢慢走，因为老太太走道儿吃力，所以他不敢快走。

把老太太领到家门口——正在学校的旁边，——小坡把筐子拿下来，交给老太太。

“我怎么谢谢你呢？”老太太心中很不过意：“给你两个铜子买糖吃？还是给你一包瓜子儿？”老太太的筐中有好几包瓜子。

小坡手，脚，脑袋一齐摇，表示决定不要。老太太是很爱他，非给他点东西不可。

“这么办吧，老太太！”小坡想了一会儿，说：“不用给我东西，赶明儿我不留心把衣裳弄脏了的时候，我来请你给收拾收拾，省得回家招妈妈生气，好不好？你要是上街买东西，看见了我，便叫我一声，我好替你拿着筐子。我叫小坡，是妈妈由小坡的电线杆旁边捡来的。妹妹叫仙坡，是白胡子老仙送给妈妈的。南星很有力量，张秃子也很厉害，可是他们都怕我的脑袋！”小坡拍了拍脑门：“妈妈说，我的头能顶一千多斤！我的脑袋不怕别的，就怕三多家中糟老头子的大烟袋锅子！南星头上还肿着呢！”

“哎！哎！够了！够了！”老太太笑着说：“我的记性不好，记不住这么些事。”

“不认识南星？老太太！”小坡问。

老太太摇了摇头，然后说：“你叫小坡，是不是？好，我记住了。你去吧，小坡，谢谢你！”

小坡向老太太鞠躬，过于慌了，脑袋差点碰在墙上。

“老太太不认识南星，真奇怪！”小坡向学校里走。

到了学校，先生正教国语教科书的一课——轮船。

看见小坡进来，先生假装没看见他。等他坐好，先生才问：

“小坡，上哪儿啦？”

“帮着老太太拿东西来着，她怪可怜的，拿着满满的一筐子东西！她要给我一包瓜子儿，我也没要！”

“你不爱吃瓜子，为什么不给我带来？”张秃子说。

“少说话，张秃子！”先生喊。

“坏秃子！张秃子！”小英还怀恨着张秃子呢。

“不准出声，小英！”先生喊，教鞭连敲讲桌。

“听着先生一个人嚷！”大家一齐说。

“气死！哎呀，气死！”先生不住摇头，又吃了个粉笔头儿。吃完，似乎又要睡去。

“小英，先生讲什么呢？”小坡问。

“轮船。张秃子！”小英始终没忘了张秃子。

“轮船在哪儿呢？”小坡问。

“书上呢。张秃子！”

小坡忙掀开书本，哎！只有一片黑字儿，连个轮船图也没有。他心里说，讲轮船不到码头去看，真有点傻！

“先——！我到码头上看看轮船去吧！”小坡向先生要求。

“先生——！我也去！”张秃子说。

“我也跟小坡去！不许张秃子去！”小英说。

“先生——！你带我们大家去吧！”大家一齐喊。

先生不住的摇头：“气死！气死！”

“海岸上好玩呀，先——！”小坡央告。

“气死！”先生差不多要哭了。

“先生，那里轮船很多呀！走哇！先生！”大家一齐央告。

“不准张秃子去呀，先生！”小英说。

“下午习字课不上了，谁爱看轮船去谁去！哎呀，气死！现在好好的听讲！”先生说。

大家看先生这样和善，允许他们到海岸去，立刻全一声不发，安心听讲。

你们看小坡！喝！眉毛拧在一块儿，眼睛盯着书本，像两把小锥子，似乎要把教科书钻两个窟窿。鼻子也抽抽着一块，好像钞票上的花纹。嘴儿并得很严，上下牙咬着动，腮上微微的随着动。两耳好似挂着条橡皮筒儿，专接受先生的话，不听别的。一手按着书角，一手不知不觉的有时在鼻下搓一阵，有时往下撕几根眉毛，有时在空中写个字。两脚的十趾在地上抓住，好像唯恐地板跑了似的。喝！可了不得！这样一用心，好像在头的旁边又长出个新脑袋来。旧头中的南星，三多，送殡，等等事故儿，在新头中全没有地位；新头中只有字，画，书。没有别的。这个新头一出来，心中便咚咚的跳：唯恐听不清先生的话，唯恐记不牢书上的字。这样提心吊胆的，直到听见下堂的铃声，这个新头才梆的一下，和旧头联成一气，然后跳着到操场去玩耍。

下课回家吃饭。吃完，赶快又跑回学校来，腮上还挂着一个白米粒儿。同学们还都没回来，他自己找先生去：

“先——，我到码头看轮船去了！”

“去吧，小坡！早点回来，别误了上第二堂！”

“听见了，先——！”小坡笑着跑出来。

码头离学校不远，一会儿就跑到了。喝！真是好看！

海水真好看哪！你看，远处是深蓝色的，平，远，远，远，一直到一列小山的脚下，才卷起几道银线儿来，那一列小山儿是深绿的，可是当太阳被浮云遮住的时候，它们便微微挂上一层紫色，下面绿，峰上微红，正像一片绿叶托着几个小玫瑰花蓇葖。同时，山下的蓝水也罩上些玫瑰色儿，油汪汪的，紫溶溶的，把小船上的白帆也弄得有点发红，好像小姑娘害羞时的脸蛋儿。

稍近，阳光由浮云的边上射出一把儿来，把海水照得碧绿，比新出来的柳叶还娇，还嫩，还光滑。小风儿吹过，这片娇绿便摺起几道细碎而可怜儿的小白花。

再近一点，绿色更浅了，微微露出黄色来。

远处，忽然深蓝，忽然浅紫；近处，一块儿嫩绿，一块儿娇黄；随着太阳与浮云的玩弄，换着颜色儿。世上可还有这样好看的东西！

小燕儿们由浅绿的地方，飞，飞，飞，飞到深蓝的地方去，在山前变成几个小黑点儿，在空中舞弄着。

小白鸥儿们东飞一翅，西张一眼；又忽然停在空中，好像盘算着什么事儿；又忽然一抿翅儿，往下一扎，从绿水上抓起一块带颜色的东西，不知道是什么。

离岸近的地方，水还有点绿色；可是不细看，它是一片油糊糊的浅灰，小船儿来了，挤起一片浪来，打到堤下的黄石上，溅起许多白珠儿。哗啦哗啦的响声也很好听。

渔船全挂着帆，一个跟着一个，往山外边摇，慢慢浮到山口外的大蓝镜面上去。

近处的绿水上，一排排的大木船下着锚，桅杆很高，齐齐的排好，好似一排军人举着长枪。还有几排更小的船儿，一个挨着一个，舱背圆圆的，好像联成一气的许多小骆驼桥儿，又好像一群弯着腰儿的大黑猫。

小轮船儿，有的杏黄色，有的浅蓝色，有的全黑，有的杂色，东一只西一艘的停在那里。有的正上货，哗啦，——哗啦，哗，——鹤颈机发出很脆亮的响声。近处，哗啦，哗啦，哗——；远处，似乎由小山那边来的，也哗啦，哗啦，哗——，但是声音很微细。船上有挂着一面旗的，有飘着一串各色旗的。烟筒上全冒着烟，有的黑嘟嘟的，有的只是一些白气。

另有些小船，满载着东西，向大船那边摇。船上摇桨的有裹红头巾的印度，有戴大竹笠的中国人。还有些小摩托船嘟嘟的东来西往，好像些“无事忙”。

船太多了！大的小的，高的矮的，丑的俊的，长的短的。然而海中并不显出狭窄的样儿，全自自然然的停着，或是从容的开着，好像船越多海也越往大了涨。声音也很多，笛声，轮声，起重机声，人声，水声；然而并不觉得嘈杂刺耳。好似这片声音都被平静的海水给吸收了去，无论怎么吵也吵不乱大海的庄严静寂。

小坡立在岸上看了一会儿。虽然这是他常见的景物，可是再叫他看一千回，一万回，他也看不腻。每回来到此处，他总想算一算船的数目，可是没有一回算清过。一，二，三，四，五，……五十。哼，数乱了！再数：一五，一十，十五，十五加五是多少？不这样干了，用八来算吧！

一八，二八十六，四八四十八，五八——！啥！一辈子也记不清五八是多少！就算五八是一百吧，一百？光那些小船就得比一百还多！没法算！

有一回，父亲带他坐了个小摩托船，绕了新加坡一圈儿。小坡总以为这些大船小船也都是绕新加坡一周的，不然，这里哪能老有这么多船呢；一定是早晨开船，绕着新加坡走，到晚上就又回到原处。所以他和南星商议过多少次，才决定了：

“火车是跑直线的，轮船是绕圈儿的。”

“我要是能跳上一只小船去，然后，哧！再跳到一只大船上去，在船上玩半天儿，多么好！”小坡心里说。说完，在海岸上，手向后伸，腿儿躬起，哧！跳出老远。“行了，只要我能进了码头的大门，然后，哧！一定能跳上船去！一定！”他念念道道的往码头大门走。走到门口，小坡假装看着别处，嘴里哼唧的，“满不在乎”似的往里走。

哼！眼前挡住只大黑毛手！小坡也没看手的主人，——准知道是印度巡警！——大拇脚趾头一捻，便转过身来，对自己说：“本不想进去吗！这边船小，咱到那边看大的去！”他沿着海岸走，想到大码头去：“不近哪，来，跑！”心里一想，脚上便加了劲，一直跑到大码头那边。

哼！一，二，三，四，那么些个大门全有巡警把着！

他背着手儿，低着头，来回走了几趟。偷眼一看，哼！巡警都看着他呢。

来了个马来人，头上顶着一筐子“红毛丹”和香蕉什么的。小坡知道马来人是很懒的，于是走过去，给他行了个举手礼，说：“我替你拿着筐子吧？先生！”

马来人的嘴，裂开一点，露出几个极白的牙来。没说什么，把筐子放在小坡的头上。小坡得意扬扬，脚抬得很高，走进大门。小坡也不知为什么，这样白替人做工，总觉得分外的甜美有趣。

喝！好热闹！卖东西的真不少：穿红裙的小印度，顶着各样颜色很漂亮的果子。戴小黑盔儿的阿拉伯人提着小钱口袋，见人便问“换钱”？马来人有的抱着几匣吕宋烟，有的提着几个大榴莲。地上还有些小摊儿，玩艺儿，牙刷牙膏，花生米，大花丝巾，小铜钮子……五光十色的很花哨。

小坡把筐子放下。马来人把“红毛丹”什么的都摆在地上，在旁边一蹲，也不吆喝，也不张罗，好似卖不卖没什么关系。

小坡细细的把地上的东西看了一番，他最爱一个马来人摆着的一对大花蛤壳儿。有两本邮票也很好玩，但是比蛤壳差多了。他心里说：假如这些东西可以白拿，我一定拿那一对又有花点，又有小齿，又有弯弯扭扭的小兜的蛤壳！可惜，这些东西不能白拿！等着吧，等长大了有钱，买十对八对的！几儿才可以长大呢？……

啊！到底是这里，轮船有多么大呀！都是长，长，长的大三层楼似的玩艺儿！看烟筒吧，比老树还粗，比小塔儿还高！

一，二，三，四，……又数不过来了！

看靠岸这只吧！人们上来下去，前后的起重机全哗啦啦的响着，船旁的小圆窟窿还哗哗的往外流水，真好玩！哎呀，怎能上去看看呢？小坡想了一会儿，回去问那个马来人："我拿些'红毛丹'上船里卖去，好不好？"

马来人摇了摇头。

小坡叹了口气，回到大船的跳板旁边去等机会。

跳板旁有两个人把着。这真难办了！等着，只好等着！

不大一会儿，两个人中走去了一个。小坡的黑眼珠里似乎开了两朵小花，心里说："有希望！"慢慢往前凑合，手摸着铁栏杆，嘴中哼唧着。那个人看了他一眼，他手摸着铁栏，口中哼唧着，又往回走；走了几步，又往前凑。又假装扶在铁栏上，往下看海水：喝，还有小鱼呢。又假装抬起头来看船：哼，大船一身都是眼睛，可笑！——他管舱房的小圆窗叫眼睛。他斜着眼看了看那个人，哼！纹丝儿不动，在那里站着，好像就是给他一百个橘子，他也不肯躲开那里！小坡真急了！非上去看看不可！

地上有块橘子皮，小坡眼看着船身，一脚轻轻的推那块皮，慢慢，慢慢，推到那个人的脚后边。

"喝！可了不得！"小坡忽然用手指着天，撒腿就跑。

那个人不知是怎么了，也仰着头，跟着往前跑，他刚一跑，小坡，手还指着天，又跑回来了。那个人，头还是仰着，也赶紧往回跑。噗！嗞——梆！他被橘子皮滑出老远，然后老老实实的摔在地上。

小坡嗞溜的一下，跑上跳板去。

到了船上，小坡赶快挺直了腰板，大大方方的往里走。船上的人们一看这样体面的小孩，都以为他是新上来的旅客，也就不去管他。你看，小坡心里这个痛快！

哟！船上原来和家里一样啊！一间一间的小白屋子，有床，有风扇，有脸盆架儿。在水上住家，这够多么有意思呢！等着，长大了我也盖这么一所房子，父亲要打我的时候，咦，我就到水房子里住几天来！还有饭厅呢！地上铺着地毯，四面都有大镜子！照着镜子吃饭，看着自己的嘴一张一闭，也好玩！还有理发所呢！在海上剪剪发，然后跳到海中洗洗头，岂不痛快！洗完了头，跑到饭厅吃点咖喇鸡什么的，真自在呀！

小坡一间一间的看，一直看到后面的休息室。这里还有钢琴呢！有几个老太太正在那里写字。啊，这大概是船上的学校，赶紧躲开她们，抓住我叫我写字，可不好受！

转过去，已到船尾。哈，看这间小屋子哟！里面还有大轮子，小棍儿的，咚咚的直响。水房子上带工厂，可笑！我要是盖水房子呀，一定不要工厂：顶好在那儿挖个窟窿，一直通到海面上，没事儿在那里钓鱼玩，倒不错！

小屋的旁边有个小窄铁梯，上去看看。上面原来还有一层楼呢。两旁也都是小屋子，又有一个饭厅……回去告诉南星，他没看见过这些东西。赶明儿他一提火车，我便说水屋子！

看那个铁玩艺儿，在空中忽忽悠悠的往起拉大木箱，大麻口袋。看这群人们这个嚷劲！不知道拉这些东西干什么，但是也很有趣味！

扶在栏杆上看看吧。远处的小山，下面的海水，看着更美了，比在岸上看美的多！开了一只船，闷——闷！汽笛儿叫着。船上的人好像都向他摇手儿呢，他也向他们摇手。看船尾巴拉着那一溜白水浪儿，多么好看！——看那群白鸟跟着船飞，多么有意思！

正看得高兴，背上来了只大手，抓住他的小褂。小坡歪头一看，得！看跳板的那个家伙！那个人一声没发，抓起小坡便走；小坡也一声不发，脚在空中飘摇着，也颇有意味。

下了跳板，那个人一松手，小坡摔了个“芥末蹲”儿。

“谢谢你啊！”小坡回着头儿说。

十　生日

星期日，小坡早晨起来稍微晚一点。

一睁眼，有趣，蚊帐上落着个大花蛾子。他轻轻掀起帐子，蛾子也没飞去。“蛾子，你还睡哪？天不早啦！”蛾子的绒须儿微微动了动，似乎是说：“我还得睡一会儿呢！”

妹妹仙坡还睡得很香甜，一只小胖脚在花毯边上露着，五个脚趾伸伸着，好似一排短圆的花瓣儿。有个血点红的小蜻蜓正在她的小瓣儿上落着。小坡掀起帐子看了看妹妹，没敢惊动她，只低声的说：“小蜻蜓，你把咬妹妹的蚊子都吃了吧？谢谢你呀！”

他去冲凉洗脸。

冲凉回来，妹妹还睡呢。他找来石板石笔，想画些图儿，等妹妹醒了给她看。画什么呢？画小兔吧？不！回回画小兔，未免太贫了。画妹妹的脚？对！他拿着石板，一眼斜了妹妹的脚，一眼看着石板，照猫画虎的画。画完了，细细的和真脚比了一比；不行，赶快擦去吧！叫妹妹看见，她非生气不可。闹了半天，只画上四个脚趾！再补上一个吧，就非添在脚外边不可，因为四个已经占满了地方。

还是画小兔吧，到底有点拿手。把脚擦去，坐在床沿上，聚精会神的画。画了又擦，擦了再画，出了一鼻子汗，才画成一只小兔的偏身。两个耳朵像一对小棒槌，一个圆身子，两条短腿儿，一个小嘴，全行了；但是只有一只眼睛，可怎么办呢？要是只画小兔的前脸吗，当然可以像写“小”字似的，画出一个鼻子两只眼。可是这样怎么画兔身子呢？小兔又不是小人，可以在脸下画身子，胳臂，腿儿。没有法子，只好画偏身吧，虽然短着一只眼睛，到底有身子什么的呀！

他抱着石板，想了半天，啊，有主意了！在石板的那边画上一只眼，岂不是凑成两只！对！于是将石板翻过来，画上一只眼，很圆，颇像个小圆糖豆儿。

画完了，把石板放在地板上，自己趴下学兔儿：东闻一闻，西跳一跳，又用手前后的拉耳朵，因为兔耳是会动弹的。跳着跳着把妹妹跳醒了。

“干什么呢，二哥？”仙坡掀起帐子问。

“别叫我二哥了，我已经变成一个小兔！看我的耳朵，会动！”他用手拨弄着耳朵。

“来，我也当兔儿！”仙坡光着脚下了床。

“仙！兔儿有几只眼睛？”

“两只。”仙坡蹲在地上，开始学兔儿。

“来，看这个。”小坡把石板拿起来，给妹妹看：“像不像？”仙坡点头说：“真像！”

“再看，细细的看。”他希望妹妹能挑出错儿来。

“真像！”仙坡又重复了一句。

“几只眼？”

“一只。”

“小兔有一只眼睛行不行？”他很得意的问。

“行！”

“为什么？”小坡心里说：“妹妹有点糊涂！”

“三多家里的老猫就是一只眼，怎么不行？”

“不行！猫也都应当有两只眼，一只眼的猫不算猫，算——”小坡一时想不起到底算什么。

幸而仙坡没往下问，她说：“非有两只不行吗，为什么你画了一只？”

“一只？谁说的？我画了两只！”

“两只！那一只在哪儿呢？”

“这儿呢！”小坡把石板一翻过儿，果然还有一只圆眼，像个小圆糖豆儿。

“哟！可不是吗！”仙坡乐得把手插在腰间，开始跳舞。

小坡得意非常，又在石板上画了只圆眼，说：“仙，这只是给三多家老猫预备的。赶明儿三多一说他的老猫短着眼睛，咱们就告诉他，还有一只呢！他一定问，在哪儿呢？咱们就说，在石板上呢。好不好？”

“好！”仙坡停止了跳舞：“赶明儿我拿着石板找老猫去。见了它，我就说，我就说，”她想了一会儿，“瞎猫来呀！”

“别叫它瞎猫，它不爱听！”小坡忙着插嘴，“这么说，猫先生来呀？”

“对了，我就说，猫先生来呀！没有给你带来什么好吃的，只带来一只眼睛，你看合式不合式？”

“别问它，石板上的眼睛也许太大一点！”小坡说。

仙坡拿起石板，比画着说：“请过来呀，瞎——呸，猫先生！它一过来，我就把石板放在它的脸前面。听着！忽——的一声，这只眼便跳上老猫脸上去，老猫从此就有两只眼，你看它喜欢不喜欢！”

“也不一定！”小坡想了想：“万一老猫嫌有两只眼太费事呢？你看，仙，有一个眼也不坏，睡觉的时候，只闭一只，醒了的时候，只睁一只，多么省事！尤其是看万花筒的时候，不用费事闭上一只，是不是？”

“也对！”仙坡说，并没有明白小坡的意思。

“吃粥来——！”妈妈的声音。

“仙还没洗脸呢！”小坡回答。

“快去洗！”妈妈说。

“快来，仙！快着！”小坡背起妹妹，去帮着她洗脸。

洗了脸回来，父亲母亲哥哥都已坐好，等着他们呢。

小坡仙坡也坐下，母亲给大家盛粥。

小坡刚要端碗，母亲说了：

“先给父亲磕头吧！”

“为什么呢？”小坡问。

“今天是你的生日，傻子！”妈妈说。

“鞠躬行不行？”

“不行！”妈妈笑着说。

“过新年的时候，不是大家鞠躬吗？”小坡问妹妹。妹妹看了父亲一眼。

“非磕头不可呀！新年是新年。生日是生日！养活你们这么大，不给爸爸磕头？好！磕！没话可说！”父亲说，微微带着笑意。

小坡不敢违背父亲的命令，跪在地上，问：“磕几个呢？”

“四八四十八个。”仙坡说。

“磕三个吧。”妈妈说。

小坡给父亲磕完，刚要起来，父亲说：

“不用起来，给妈妈磕！”

小坡又给母亲磕了三个头，刚要起来，哥哥说：

“还有我呢！”

小坡假装没听见，站起来，对哥哥说：

“你要是叫我看看你的图画，我就给你磕！”

“偏不给你看！爱磕不磕！”哥哥说。

小坡不再答理哥哥，回头对妹妹说：

“仙，该给你磕了！”说着便又跪下了。

“不要给妹妹行大礼，小坡！”妈妈笑了，父亲也笑了。

“非磕不行，我爱妹妹！”

“来，我也磕！”仙坡也忙着跪在地上。

“咱们俩一齐磕，来，一，二，三！”小坡高声的喊。

两个磕起来了，越磕越高兴：“再来一个！”“哎，再来一个！”随磕随往前凑，两个的脑门顶在一处，就手儿顶起牛儿来，小坡没有使劲，已经把妹妹顶出老远去。

“好啦！好啦！快起来吃粥！”妈妈说。

两个立起来，妈妈给他们擦了手，大家一同吃粥。平日的规矩是：粥随便喝，油条是一人一根，不准多拿。今天是小坡的生日，油条也随便吃，而且有四碟小菜。小坡不记得吃了几根油条，心里说：多咱把盘子吃光，多咱完事！可是，忽然想起来：还得给陈妈留两条呢，二喜也许要吃呢！于是对哥哥说：

“不要吃了，得给陈妈留点儿！”

父亲听小坡这样说，笑了笑，说：“这才是好孩子！”

小坡听父亲夸奖他，心中非常高兴，说：“父亲，带我们到植物园看猴子去吧！”

哥哥也说：“下午去看电影吧！”

妹妹也说：“现在去看猴子，下午去看——”她说不上“电影”来，因为没有看过。

父亲今天不知为什么这样喜欢，全答应了他们：“快去换衣裳，趁着早晨凉快，好上植物园去。仙坡，快去梳小辫儿。”

大家慌着忙着全去预备。

哥哥和小坡全穿上白制服，戴上童子军帽，还都穿上皮鞋。妹妹穿了一身浅绿绸衣裤，没穿袜子，穿一双小花鞋。两条辫儿梳得很光，还戴着一朵大红鲜花。

坐了一截车，走了一截，他们远远望见绿丛丛一片，已是植物园。

“园中的花木没有一棵好看的，就是好看吧，谁又有工夫去看呢！”小坡这样想，“破棕树叶子！破红花儿！猴子在哪儿呢？”越找不到猴，越觉得四面的花草不顺眼。“猴子！出来呀！”

“我看见了一条小尾巴！”仙坡说。

“哪儿呢？”

“在椰子树上绕着呢！”

“哎哟！可不是吗！一个小猴，在椰子下面藏着哪！小猴——！小猴——！快来吃花生！”

哥哥拿着许多香蕉，妹妹有一口袋花生，都是预备给猴子吃的。

三个人，把父亲落在后边，一直跑下去。

一片密树林，小树挤着老树，老树带着藤蔓。小细槟榔树，没地方伸展叶子，拼命往高处钻，腰里挂着一串槟榔，脚下围着无数的小绿棵子。密密匝匝，枝儿搭着枝儿，叶子挨着叶子，凉飕飕的摇成一片绿雾。虫儿不住吱吱的叫，叫得那么怪好听的。哈哈，原来这儿是猴子的家呀！看树干上，树枝上，叶儿底下，全藏着个小猴！喝！有深黄的，有浅灰的，有大的，有小的，有不大不小的，全鬼头魔儿眼的，又淘气，又可爱。顶可爱的是母猴儿抱着一点点的小猴子，整跟老太太抱小孩儿一样。深灰色的小毛猴真好玩，小圆脑袋左右摇动，小手儿摸摸这里，抓抓那里，没事儿瞎忙。当母猴在树上跳，或在地上走的时候，小猴就用四条腿抱住母亲的腰，小圆头顶住母亲的胸口，紧紧的抱住，唯恐掉下来。真有意思！

妹妹往地上撒了一把落花生。喝，东南西北，树上树下，全呕呕的乱叫，来了，来了，一五，一十，一百……数不过来。有的抢着一个花生，登时坐下就吃，吃得香甜有味，小白牙咯哧咯哧咬得又快又好笑。有的抢着一个，登时上了树，坐在树杈上，安安稳稳的享受。有的抢不着，便撅着尾巴向别人抢，引起不少的小战争。

大坡是专挑大猴子给香蕉吃。仙坡是专送深黄色的喂花生，父亲坐在草地上看着，嘻嘻的笑。小坡可忙了，前后左右乱跳，帮着小猴儿抢花生。大猴子一过来对弱小的示威，小坡便跑过去：“你敢！不要脸！”大猴子急了，直向小坡龇牙，小坡也怒了：“你来，跟你干干！张秃子都怕我的脑袋，不用说你这猴儿头了！”一个顶小的猴儿，抢不着东西，坐在一旁要哭似的。小坡过去由哥哥手里夺过一只香蕉：“来！小猴儿，别哭啊！就在这儿吃吧，省得叫别人抢了去！”小猴子双手抱着香蕉，一口一口的吃，吃得真香；小坡的嘴也直冒甜水儿！

大猴子真怕了小坡，躲他老远，不敢过来。有的竟自一生气，抓着一个树枝，三悠两摆到树枝上坐着生气去了。有的把尾巴卷在树上，头儿倒悬，来个珍珠倒卷帘。然后由树上溜下来。

花生香蕉都没啦。又来了一群小孩，全拿着吃食来喂他们。又来了两辆汽车，也都停住，往外扔果子。

小坡们都去坐在父亲旁边看着，越看越有趣，好像再看十天八天的也不腻烦！

有些小猴似乎是吃饱了，退在空地方，彼此打着玩。你咬我的耳朵，我抓你的尾巴，打得满地乱滚。有时候，一个遮住眼，一个偷偷的从后面来抓。遮眼的更鬼道，忽然一回身，把后面的小猴，一下捏在地上。然后又去遮上眼，等着……

有的一群小猴在一条树枝上打秋千，抡，抡，抡，把梢头上的那个抡下去。他赶快又上了树，又抡，把别人抡下去。

有的老猴儿，似乎不屑于和大家争吵，稳稳当当的，秃眉红眼的，坐在树干上，抓抓脖子，看看手指，神气非常老到。

“该走了！”父亲说。

没人答应。

又来了一群小孩，也全拿着吃食，猴子似乎也更多了，不知道由哪儿来的，越聚越多，也越好看。

“该走了！”父亲又说。

没人应声。

待了一会儿，小坡说：“仙，看那个没有尾巴的，折跟头玩呢！”

“哟！他怎么没有尾巴呢？”

“叫理发馆里的伙计剪了去啦！”哥哥说。

“呕！”小坡仙坡一齐说。

“该走了！”父亲把这句话说到十多回了。

大家没言语，可是都立起来，又立着看了半天。

“该走了！”父亲说完，便走下去。

大家恋恋不舍的一边走，一边回头看。

到花室，兰花开得正好。小坡说，兰花没有小猴那么好看。到河边，子午莲，红的，白的，开得非常美丽。仙坡说，可惜河岸上没有小猴！到棕园，小坡看着大棕叶，叫：小猴儿别藏着了，快下来吧！叫了半天，原来这里并没有猴子！他叹了一口气！

午饭前，到了家中。小坡顾不得脱衣服，一直跑到厨房，把猴儿的事情全告诉了妈妈。妈妈好像一辈子没看过猴子，点头咂嘴的听着。告诉完了妈妈，又和陈妈说了一遍。陈妈似乎和猴儿一点好感没有，只顾切菜，不好好的听着。于是小坡只好再告诉妈妈一遍。

仙坡也来了，她请求妈妈去抱一个小猴来。

妈妈说，仙坡小时候和小猴儿一样。仙坡听了非常得意。小坡连忙问妈妈，他小时候像猴儿不像。

妈妈说，小坡到如今还有点猴气。小坡也非常得意。

十一　电影园中

吃过午饭，小坡到妈妈屋中去问：“妈！明天还是生日不是呀？”

妈妈正在床上躺着休息呢，她闭着眼，说：“哪有的事！一年只有一个生日。”

“呕！”小坡有点不痛快：“不许有两个，三个，一百个生日？”

“天天吃好东西，看猴子，敢情自在！”妈妈笑着说。

“妈妈你也有生日，是不是？”

“人人有。”

“你爱哪一天过生日呢？”

“我爱哪一天不行啊，生日是有一定的。”

“谁给定的呢？父亲？”小坡问。

“生日就是生下来的那一天，比如仙坡是五月一号生的吧，每到五月一号我们就给她庆贺生日，明白不明白？”

“妹妹不是白胡子老仙送来的吗？”

“是呀，五月一号送来的，所以就算是她的生日。”

“呕！我可得记住：比如明天桌椅铺给咱们送张桌子来，到明年的明天，便是桌子的生日，是这么说不是？妈！”

妈妈笑着说：“对了！”

“啊，到桌子生日那天，我就扛着他去看猴子！”

“桌子没有眼睛啊？”妈妈说。

“拿粉笔圆圆的画两只呀！妈，猴子也有生日？”

“自然哪，”妈妈说，“有一个小孩过生日的时候，小猴儿之中也必有过生日的，所以小孩过生日，一定要拿些东西去给猴子庆贺。”

“可是，妈！那里这么多猴子，怎能知道是哪个的生日呢？”

“不用管是哪个的，反正其中必有一个今天过生日。你过生日吧。哥哥妹妹全跟着吃好东西，猴子也是这样，一个过生日，大家随着欢喜。这个道理好不好？”妈妈很高兴的问。

“好！真好！”小坡拍着手说：“妈，回来父亲要带我们去看什么？”

“看电影。”

“电影是什么玩艺儿呢？”

“到电影园就知道了。”

“那里也有猴子？”小坡心目中的电影园是：是几根电线杆子，上面有些小猴。

“没有。”妈妈似乎要睡觉。

小坡还有许多问题要问，一看妈妈困了，赶快走出去。然后又轻轻走回来，把手在妈妈的眼前摆了一摆，试试妈妈是否真睡了；妈妈不愿说话的时候，常常假装睡觉。“啊，妈妈是真困了！赶快走吧！”他低声的说。

哼！妈妈闭着眼笑了！

“啊！妈妈你又冤我呢！不行！不答应你！你个小妈妈！”小坡说着，把头顶在她的胸口上：“妈，小猴儿顶你来了，顶！顶！顶！”

“小坡好好的！妈妈真困了！”妈妈睁开眼说：“快去，找仙坡去！别惹妈妈生气！”

“走喽！找妹妹去喽！”小坡跑出去：“仙！仙！你在哪儿呢？仙——！”

“别嚷！”父亲的声音。

小坡赶紧放轻了脚步，手遮着嘴，恐怕出气儿声音大点，叫父亲听见，又挨说。

快走到街门，门后忽然“咚”！吓了他一大跳。一看，原来是妹妹抱着二喜在门后埋伏着呢。

“好你个坏姑娘，坏仙坡，吓唬我！好你个二喜，跟妹妹玩，不找我去！”小坡叨唠了一阵。

“二哥，父亲说了四点钟去看电影。”

“四点？现在什么时候了？看看吧！”小坡把手腕一横，看了一眼：“十三点半了！还有三刻就到四点。”说完，他假装在手腕旁捻了捻，作为是上弦。然后把手腕放在耳旁听了听：“哼！太快了，咯噔咯噔一劲儿响！仙，你的表什么时候了？”

仙坡学着父亲掏金表的样儿，从小袋中把二喜的脚掏出来，看了看：“三刻！”

“几点三刻？”小坡问。

“就是三刻！”

“你的表一定是站住了，该上弦啦！”他过去在二喜的脚旁捻了几捻。二喜以为这是捻它玩呢，小圆眼儿当中的一条小黑道儿随着小坡的手转，小脚儿团团着要抓他。

他们和二喜玩了半天，小坡忽然说：“到四点了吧？”忙着跑去看父亲，父亲正睡觉呢。回来又玩了一会儿，又说：“到四点了吧？”跑去看父亲，哼，还睡觉呢！跑了几次，父亲醒了，可是说：“还早呢！”简直的永远到不了四点啦！一连气问了四五次，父亲老说：还早呢！

哎呀可到了四点！

原来电影园就离家里不远呀！小坡天天上学，从那里过，但是他总以为那是个大礼拜堂。到了，父亲在个小窗户洞外买了票。有趣！电影园卖票的和二喜一样，爱钻小洞儿。

父亲领着他们上了一层楼。喝！怎么这些椅子呀！哪个桌椅铺也没有这些椅子！可是没有桌子，奇怪！大堂里很黑，只在四角上有几只小红灯。台上什么也没有，只挂着一块大绣花帐子，帐子后面必有好玩艺儿！小坡心里说；这就是电影吧，看，四下全是黑的吗。

他们坐好，慢慢的人多起来，可是堂中还是那么黑，除了人声唼唼嘈嘈的，没有别的动静。来了个卖糖的，仙坡伸手便拿了四包。父亲也没说什么，给了钱，便吃开了。小坡一边吃糖，一边想：“赶明年过生日，叫父亲给买个大汽车，他一定给我买！过生日的时候，父亲是最和气的！”

人更多了。台上的绣花帐子慢慢自己卷起，露出一块四方的白布，雪白，连个黑点也没有。小坡心里说：这大概是演完了吧？忽然，叮儿当儿打起钢琴，也看不见琴在哪儿呢。当然看不见，演电影吗，自然都是影儿。一个人影打一个钢琴影，对，一定是这么回事。

电灯忽然一亮，把人们的脑袋照得像一排一排的光圆球。忽然又灭了，堂中比从前更黑了。楼上嗒嗒嗒嗒的响起来，射出一条白光，好像海岸上的灯塔。喝，白布上出来个大狮子，直张嘴儿。下面全是洋字，哎呀，狮子念洋字，一定是洋狮子了。狮子忽然没了，又出来一片洋字。字忽然又没了，出来一个大人头，比牛车轮还大，戴着一对汽车轮大小的眼镜。眼毛比手指还粗，两个眼珠像一对儿皮球，滴溜滴溜的乱转。

“仙！看哪！”仙坡只顾了吃糖，什么也没看见。

“哟！我害怕！”她忽然看见那个大脑袋。

“不用害怕，那是鬼子脑袋！”父亲说。

忽然，大脑袋没有了。出来一群人，全戴着草帽，穿着洋服，在街上走。衣服没有颜色，街上的铺子，车马，也全不是白的，便是黑的。大概全穿着孝呢？而且老有一条条的黑道儿，似乎是下雨了，可是人们全没打伞。对了，电影中的雨。当然也是影儿，可以不打伞的。

来了辆汽车，一直从台上跑奔楼上来！喝，越跑，越大，越近！小坡和仙坡全抱起头来，往下面藏。哼！什么事儿也没有。抬头一看，那辆汽车跑得飞快，把那群人撞倒，从他们的脊背上跑过去了。楼上楼下的人都笑了。小坡想了想，也觉得可笑。

汽车站住了，下来一个人，父亲说，这就是刚才那个大脑袋。小坡也认不清，但是看出来。这个人确乎也戴着眼镜。下了车，刚一迈步，梆，摔了个脚朝天，好笑！站起来了，梆，又跌了个嘴啃地，好笑！小坡笑得喘不过气来了！

“二哥，你笑什么呢？”仙坡问。

“摔跟头的，看着呀！”小坡立起来，向台上喊：“再摔一个，给妹妹看！”

这一喊，招得全堂都笑了。

连汽车带摔跟头的忽然又都没有了。又出来一片洋字，糟糕！幸而：

“仙，快看！出来个大姑娘！”

“哪儿哪？哟！可不是吗，多么美呀！还抱着个小狗儿！”

戴眼镜的又钻出来了，喝！好不害羞，抱着那个大姑娘亲嘴呢！羞！羞！小坡用手指拨着脸蛋。仙坡也说：羞！羞！

好了！后面来了个人，把戴眼镜的抓住，提起多高，梆！摔在地上！该！谁叫你不害羞呢！该！那个人拉着大姑娘就跑，跑得真快，一会儿就跑得看不见了。戴眼镜的爬起来，拐着腿就追；一边跑一边摔跟头，真可笑！

又出来一片洋字，讨厌！

可了不得！出来只大老虎！

“四眼虎！”仙坡赶快遮上眼睛。

老虎抓住了戴眼镜的，喝，看他吓得那个样子！混身乱抖，头发一根一根的立起来，像一把儿棒儿香。草帽随着头发一起一落，真是可笑。

看哪！戴眼镜的忽然强硬起来，回手给了老虎一个大嘴巴子！喝，打得老虎直裂嘴！小坡嚷起来：再打！果然那个人更横起来，跟老虎打成一团。打得草帽也飞了，眼镜也飞了，衣裳都撕成破蝴蝶似的。还打，一点不退步！好朋友！

小坡握着拳头往自己腿上捶，还直跺脚。坏了！老虎把那个人压在底下！小坡心里咚咚的直跳，恨不能登时上去，砸老虎一顿好的！那个人更有主意，用手一捏鼻子，老虎立刻抿着耳朵，夹着尾巴，就跑了。

“仙！四眼虎怕咱们捏鼻子！”他和妹妹全捏住鼻子，果然老虎越跑越远，不敢回头。

大姑娘又回来了，还抱着小狗。那个人把眼镜捡起来，戴上。一手拿着破草帽，一手按在胸前，给她跪下来。

“二哥！”仙坡说：“今天是戴眼镜的生日，看他给大姑娘磕头呢！”

又亲嘴了，羞！羞！羞！哪，后面有人放了枪，把草帽儿打飞了！忽！灯全亮了，台上依然是一块白布，什么也没有了！

小坡叹了口气。

“父亲，那些人都上哪儿啦？”仙坡问。

“回家吃饭去了。”父亲笑着说。

小坡刚要问父亲一些事，灯忽然又灭了，头上那条白光又射在白帐上。洋字，洋字，一所房子，洋字，房子里面，人，老头儿，老太太，年轻的男女，洋字，又一所房子，又一群人，大家的嘴唇乱动，洋字！

好没意思！也不摔，也不打，也不跑汽车，也不打老虎！只是嘴儿乱动，干什么呢？

一片海，洋字；一座山，洋字；人们的嘴乱动，洋字！

“父亲，”小坡拉了父亲一把，“他们怎不打架啦？”

“换了片子啦，这是另一出了！”

“呕！”小坡不明白，也不敢细问，只好转告诉妹妹：“仙，换了片子啦！”

妹妹似乎要睡觉。

“妹妹要睡，父亲！”

“仙坡，别睡啊！”父亲说。

“没睡！”仙坡低声的说，眼睛闭着，头往一旁歪歪着。

房子，人，洋字，房子，人，洋字！

“父亲，那戴眼镜的不来啦？”

“换了片子啦，他怎能还来呢？”

“呕！”小坡说：“这群人不爱打架？”

“哪能总打架呢！”

“呕！”

小坡心里说：我也该睡会儿啦！

十二　哼拉巴唧

小坡，仙坡的晚饭差不多是闭着眼吃的。看猴子，逛植物园，看电影，来回走路，和一切的劳神，已经把他们累得不成样儿了。

吃过晚饭，小坡还强打精神告诉母亲：“大脑袋”怎么转眼珠，怎么捏鼻子吓跑四眼虎。说着说着，眼皮像小金鱼的嘴，慢慢的一张一闭，心中有些发迷糊。脖子也有些发软，脑袋左右的直往下垂。妈妈一手拉着小坡，一手拉着仙坡，把他们两个小瞎子送到卧室去。他们好似刚一撒妈妈的手，就全睡着了。

睡觉是多么香甜的事儿呀！白天的时候，时时刻刻要守规矩；站着有站着的样子，坐着有坐着的姿势，一点儿也不自由。你不能走路的时候把手放在头上，也不能坐着的时候把脚放在桌子上面。就是有意拿个“大顶”，要个“猴儿啃桃”什么的，也非到背静的地方去不可！谁敢在父亲眼前，或是教室里，用脑袋站一会儿，或是用手走几步“蝎子爬”？只有睡觉的时候才真有点自由。四外黑洞洞的，没有人来看着你。你愿把手枕在头下也好，愿把两腿伸成个八字也好，弯着腰儿也好，张着嘴儿也好，睡觉的时候你才真是自己的主人，你的小床便是王宫，没人敢来捣麻烦。

况且顶有意思的是随便做些小梦玩玩，谁能拦住你做梦？先生可以告诉你不要这么着，不要那么着，可是他能说，睡觉的时候不要做梦？父亲可以告诉你，吃饭要慢慢的，喝茶不要唏溜唏溜的响，可是他能告诉你要一定怎样做梦吗？只有在梦里，人们才得到真正的自由：白天里不敢去惹三多的糟老头子，哼！在梦中便颇可以夺过大烟袋，在他带皱纹的脑门上凿两三个（四五个也可以，假如你高兴打）大青包。

做梦吧！小朋友们！在梦里你可以长上小翅膀，和蜻蜓一样的飞上飞下。你可以到海里看鲸鱼们怎样游戏。多么有趣！多么有趣！

请要记住：每逢看见人家睡觉的时候，你要千万把脚步放轻，你要小声的说话，简直的不出声儿更好。千万不要把人家吵醒啊！把人家的好梦打断是多么残忍的事呀！人家正在梦中和小蝴蝶们一块儿飞呢，好，你一嚷，把人家惊醒，人家要多么不痛快呢！

来！我挨在你的耳朵上轻轻告诉你：小坡睡着了，要做个顶好玩的梦。我自己也去睡，好看看小坡在梦中做些什么可笑的事儿。

小坡正跪在电影园中的戏台上，想主意呢。还是把白帐子弄个窟窿，爬进去呢？还是把帐子卷起来，看看后面到底有什么东西呢？还是等着帐子后面的人出来，给他们开个小门，请他进去参加呢？

忽然"大脑袋"来了，向小坡转眼珠儿；小坡也向他转眼珠儿，转得非常的快。他向小坡摇头儿，小坡也赶快摇头儿。他张了张嘴，小坡也忙着张嘴。"大脑袋"笑了。啊，原来这转眼珠，摇头，张嘴，是影儿国的见面礼。他们这样行礼，你要是不还礼，可就坏了。你不还礼，他们就一定生气！他们一生气可不得了：不是将身一晃，跑得无影无踪，再也不和你一块儿玩；便是嘴唇一动，出来一片洋字，叫你越看越糊涂！幸而小坡还了礼，"大脑袋"笑了笑，就说：

"出来吧！"

"你应当说，进去吧！"小坡透着很精明的样儿说。

"没有人不从那边出来，而能进到这里来的，糊涂！""大脑袋"的神气很骄慢，说话一点也不客气。

小坡因要进去的心切，只好咽了口气，便往白帐子底下钻。

"别那么着！你当我们影儿国的国民都是老鼠吗，钻窟窿？""大脑袋"冷笑着说。

小坡也有点生气了："我没说你们是老鼠呀！你不告诉我，我怎么会知道怎样进去！"

"碰！往帐子上碰！不要紧，碰坏了帐子算我的事儿！"

"碰坏帐子倒是小事，碰在你的头上，你可受不了！你大概知道小坡脑袋的厉害吧？"小坡说。

"呕！""大脑袋"翻了翻眼，似乎是承认：自己的头是大而不结实。可是他还很坚强的说："我试试！"

"好吧！"小坡说完，立起来，往后退了两步，往前碰了去。哼！软乎乎的好似碰在一片大蘑菇上，大脑袋完全碎了，一点迹渣没剩，只是空中飞着些白灰儿。"怎样告诉你来着？我说我的头厉害，你偏不信，看看！"小坡很后悔这样把大脑袋碰碎。

忽然一回头，哈！“大脑袋”——头已经不大了——戴着眼镜，草帽，在小坡身后站着笑呢！

“真有你的！真有你的！你个会闹鬼儿的大脑袋！”小坡指着他说，心中非常爱惜他。“你叫什么呀？大脑袋！”

“我？等等，我看一看！”“大脑袋”把草帽摘下来，看了看里面的皮圈儿：“啊，有了，我叫唧拉巴唧。”

“什么？”

“唧拉巴唧！”

“唧里唧噜行不行？”小坡问。

唧拉巴唧想了一会儿，说：“行是行的，不过这顶帽子印着‘唧拉巴唧’，我就得叫唧拉巴唧。等买新帽子时再改吧！”

“那末，你没有准姓呀？”小坡笑着问。

“影儿国的国民都没有准姓。”

“呕！呕！”小坡看着唧拉巴唧，希望问他的名子，他好把为什么叫“小坡”的故事说一遍。

唧拉巴唧把帽子戴上，一声也没出。

小坡等不得了，说：“你怎么不问我叫什么呢？”

“不用问，你没戴着帽子，怎会有名子！”

“哟！你们敢情拿帽子里面印着的字当名子呀？”

“怎么，不许呀？！”

“我没说不许呀！我叫小坡。”

“谁问你呢！我说，我的帽子呢？”

小坡哈哈的笑起来了。他初和唧拉巴唧见面的时候，他很想规规矩矩的说话行事；继而一看唧拉巴唧是这么一种眼睛看东，心里想西，似乎明白，又好像糊涂的人，他不由的随便起来；好在唧拉巴唧也不多心。唧拉巴唧原来就是这么样的人：两眼笑眯眯的，鼻子又很直很高，透着很郑重。胳臂腿儿很灵活，可又动不动便摔个嘴啃地。衣裳帽子都很讲究，可是又瘦又小紧巴巴的贴在身上，看着那么怪难过的。他似乎很精明，可又有时候“心不在焉”：手里拿着手绢，而口中叨唠着，又把手绢丢了！及至发觉了手绢在手中，便问人家：昨天下雨来着没有？

小坡笑了半天，唧拉巴唧想起来了：帽子在头上戴着呢，赶紧说：“不要这样大声的笑！你不知道这是在影儿国吗？我们说话，笑，都不许出声儿的！嘿喽！你腰中围着的是什么玩艺儿呀？”

“这个呀？”小坡指着他那块红绸宝贝说：“我的宝贝。有它我便可以随意变成各样的人。”

“赶快扔了去，我们这里的人随意变化，用不着红绸子！”

“我不能扔，这是我的宝贝！”

“你的宝贝自然与我没关系，扔了去！”

“偏不扔！”

“不扔就不扔，拉倒！”

“那末，我把它扔了吧？”

“别扔！”

“非扔不可！”小坡说着，解下红绸子来，往帐子上一摔，大概是扔在戏台上了，可是小坡看不见，因为一进到帐子里面去，外边的东西便不能看见了。

“我说，你看见钩钩没有？”唶拉巴唧忽然问。

“谁是钩钩？”

“你不知道哇？”

“我怎会知道！”

“那么，我似乎应该知道。钩钩是个大姑娘。”

“呕！就是跟你一块儿，抱着小狗儿的那位姑娘！”小坡非常得意记得这么真确。

“你知道吗，怎么说不知道，啊？！”唶拉巴唧很生气的样子说。

小坡此时一点也不怕唶拉巴唧了，毫不介意的说：“钩钩哪儿去了？”

“叫老虎给背了去啦！”唶拉巴唧似乎要落泪。

“背到哪儿去啦？”

“你不知道啊？”

小坡摇了摇头。

“那么，我又似乎该当知道。背到山上去了！”

“这个唶里唶噜，呸！唶拉巴唧，有点假装糊涂，明知故问！”小坡心里说。然后他问：“怎么办呢？”

“办？我要有主意，我早办了，还等着你问！”唶拉巴唧的泪落下来了。

小坡心中很替他难过，虽然他的话说得这么不受听。“你的汽车呢？”

“在家呢。”

“坐上汽车，到山里打虎去呀！”小坡很英勇的说。

“不行呀，车轮子的皮带短了一个！”

“哪儿去了？”

“吃了！”

“谁吃的？”

“你不知道哇？”唽拉巴唧想了一会儿：“大概是我！”

“皮带好吃吗？”小坡很惊讶的问。

“不十分好吃，不过加点油醋，还可以将就！”

“呕！怪不得你的脑袋有时候可以长那么大呢，一定是吃橡皮轮子吃的！”

“你似乎知道，那末，我一定不知道了！”

“这个人说话真有些绕弯儿！”小坡心里说。

“呕！钩钩！钩钩！”唽拉巴唧很悲惨的叫，掏出金表来，擦了擦眼泪。

“咱们走哇！找老虎去！”小坡说。

“离此地很远哪！”唽拉巴唧撇着大嘴说。

“你不是很能跑吗？”

“能！”唽拉巴唧呜咽起来：“也能摔跟头！”

“不摔跟头怎么招人家笑呢？”

“你摔跟头是为招人家笑呀？！”

“我说错了，对不起！”小坡赶快的道歉。

“你干什么说错了呢？！”

小坡心中说：“影儿国中的人真有点不好惹，”可是他也强硬起来：“我爱说错了！”

“那还可以！你只要说‘爱’，甚么事都好办！你看，我爱钩钩，钩钩爱我；跟你爱说错话一样！”

小坡有点发糊涂，假装着明白，说：“我爱妹妹仙坡！”

“你无论怎么爱妹妹，也不能像我这样爱钩钩！再说，谁没有妹妹呢！”

“那末，你也有妹妹？”小坡很关心的问。

“等我想想！”唽拉巴唧把手指放在鼻子上，想了半天：“也许没有，反正我爱钩钩！”

“钩钩不是你的妹妹？”

“不是！”

“她是你的什么人呢？”

“告诉你，你也不明白，我只能这么说：我一问她，钩钩你爱我不爱？她就抿着小红嘴一笑，点点头，我当时就疯了！”

“爱和疯了一样？”小坡问。

“差不多！等赶明儿你长大成人就明白了！”

“呕！”小坡想：假如长大就疯了，也很好玩。

“你到底要帮助我不呢？”

“走啊！”小坡挺起胸脯来。

“往哪里走？”

“不是往山里去吗？”

“哪边是山？”

“山那边啊？”小坡很聪明的说。

“对了！”唽拉巴唧拿腿就走，小坡在后面跟着。

走了一会儿，唽拉巴唧说：“离我远一点啊，我要摔跟头了！”

“不要紧，你一跌倒，我就踢你一脚，你就滚出老远，这样不是可以走的快一点吗？”

“也有理！”说着，唽拉巴唧摔出老远去：“踢呀！”

小坡往前跑了几步，给了他一脚。

“等等！”唽拉巴唧立起来，说：“得把眼镜摘下来，戴着眼镜滚，不痛快！”

唽拉巴唧把镜子摘下来，给小坡戴上，钩儿朝前，镜子正在小坡的脑勺儿上。

“怎么倒戴眼镜呢？”小坡问，心中非常高兴。

“小孩子戴眼镜都应当戴在后面！”

十三　影儿国

戴着眼镜，虽然是在脑勺上，小坡觉得看的清楚多了。他屡屡回头，看后面的东西，虽然叫脖子受点累，可是不如此怎能表示出后边戴眼镜的功用呢。

他前后左右的看，原来影儿国里的一切都和新加坡差不多，铺子，马路等等也应有尽有，可是都带着些素静气儿，不像新加坡那样五光十色的热闹。要是以幽雅论，这里比新加坡强多了。道路两旁的花草树木很多，颜色虽不十分鲜明，可是非常的整齐静美。天气也好，不阴不晴的飞着些雨丝。不常看见太阳，处处可并不是不光亮。小风儿刮着，正好不冷不热的正合适。

顶好玩的是路上的电车，没有人驶着，只用老牛拉着。影儿国的街道有点奇怪：比如你在“甲马路”上走吧，眼前忽然一闪，哼，街道就全变了，你不知不觉的就在“乙马路”上走啦！忽然又一闪，你又跑到“丙马路”去；忽然又一闪，你就跑到“丁马路”上去。这样，所以电车公司只要找几只认识路的老牛，在街道上等着马路变换，也不用驶车的，也不用使电气，马路自然会把电车送到远处去。街道的变动，有时候是眼前稍微一黑，马路跟着就变了，一点也看不出痕迹来。有时候可以看得明明白白的，由远处来了条大街，连马路连铺子等等，全晃晃悠悠的，忽高忽低忽左忽右的摆动，好像在大海中的小船，看着有些眼晕。

要是嗗拉巴唧会在街上等着，他们早就闪到城外去了。他是瞎忙一气，东撞一头，西跑一路，闪来那条街，他便顺着走；有时走出很远，又叫马路给带回来了。而且他是越急越糊涂，越忙越摔跟头。小坡起初以为这样乱跑，颇有意思，一语不发的随着他去；转着转着，小坡有点腻烦了，立住了问：

“你不认识路呀？”

“我怎么应当认识路呀？！”嗗拉巴唧擦着汗说。

“这样，咱们几儿个才能走到城外呢？”

“那全凭机会呀，凑巧了，转到上城外的大路，咱们自然走到城外去了！”

“呕！”小坡很想休息一会儿，说：“我渴了，怎么办呢？”

“路旁不是有茶管子吗，过去喝吧！”

“水管子！”

“茶管子！”

小坡走到树木后面一看，果然离不远儿便有个大水龙头，碧绿的，好像刚油饰好。过去细看，龙头上有一对浅红宝石的嘴鸭，上面有两个小金拐子。“茶”，“牛奶”在鸭嘴上面的小磁牌子上写着。龙头旁边有张绿漆的小桌，放着些玻璃杯，茶碗，和糖罐儿。雪白绦织桌布上绣着“白喝”两个字。

小坡细细看了一番，不敢动，回过头来问唧拉巴唧：“真是白喝呀？”

唧拉巴唧没有回答，过去拧开小金拐子，倒了杯牛奶，一气喝下去，也没搁白糖。

小坡也放开胆子，倒了碗茶，真是清香滚热。他一边喝，一边点头咂嘴的说：

“比新加坡强多了！”

“哪里是新加坡呢？”唧拉巴唧问，随手又倒了杯牛奶。

“没听说过新加坡？”小坡惊讶得似乎有点生气了。

“是不是在月亮上呢？”唧拉巴唧咂着牛奶的余味说。

“在月亮底下！”小坡说。

“那么天上没有月亮的时候呢？”唧拉巴唧问，非常的得意。跟着把草帽摘下来，在胸前搧着。

小坡挤了挤眼，没话可答。低着头又倒了碗茶，搭讪着加了两匙儿糖，叨唠着：“只有茶，没有咖啡啊！”

“今天礼拜几？”唧拉巴唧忽然问。

“礼拜天吧。”

“当然没有咖啡了，礼拜五才有呢！”

“呕！”小坡虽然不喜欢唧拉巴唧的骄傲神气，可是心中还不能不佩服影儿国的设备这么周到，口中不住的说：“真好！真好！”

“你们新加坡也是这样吧？”唧拉巴唧问。

小坡的脸慢慢的红上来了，迟疑了半天，才说：“我们的管子里不是茶和牛奶，是橘子汁，香蕉水，柠檬水，还有啤酒！”

“那末，咱们上新加坡吧！”唔拉巴唧大概很喜欢喝啤酒。

小坡的脸更红了，心里说：“撒谎到底不上算哪！早晚是叫人家看透了！”他想了一会说：“等过两天再去吧！现在咱们不是找钩钩去吗？”

这句话正碰在唔拉巴唧的心尖上，他赶快说：“你知道吗，还在这里自在的喝茶？！”

小坡忙着把茶碗放下就走。

唔拉巴唧一边走一边叨唠，好像喝醉了的老太太：

“你知道吗，还不快走！你知道吗？成心不早提醒我一声儿！什么新加坡，柠檬水，瞎扯！”

小坡现在已经知道唔拉巴唧的脾气，由着他叨唠，一声也不出，加劲儿往前走。唔拉巴唧是一边叨唠，一边摔跟头。走了老远，还是看不见山，小坡看见路上停着辆电车，他站住了，问：

“我们坐车去吧？”

“没带着车票哇！”

“上车买去，你有钱没有？”

“你们那里是拿钱买票啊？”

“那当然哪！”小坡说，觉得理由十分充足。

“怎会当然呢？我们这里是拿票买钱！”唔拉巴唧的神气非常的骄傲。

“你坐车，还给你钱？”小坡的眼睛睁得比酒盅儿还大。

“那自然呵！不然，为什么坐车呢！可惜没带着票！”

“车票是哪儿来的呢？”小坡很想得两张拿票买钱的票子玩玩。

“妈妈给的！”

“你回家跟妈妈要两张去，好不好？”小坡很和气的说。

“妈妈不给，因为我不淘气。”唔拉巴唧带出很后悔的样子。

“不淘气？”

“唉！非在家里闹翻了天，妈妈不给车票；好到电车里玩半天，省得在家中乱吵。”

“你还不算淘气的人？”小坡笑着问，恐怕得罪了唔拉巴唧。

“我算顶老实的人啦！你不认识我兄弟吧？他能把家中的房子拆了，再试着另盖一回！”唔拉巴唧似乎颇得意他有这样的兄弟。

“呕！”小坡也很羡慕唔拉巴唧的弟弟：“他拿票买来钱，当然可以再拿钱买些玩艺儿了？”

“买？还用买？钱就是玩艺，除了小孩子，没有人爱要钱！”

两个人谈高了兴，也不知道是走到哪儿去啦。小坡问：

“你们买东西也不用钱吗？”

“当然不用钱！进铺子爱拿什么就拿什么。你要愿意假装给钱呢，便在口袋掏一掏，掏出一个树叶也好，一张香烟画片也好，一把儿空气也好，放在柜台上，就算给钱啦。你要是不愿意这么办呢，就一声不用出，拿起东西就走。”

“铺子的人也不拦你？”

“别插嘴，听我说！”

小坡咽了口气。

“你要是爱假装偷东西呢，便拿着东西，轻手蹑脚儿的走出去，别叫铺子里的人看见。”

“巡警也不管？”

“什么叫巡警啊？你可别问这样糊涂的问题！”

小坡本想告诉他，马来巡警是什么样子，和他自己怎么愿当巡警；一看唶拉巴唧的骄傲劲儿，他又不想说了。待了一会儿，他问：

“假如我现在饿了，可以到点心铺白拿些饽饽吗？”

“又是个糊涂问题！当然可以，还用问！况且，你是真饿了不是？为什么你说‘假如’？你说‘假如’你饿了，我要说，你‘假如’不饿，你怎么办？”

小坡的脸又红了！搭讪着往四外看了看，看见一个很美丽的小点心铺。他走过去细看，里面坐着个顶可爱的小姑娘，蓝眼珠儿，黑头发，小红嘴唇，粉脸蛋儿，脑后也戴着一对大眼镜儿。小坡慢慢的进去，手在袋中摸了摸，掏出一些空气放在小桌儿上。小姑娘看了看他，抿着嘴笑嘻嘻的说：“要什么呢？先生！”

小坡伸着食指往四周一指，她随着手指看了看。然后她把各样的点心一样拿了一块，一共有二十多块。她一块一块的都垫上白纸，然后全轻轻的放在一只小绿竹篮里，笑着递给小坡。跟着，她拿出一个小白绸子包儿来，打开，也掏出一点空气。说：“这是找给你的钱，你给的太多了。”

小坡乐得跳起来了！

“哟，你会跳舞啊？”小姑娘娇声细气的说，好像个林中的小春莺儿。

“会一点，不很好。”小坡很谦虚的说。

“咱们跳一回好不好？”小姑娘说着，走到柜台的后面，捻了墙上的小钮子一下，登时屋中奏起乐来。她过来，拉了拉小裙子，握住小坡的手。小坡忙把篮子放下，和她跳起来。她的身体真灵活轻俏，脚步儿也真飘飕，好像一片柳叶似的，左右舞动。小坡提心吊胆的，出了一鼻子汗，恐怕跳错了步数。

“点心在哪儿哪？”嗗拉巴唧在门外说。

“篮子里呢。”小坡回答，还和她跳着。

嗗拉巴唧进来看了看小绿篮子，说：

“你刚才一定是伸了一个手指吧？你要用两个指头指，她一定给你一样两块！”

“馋鬼！”小坡低声的说。

“他是好人，不是馋鬼！”小姑娘笑着说：“我们愿意多卖。卖不出去，到晚上就全坏了，多么可惜！我再给你们添几块吧？”

小坡的脸又红了！哎呀，影儿国的事情真奇怪，一开口便说错，简直的别再说了！

“不用再添了，小姑娘！”嗗拉巴唧说：“你看见钩钩了没有？”

“看见了！”小姑娘撒开小坡的手，走过嗗拉巴唧那边去：“跟着个大老虎，是不是？”

嗗拉巴唧的鼻子纵起来，耳朵也竖起，好像个小兔：“对呀！对呀！”

“老虎在这儿给钩钩买了几块点心，临走的时候，老虎还跟我握手来着呢！”小姑娘拍着手说。

“这一定不是那个专爱欺侮小姑娘的四眼虎！”小坡说。

“少说话！”嗗拉巴唧瞪了小坡一眼。

“你要是这么没规矩，不客气，”小坡从篮子里拿起一块酥饼，“我可要拿点心打你了！”

嗗拉巴唧没答理小坡，还问小姑娘：“他们往哪边去了呢？”

“上山了。老虎当然是住在山上！”小姑娘的神气似乎有点看不起嗗拉巴唧。

“该！”小坡咬了口酥饽饽。

“山在哪里呢？”

“问老虎去呀，我又不住在山上，怎能知道！”小姑娘嘲笑着说。

“该！”小坡又找补了一口酥饼。

嗗拉巴唧的脸绿了，原来影儿国的人们，一着急，或是一害羞，脸上就发绿。

小姑娘看见唠拉巴唧的脸绿了，很有点可怜他的意思。她说。

“你在这儿等一等啊，我去找张地图来，也许你拿着地图可以找到山上去。”

小姑娘慢慢的走到后边去。唠拉巴唧急得什么似的，拿起点心来，一嘴一块，恶狠狠的吃。小坡也学着他，一嘴一块的吃，两人一会儿就把点心全吃净了。唠拉巴唧似乎还没吃够，看着小绿竹篮，好像要把篮子吃了。小坡忙着捡起篮子来，放在柜台后面。

小姑娘拿来一张大地图。唠拉巴唧劈手抢过来，转着眼珠看了一回，很悲哀的说：“只有山，没有道路啊！”

“你不要上山吗，自然我得给拿山的图不是！”小姑娘很得意的说。

“再说，”小坡帮助小姑娘说，“拿着山图还能找不到山吗？”

“拿我的眼镜来，再细细看一回！”唠拉巴唧说。

小姑娘忙把眼镜摘下来，递给他。“这是我祖母的老花镜，不知道你戴着合适不合适。”

“戴在脑后边，还有什么不合适！”唠拉巴唧把眼镜戴在脑勺上，细细看着地图。看了半天，他说：“走哇！这里有座狼山，狼山自然离虎山不远。走哇，先去找狼山哪！拿着这张地图！”

小坡把地图折好，夹在腋下，和小姑娘告辞。

“谢谢你呀！”唠拉巴唧向小姑娘一点头，慌手忙脚的跑出去。

十四　猴王

小坡忽然一迷糊，再睁眼一看，已经来到一座小山。山顶上有些椰树，鸡毛掸子似的，随着风儿，来回掸天上的灰云。

“唶拉巴唧！”小坡喊。哎呀！好难过，怎么用力也喊不出来。好容易握着拳头一使劲，出了一身透汗，才喊出来：“唶拉巴唧！你在哪儿哪？”

没有人答应！小坡往四下一看，什么也没有，未免心中有点发慌。这就是狼山吧？他想：在国语教科书里念过，“狼形似犬”，而且听人说过狼的厉害；设若出来几只似狼的东西，叫他手无寸铁，可怎么办！

他往前走了几步，找了块大石头，坐下，“唶拉巴唧也许叫狼叼去了吧？！”正这么想着，由山上的小黄土道中来了一只猴子，骑着一个长角的黑山羊，猴子上身穿着一件白小褂，下身光着，头上扣着个小红帽盔，在羊背上扬扬得意的，神气十足。山羊有时站住，想吃些路旁的青草，猴儿并没拿着鞭子，只由他的尾巴自动的在羊背上一抽，山羊便赶快跑起来。

小坡简直的看出了神。离他还有几丈远，猴儿一扳羊角，好像驶汽车的收闸一样，山羊便纹丝不动的站住了。猴儿一手遮在眼上，身子往前弯着些，看了一会儿，高声的叫：

“是小坡不是呀？”

猴儿怎么认识我呢？小坡惊异极了！莫非这是植物园？不是呀！或者是植物园的猴子跑到这儿来了？他正这么乱猜，猴子又说了：“你是小坡不是呀？怎么不言语呀！哑巴了是怎着？！”

“我是小坡，你怎么知道呢？”小坡往前走了几步。

猴儿也拉着山羊迎上来，说：“难道你听不出我的语声来？我是张秃子！”

“张秃子？”小坡有点不信任自己的耳朵，“张秃子？”

这时候，猴子已经离小坡很近，把山羊放在草地上，向小坡脱帽鞠躬，然后说：“你不信哪？我真是张秃子！”

小坡看了看猴子头上，确是头发很少，和张秃子一样。

“坐下，坐下！咱们说会儿话！”张秃子变成猴子，似乎比从前规矩多了。

两个坐在大石头上，小坡还一时说不出话来。

“小坡，你干什么装傻呀？”张秃子的猴嘴张开一些，似乎是笑呢。“你莫非把我忘了？”

小坡只能摇了摇头。

“你听我告诉你吧！”

“呕！”小坡还是惊疑不定，想不起说什么好。

张秃子把小红帽子扣在头上，在大石头上，半蹲半坐的，说：

“有一天我到植物园去，正赶上猴王的生日。我给他些个香蕉什么的，他喜欢的了不得。一边吃，一边问我愿意加入猴儿国不愿意。我一想：在学校里，动不动就招先生说一顿。在家里，父亲的大手时常敲在咱的头上，打得咱越来头发越少。这样当人，还不如当猴儿呢！可是对猴王说：我不能当普通的猴子，至少也得来个猴王做做。你猜怎么着，猴王说：正好吗，你到狼山作王去吧。哪里的猴王是我的弟弟，——小坡，我告诉你，敢情猴王们都是亲戚，不是弟兄，便是叔侄。——前两天他和狼山的狼王拜了盟兄弟。狼王请他去吃饭，那知狼王是个老狡猾鬼，假装喝醉了，把我兄弟的耳朵咬下一个来，当酒菜吃了。然后他假装发酒疯儿，跟小猴们说：‘咱们假装把猴王杀了好不好？’小猴们七手八脚的便把我兄弟给杀了！”

“好不公道！不体面！狼崽子们！”小坡这时候听入了神，已经慢慢忘了张秃子变猴儿的惊异了。

“自然是不公道哇！小坡，你看，咱们在操场后面打架多么公平！是不是？”

“自然是！”小坡好像已把学校忘了，听张秃子一提，非常的高兴。

“猴王落了许多的泪，说他兄弟死得太冤枉！”

“他不会找到狼山，去给他兄弟报仇吗？”小坡问。

“不行啊，猴王不晓得影儿国在哪里呀！他没看过电影。”

“你一定看过电影，张秃子？”

“自然哪，常由电影园的后墙爬进去，也不用买票！”张秃子的嘴又张得很大，似乎是笑呢。

“别笑啦，笑得那个难看！往下接着说吧。”此时小坡又恢复了平日和张秃子谈话的态度。

“猴王问他的兄弟亲戚，谁愿到狼山做王，大家都挤咕着眼儿一声不出。后来他说，你们既都不敢去，我可要请这位先生去了！他虽不是我的亲戚，可是如果他敢去，我便认他做干兄弟。于是猴王和我很亲热的拉了拉手，决定请我去做狼山的猴王。我自己呢，当然是愿意去；我父亲常这么说：秃子将来不是当王，就做总统，至少也来个大元帅！”

“大元帅是干什么的？”

“大元帅？谁知道呢！”

“不知道吗，你说？”

“说，一定就得知道哇？反正父亲这么说，结了，完了！”

“好啦，往下说吧！”

“我答应了猴王，他就给我写了一封信。”

“他还写信？”小坡问。

张秃子往小坡这边凑了凑，挨着小坡的耳朵根儿说：“他们当王的都不会写字，可是他们装出多知多懂的样儿来，好叫小猴子们恭敬他们。他只在纸上画了三个圈儿，画得一点也不圆。他对我说：你拿着这封信到狼山去，给那里的官员人等看。他们就知道你是他们的新王了。”张秃子抓了抓脖子底下，真和猴子一样。

小坡笑开了。

“你是笑我哪？”张秃子似乎是生气了：“你要晓得，我现在可是做了王。你顶好谨慎着一点！”

“得了，张秃子！你要不服我，咱们就打打看！你当是做了猴王，我就怕你呢！”

张秃子没言语，依旧东抓西挠的，猴气很深。

小坡心里说：做王的人们全仗着吹气瞪眼儿充能干，你要知道他们的老底儿，也是照样一脑袋顶他们一溜跟头！然后他对张秃子说：

“得了，咱们别吵架！你做了王，我好像得恭敬你一点。可是你也别假装能干，成心小看我！得了，说你的吧。”

张秃子自从做王以后，确是大方多了，一想小坡说得有理，就吹了一口，把怒气全吹出去了。“没人看着咱们，你爱怎样便怎样；当着小猴儿们，你可得恭敬着一点；不然，我还怎叫他们怕我呢？好，我往下说呀：拿着猴王的信，我就跑影儿国来了。”

“打哪儿进来的？”

“从点心铺的后门进来的。”

“喝了街上的牛奶没有？”小坡很想显显他的经验。

“当然，喝了六杯牛奶，吃了一打点心！”

“肚子也没疼？”小坡似乎很关心猴王的健康。

“疼了一会儿就好了。”

“好，接着说。”

“你要老这么插嘴，我多咱才能说完哪？”

“反正你们当王的一天没事，随便说吧。”

“没事？没事？”张秃子挤着眼说：“你没做过王，自然不知道哇。没事？一天到晚全不能闲着。看那个猴子力气大一些，好淘气捣乱，咱赶紧和他认亲戚，套交情，送礼物；等冷不防的，好咬下他一个耳朵来，把他打倒！对那些好说话的猴儿呢，便见面打几个耳光，好叫他们看见我就打哆嗦！事情多了！没事？你太小看做王的了！”

“呕！”小坡没说别的，心中有些看不起猴王的人格。

张秃子看小坡没说什么，以为是小坡佩服他了，很得意的说：

“到了狼山，我便立在山顶上喊：猴儿国的国民听着：新王来到，出来瞧，出来看！这一喊不要紧哪，喝！山上东西南北全呕呕的叫起来，一群跟着一群，一群跟着一群，男女老少，老太太小妞儿，全来了！我心中未免有点害怕，他们真要是给我个一拥而上，那还了得！我心里直念道：张秃子！张秃子！挺起胸脯来干呀！我于是打开那封信，高声的喊：这是你们死去猴王的哥哥给我的信，请我做你们的王！喝！他们一看纸上的圈儿，全跪下磕起头来。”

“磕了几个？”小坡问。

“无数！无数！叫他们磕吧，把头磕晕，岂不是不能和我打架了吗？等他们磕了半天，我就又喊：拿王冠来！有几个年老白胡子的猴儿，嘛了一声，就爬到椰子树上，摘下这顶红小帽来。”张秃子指了指他头上的红盔儿。

“很像新加坡的阿拉伯人戴的小红盔儿！”小坡说。

“阿拉伯人全是当腻了王，才到新加坡去做买卖！”

“呕！”小坡这时候颇佩服张秃子知道这么多事情。

“我戴上王冠，又喊：拉战马来！”

“什么是战马呀？”

“你没到二马路听过评书呀？张飞大战孔明的时候，就这么喊，拉战马来！”

“孔明？”

“你赶明儿回新加坡的时候，到二马路听听去，就明白了。站着听，不用花钱。”

“呕！”小坡有点后悔：在学校里，他总看不起张秃子，不大和他来往，哪知道他心中有这么些玩艺儿呢！

“我一喊，他们便给这个拉来了。”张秃子指着长角山羊说：“我本来是穿着件白小褂来的，所以没跟他们要衣裳。我就戴着王冠，骑上战马，在山坡上来回跑了三次。他们都吓得大气不出，一劲儿磕头。我一看，他们都有尾巴，我没有，怎么办呢？我就折了一根棕树叶，把叶片扯去，光留叶梗，用根麻绳拴在背后，看着又硬又长。他们一看我有这么好的尾巴，更恭敬我了。这几天居然有把真尾巴砍下去，为是安上棕叶梗，讨我的喜欢。你说可笑不可笑？这两天我正和他们开会商量怎么和狼王干一干。”

“你们会议也和学校里校长和先生的开会一样吧？”

“差不多，不过我们会议，只许我说话，不许别人出声！”张秃子说，摇着头非常得意。

“你要和狼王打起来，干得过他吗？”

“其实我们是白天出来，狼们是夜间出来，谁也遇不见谁，不会打起来。不过，我得好歹跟他们闹一回；要不然，猴子们可就看不起我啦！做王的就是有这个难处，非打仗，人们不佩服你！”

“你要真和狼王开仗的时候，我可以帮助你！”小坡很亲热的说。

“那末，你没事吗？”

“哟！”小坡机灵的一下子，跳起来了，忽然想起喈拉巴唧：“有事！差点忘了！你说，你看见喈拉巴唧没有？”

“看见了，在山洞睡觉呢。”

“这个糊涂鬼！把找老虎的事儿忘了！”

“干什么找老虎呀？”张秃子抓着胸脯，问。

“老虎把钩钩背去啦！”

张秃子呕呕的笑起来。

“你笑什么呢？”小坡看了看自己的身上，找不出可笑的地方来。

“他找老虎去？他叫老虎把钩钩背走的！”

“我不信！他一提钩钩便掉眼泪！再说，你怎么知道？”

“你不信？因为你还不晓得影儿国人们的脾气。他们一天没事儿做，所以非故意捣乱不可。他叫老虎把钩钩背去，好再去找老虎不答应。可是有一样，老虎也许一高兴，忘了这是嗗拉巴唧闹着玩呢，硬拉住钩钩不放手。”

“我真盼着老虎变了卦，好帮着嗗拉巴唧痛痛快快打一回！”小坡搓着手说。

“那么好啦，你跟我去看他吧。”张秃子骑上山羊，叫小坡骑在他后面，好似两人骑的自行车。走着走着，张秃子忽然问：

“小坡，看见小英没有？”

“干什么呀？”

“很想把她接做王妹，哎呀，王的妹妹该叫作什么呢？王的媳妇叫皇后，王的儿子叫太子，妹妹呢？”

小坡也想不起，只说了一句：“小英恨你！”

“恨我？我做了猴王，她还能恨我？”

小坡没说什么。

走了半天，路上遇见许多猴子，全必恭必敬的，立在路旁，向他们行举手礼。张秃子睬也不睬的，仰着头，一手扶着羊角，一手抓着脖子。小坡一手扶着羊背，一手遮着嘴笑。

过了一个山环，树木更密了。穿过树林，有一片空场，有几队小猴正在操演；全把长尾巴围在腰间当皮带，上面挂着短刺刀。

过了空场，又是个山坡，上面有两排猴儿兵把着个洞门。洞门上有面大纸旗，写着两个大黑字：“秃子”。

“到了！”张秃子说。

十五　狼猴大战

猴子们本来住在树林里，用不着盖什么房屋，找什么山洞的。张秃子虽变成猴子，但还一时住不惯树林，所以他把那个山洞收拾了一下，暂作为王宫。

洞真不小：一进门有三间大厅，厅里并没有桌椅，只在墙的中腰掏了些形似佛龛的小洞，猴王接客的时候，便一人坐在一个小洞里，看着很像一群小老佛爷。穿过大厅，还有两列房子。一列是只有四壁，并没有屋顶，坐在屋里，便可以直接看天；这是猴王的诸大臣的卧室；因为他们住惯了树林，一旦闷在屋里，有些不痛快；而且下雨的时候，不淋得精湿，也不舒服；出门入户的也觉得太麻烦；所以猴王下命，拆去屋顶，以示优遇。对面的一列是猴王住着的地方，确有屋顶，但是一连十几间，全没有隔断；因为猴王张秃子睡觉好打“把式”，既没有隔断，他便可以自由的从这头滚到那头。吃饭的时候，爱嚼着东西翻几个跟头呢，也全没有阻挡，而且可以把汤放在这头，把菜放在那头，来回跑着吃，也颇有趣。这列房的房顶上有许多小猴，一手拿着喇叭，一手遮在眉上往远处望着；若是有狼国人来行刺，或有别的野兽来偷东西，他们好吹喇叭警告山洞四围的卫兵。——张秃子自做了猴王以后，一点也不像先前那样胆粗气壮了！

这两列房后面有个花园，园里并没有花草，只在园门上张秃子用粉笔写了“花园”二字。张秃子游园的时候，随意指点着说：“玫瑰很香很美呀！”随着他的人们，便赶快跑到他所指的地方细看一回，一齐说：“真好！真好！”他们要不这样说，张秃子一生气，便把他们种在那里当花草儿。

张秃子领着小坡在洞内看了一遭，诸大臣都很恭敬的在后面随着。到花园里，小坡问：“花草在哪里呢？”诸大臣全替他握着一把儿汗。可是张秃子假装没听见，回过头来向大臣们说：“谁叫你们跟着我呢？去！”诸大臣全弯着腰，夹着尾巴，慌忙跑去。

张秃子把小坡领回到大厅里。他自已坐在最大的一个龛里，正对着屋门。小坡坐在猴王的右手。门外来来往往的小猴们全偷着眼看小坡，不知他是猴王的什么人。张秃子板着脸，不肯多说话；怕小坡乱问，叫小猴们听见，不大好。正这么僵板的坐着，忽然进来一个猴兵，慌慌张张的，跑在大厅中间，说："报告！"

"什么事？"张秃子仰着脸，高声的问。

"不好了，大王！狼王派了八十万大军，打我们来了！"猴兵抹着眼泪说。

"你怎么知道？"张秃子问。

"我们捉住一个狼侦探，他说的！"

"他在哪儿呢？"

"在外面睡觉呢！"

"他睡觉吗，你怎会知道他们有八十万人马，啊？糊涂！不要脸！"张秃子扯着脖子喊，为是叫门外的小猴们全听得见。

猴兵抓着大腿，颤着说："大王！他要是不睡着，我们哪能拿得住他呢。我们捉住他，把他推醒，他就说：八十万人马！就又睡去了。"

"把他拿进来！"

"不行呀，大王！一动他就咬手哇！"

"怎么办呢？"张秃子低声的问小坡。

"咱们出去看看，好不好？"

"那不失身份吗？我是猴王啊，你要记清楚了！"

"你这些猴兵没有用，有什么法儿呢！"

"好吧，咱们出去看看。"张秃子说，然后很勇敢的问那个猴兵："把他捆好了没有呢？"

"捆好了，大王！"

"那么，捆他的时候，为什么不咬手呢？"

"大概他愿意叫人家捆起来，不喜欢叫人家挪动他；狼们都有些怪脾气呀，大王！"

"不要多说！"张秃子由墙上跳下来。

小坡遮着嘴笑了一阵。

随着猴兵，他们走出洞口，一队卫兵赶快跟在后面。到了空场，一群猴兵正交头接耳的嘀咕，见猴王到了，登时排好，把手贴在眉旁行礼。

“狼侦探在哪里呢？”张秃子问，态度还很严重，可是脸上有点发白。

队长赶快跑过来，用手一指，原来狼侦探在一块大石头上睡得正香呢。一根麻绳在狼身上放着，因为猴兵不敢过去捆他，只远远的把麻绳扔过去。张秃子打算凿猴兵的头儿下，惩罚他报告不真，可是往四下一找，猴兵早已跑得没影儿了。

张秃子看着那群兵，那群兵瞧着张秃子，似乎没有人愿意去推醒狼侦探。

小坡看得不耐烦了，扯开大步，走到大石头前面，高声的喊：

“别睡了，醒醒！”

张秃子和兵们也慢慢的跟过来。

狼侦探张了张嘴，露出几个尖利的白牙。兵们又往后退了几步。

“起来！起来！”小坡说。

狼侦探打了个呵欠，伸了伸腰儿，歇松的说：“刚做个好梦，又把我吵醒了，不得人心！”

“你要是瞎说，我可打你！快起来！”

众猴兵一听小坡这样强硬，全向前走了两步，可是队长赶快叫了个：“立——正！”于是大家全很勇敢的远远站住。

“你是哪里来的？”小坡问。

狼侦探不慌不忙的坐起来，从军衣中掏出个小纸本来，又从耳朵上拿下半根铅笔。他看了看小坡，又看了看大家。然后伸出长舌头来，把铅笔沾湿，没说什么，开始在小本上写字，写得很快。

“我问你的话，没听见是怎么着？”小坡有点生气了！

“等等，不忙！等我写完报告，再说。”狼侦探很不郑重的说，一边写，一边念道：“有一块空场，场里有猴兵四十万。还有一小人，模样与猴兵略有不同，问我从哪里来的。此人之肉，或比猴兵的更好吃。好了！”狼侦探把小本放回去，铅笔插在耳上，向小坡说：“你问我从哪儿来的？我是狼王特派的侦探！你似乎得给我行个礼才对！”

“胡说！”小坡又往前凑了一步：“我问你，听着！你们有多少兵？”

“八百万大军！”

张秃子往前走了一步，立在小坡身后，说：“八十万，还是八百万？”

“八十万和八百万有什么分别？反正都有个八字！”狼侦探笑了，笑得一点也不正当。

“你们什么时候发的兵？”小坡问。

“前天夜里狼王下的令，我们在山下找了一夜，没有看见一个猴兵。”

“怪不得前天夜里我听见狼嗥！”张秃子和小坡嘀咕。

“昨天白日我们依旧在山上找你们，走错了道儿，所以没遇见你们。昨日夜里还在山上绕，又没遇见你们。今天大家都走乏了，在山坡下睡觉呢。我做着梦走到这里，叫你们给吵醒了，不得人心！”

“你回去告诉他们，我们这里有——”小坡低声的问张秃子：“说有多少兵？四八四十八万，行不行？”

张秃子接过来，高声喊道：“回去告诉你的王，我们这里有四十八万人马，专等你们来，好打你们个唏里哗拉！你们要知道好歹，顶好回家睡觉去，省得挨打！听明白了没有？”

狼侦探恶意的吐了吐舌头，又把小本掏出来，写了几个字。写完了，也没给张秃子行礼，立起来，抖了抖毛儿，便得意扬扬的走下去。

张秃子愣了一会儿，看狼侦探已走远，高声的喊：“吹号齐集人马！”然后指着一个小队长说：“去请各位大臣到这里会议，快！”

号声紧跟着响了：嘀咕——嘀咕——嘀——！喝！四面八方，猴兵一队跟着一队，一营跟着一营，全跑向前来。前面的掌旗官都打着一大枝香蕉，香蕉的多少，便是军营的数目：有五个香蕉的，便是第五营，有十九个香蕉的，便是第十九营。军队陆续前来，路上黄尘滚滚，把四面的青山都遮住，看不见了。每营的人数不齐，有的五个，有的五百，有的兵都告假，只有掌旗官，打着枝香蕉，慌忙跑来。兵们有的打着枪，有的抱着个小猴，有的拿着本《国语教科书》。马兵全骑着山羊，比步兵走得还慢，因为——快跑，兵便从羊背上噗咚噗咚的摔下来。

人马到齐，张秃子骑上长角山羊，跳动着，左右前后的，穿营过队的，检阅了一番。猴兵全直溜溜的站着，把手放在眉旁行礼。掌旗官们把香蕉枝子举得笔直，工夫太大了，手有点发酸，于是把枝上的香蕉摘下几个来，吃着，以减轻重量；这样一来，军营的次数也乱了，好在也没人过问。这时候诸大臣全慢条斯理的来到，向张秃子深深的鞠躬。张秃子下了战马，坐在石头上，对他们说：

“现在开会，大家不要出声，听我一个人说！现在狼王故意——”他想不起说什么好。诸大臣都弯着腰，低着头说：“故意——”张秃子忽然想起来：“故意和我们捣乱，我们非痛打他们一回不可！你们带一营人去看守王宫，好好用心看着，听见没有？”

诸大臣连连点头。内中有个聋子，什么也没听见，但也连连点头。他们又深深鞠躬，然后带了一营人马，回宫去看守。

张秃子又喊：“各营营长！”

营长都慌忙走上前来，有的因为指挥刀太长，绊得一溜一溜的摔跟头，摔得满脸是黄土。

张秃子问他们：“哪边狼兵最多？是东边？”

众营长一齐拔出指挥刀，向东边指着。张秃子说：“还是西边？”大家的刀往西指。“还是南边？”大家的刀往南指。“还是北边？”大家的刀往北指。“这样看，四面都有狼兵了？”大家的刀在空中抡了个圈儿。

小坡双手遮着嘴笑开了。

“你们三营到东边去，守住东山坡！”张秃子指着东边说。

三个营长行了礼，跑回去，领着三营兵往西边去了。

“你们三营往西边去，守住西山口！”张秃子指着西边说。

三个营长行了礼，跑回去，领着三营兵往东边去了。

小坡低声问：“你叫他们往东，他们偏往西，叫他们往西，他们偏往东，是怎回事呀？”

“一打起仗来，军官就不好管了，随他们的便吧！好在一边三营，到哪边去也是一样。你要一叫真儿，他们便不去打仗，回来把王杀了；然后迎接狼王做他们的皇帝，随他们的便吧！”

张秃子把人马派出去，带着卫队和四五营马兵，到山顶上去观望。

“我说，我乘着狼们还睡觉，去给他们个冷不防，打他们一阵，好不好？”小坡问猴王。

“你先等等吧！狼们是真睡了不是，简直的不敢保准！”张秃子很精细的样子说。

“那么，应当派几个侦探去看看哪！”小坡说。

“对呀！哼，一慌，把派侦探也忘了！”张秃子说着指定两个卫兵：“你们到东山去看看，狼们是睡觉呢，还是醒着呢？”

“他们一定是睡呢，大王！不必去看。”两个兵含着泪说。

“我叫你们去！”

“大王，我们的脚有点毛病，跑不快啊！请派两个马兵吧！”

“没用的东西！”张秃子说，“过来两个马兵！”

马兵一听，全慌忙跳下马来，一齐说："我们情愿改当步兵呀，大王！"

"营长，把他们带到空场去，一人打五个耳瓜子！"张秃子下令。

"大王呀，饶恕这回吧！"营长央求："平日我们都喜欢当侦探玩，但是一到真打仗啊，当侦探玩真有危险呀！顶好大王爬到树上去，拿个望远镜往远处看一看，也可以了！"

张秃子没有言语。

小坡本想先给营长两拳，可是一见猴王不发作，也就没伸手。

过了一会儿，张秃子说："哪里有望远镜呢？"

大家都彼此对问："哪里有望远镜呢？"

有一个卫兵看见小坡脑后的眼镜，赶紧往前迈了一步："报告！大王旁边这位先生有望远镜！"

小坡忽然想起来："我说，嗗拉巴唧呢？这是他的眼镜。"

"他在洞里睡觉呢，你刚才没看见吗？"张秃子说。

"没有！你不告诉我，他在哪间屋子里，我怎能知道呢！"

"先不用管他，把镜子借给我吧！"

"这是眼镜！有什么用？"小坡说。

"大王！眼镜也可假装作望远镜呀！"一个营长这样说。

小坡赌气子把眼镜递给张秃子。

张秃子戴上镜子，往一棵椰树上爬。爬到尖上，不敢往下瞧，因为眼晕；只好往天上看："不好了，黑云真厚，要下大雨了！营长！快到宫里取我的雨伞来！"

"影儿国的雨是干的，不用打伞！"小坡说。

"我打伞不为挡雨，是为挡着雷！"

喝！天上黑云果然很厚，一团一团，来回乱挤。远处的已联成一片灰色，越远越白，白亮亮的在远山上横着。忽然一阵凉风，黑云跑得更快了，山上的椰树，叶子歪在一边，刷刷的在雾气中响。远处忽然一个白闪，把白亮亮的雨云打开几道长而颤动的缝子。跟着咯嚓嚓一个雷，雨点斜着下来，在山上横着溅起一溜白烟。又一个闪，在可怕的黑云上开了个大红三角。咯嚓！咕隆，咕隆，雷声由近处往远处走，好像追着什么东西！看不出雨点来了，只是一片灰色！里面卷着些乱动的树影。

咯嚓！张秃子一缩脖，由树上掉下来。

雨确是干的，打到身上一点也不湿，可是猴儿们（胆子大的）开始东搓西挠的似乎是洗澡呢，洗得很痛快。有的居然拿出胰子来往头上搓。胆儿小的猴子们全闭上了眼，双手堵住耳朵，不住的叫：“老天爷，不要霹我呀，我是好人哪！”

小坡坐在大石头上，仰着头看，打一个大闪，他叫一声“好！”

过了一会儿，雨声小一点了。黑云带着雷电慢慢往远处滚。远处的山尖上，忽然在灰云边上露出一缕儿阳光，把椰树照得绿玻璃似的。

张秃子听着雷声小了，叹了一口气。忽然由山下跑来一个猴儿兵，跑得满头是汗，喝喝带喘。见了张秃子，张了几次嘴，才说出话来：

“大，大，大王！不好了！东山的兵们一打雷全吓傻了，叫狼兵把他们生擒活捉全拿去了！”

“你怎么能跑回来呢？”张秃子问。

“我吓晕了，倒在地上，狼兵以为我死了，所以没拿去！”

张秃子回头喊：“三营马兵赶快到东山，救回他们！快！”

三个营长上了马，带着队伍往西去了。一边走一边说：“西边比较的平安一些！”

又跑来个猴兵，也跑得惊鸡似的，跪在猴王面前：“报告！北边的军队全投了狼王，带着狼兵快杀到王宫了！”

张秃子的颜色转了，低声的问小坡，“咱们也跑吧？”

“非打一回不可！”小坡很坚决的说。

说话之间，又跑来一个小猴，说：

“大王，不好了！狼兵已打进王宫！那个嗐拉巴唧原来是狼王变的，他已经把大王的香蕉全吃净了！”

张秃子吓得手足失措，正想不起主意来，只见西南北三路，猴兵全败下来，有的往树上逃命，有的往绿棵子乱藏，有的坐在石头上遮着脸等死，只有南路的兵还好一些，且战且走，没完全溃散。

小坡由猴兵手里抢过一条木棍，对张秃子说：“走啊，帮助南路的兵去啊！”

张秃子上了战马，带着卫队和一些马兵，随着小坡往南杀。一会儿就和他们自己的兵合在一块，小坡手抡木棍，冲上前去，众猴兵齐声呐喊，跟着往前杀。狼兵是一声不出，死往上攻。小坡的木棒东抡西打，啷，啷，啷！在狼头上乱敲。狼们一点不怕，钩钩着眼睛，张着大嘴，往前叼猴儿的腿。

猴兵退了三次，进了三次，双方谁也不肯放松一步。

小坡正打得高兴，忽然背后大乱，回头一看，可了不得啦！北方的狼也攻上来，把他们夹在中间，跟着，东西两面的狼兵也上来了，把猴兵团团围住，没法逃生。小坡闭上眼睛，双手抡木棍，只听见哪，哪，哪乱响，不知到底打着谁了。张秃子也真急了，把王冠也扔了，一手拿着一枝木棍乱抡。抡了一会儿，哼！胯下的山羊被狼叼了去，幸而跳得快，还没倒在地上。小坡呢，抡着抡着，手中的木棍碎了！睁眼一看，四面全是狼，全红着眼睛向他奔。小坡也有点心慌了，东遮西挡的不叫狼咬着。“张秃子！咱们怎么办呢？！”

张秃子还抡着木棍，喊：

“换片子啦！”

这样一喊，忽然狼也没有了，山也没有了，树也没有了，张秃子也不是猴儿了，依然是张秃子。

远远的嘚拉巴唧一瘸一拐的来了。

十六　求救

小坡和张秃子坐在地上，张着嘴喘气，谁也说不出话来。唧拉巴唧跑过来，坐下，也一声不发；只由张秃子脸上把眼镜摘下来，他自己戴上。三人这样坐了好久，每人出了几身透汗，张秃子说了：

“唧拉巴唧！你还算个好人？好好的款待你，你反倒变成狼王，抢我的王宫！”

唧拉巴唧的眼珠转得很快，带出很惊讶的样儿，说：“我什么时候变狼来着？你怎么知道我一定变狼？就是我爱变着玩吧，什么不可以变，单单的变狼？喽！”

“大概是狼王变成唧拉巴唧，诈进了王宫，唧拉巴唧并不知道。”小坡给他们调解：“现在咱们已经换了片子，就不用再提那些事了！”

张秃子慢慢的站起来，瞪了唧拉巴唧一眼，说：

“小坡，再见吧！我还是回狼山去！”

“你？一个人去打狼？”

“非报仇不可！非夺回王宫不可！”张秃子晃着秃脑袋，似乎有做王的瘾头儿。

“你打得过他们吗？”小坡还没有忘记狼兵的厉害。

“我自有办法！我也会变成唧拉巴唧，去和狼王交朋友，乘冷不防咬下他一个耳朵来！”

小坡虽然以为张秃子的计划不甚光明正大，可是很佩服他有这样的胆量。

唧拉巴唧委委屈屈的叨唠：“你也变唧拉巴唧，他也变唧拉巴唧，谁也不来帮助帮助唧拉巴唧！”他捶了胸口两下，捶出许多怨气。

小坡看他怪可怜的，赶紧说：“我帮助你，唧拉巴唧！不要发愁啊，愁病了又得吃药了，多么苦哇！”

唏拉巴唧听了这片好话，更觉得委屈了，落下好多大颗的眼泪来，摘下草帽来接着，省得落在衣服上。

小坡看他哭了，自己也好似有点难过，也红了眼圈。

“再见，小坡！”张秃子挺着胸脯儿就走，也没招呼唏拉巴唧一声儿。

“我说，张秃子，咱们学校里见啦！”小坡说。

“不用再提学校！做了猴王还上学？”

“先生要问你呢？要给你记过呢？”

“给我记过？带些猴兵把学校拆了！”

“你敢！”小坡也立起来。

“你看我敢不敢！”张秃子一边说一边走。

“好啦，等着你的！看先生不拿教鞭抽你一顿好的才怪！”

“不怕！不怕！”张秃子回头向小坡吐了吐舌头。

“爱怕不怕！破秃子，坏秃子，猴秃子！”小坡希望张秃子回来，和他打一场儿：可是张秃子一直走下去，好像很有打胜狼王的把握。

小坡看张秃子走远啦，问唏拉巴唧：“你刚才上哪儿了？叫我各处找你！”

“我上哪儿了？你上哪儿啦？我问你！”唏拉巴唧撅着嘴巴说。

“我上狼山找你去啦！”

“我上虎山找钩钩去啦！”

“找着了她没有呢？”

“找着她，我还在这儿干什么，糊涂！”

“老虎把她留下了？”小坡忍着气问。

“钩钩自己不愿意回来！”唏拉巴唧把草帽一歪，倒出一汪儿眼泪，然后又接好，重新落比花生米还大的泪珠儿。

“这么说，不是老虎的错儿了？”

“那还能是钩钩的错儿吗？”

小坡有点发糊涂，没说什么，看着自己的手。两手，因和狼们打了半天，很不干净，拿起草帽用眼泪洗了洗。唏拉巴唧的眼泪很滑溜，好像加了香胰子似的，洗完了，在裤子上擦了擦，然后剔着指甲，叨唠：“到底是谁的错儿呢？我的？你的？他的？我们的？你们的？他们的？张秃子的？南星的？三多家里糟老头子的？”

“正是他！”唏拉巴唧忽然站起来说：“要不是他给老虎出主意，老虎哪能留住钩钩！”

“你刚才不是说，钩钩自己不愿意回来吗？”小坡问。

“你要是这么来回绕圈儿问我，我可要疯了！”唧拉巴唧急扯白脸的说。

“你要是这么绕着圈儿回答我，我可也要疯了！”小坡笑着说：“我要是疯了，要变成一丁点的一个小蚊子，专叮你的鼻子尖，看你怎么办！”

“不要变吧，我好好告诉你！”唧拉巴唧似乎很怕蚊子，赶紧用手遮住鼻子说：“钩钩自从到虎山上，就想回来找我，老虎也有意把她送回来。可是那个糟老头子给老虎出了主意，叫他留住钩钩，给山上的小老虎们做衣裳，洗袜子什么的。于是老虎就变了卦，天天假意的带着她逛山，给她拿树叶做了件花袍子，又给了她许多玩艺儿。可是钩钩还想回家，老虎就又和糟老头子要主意，糟老头子就偷偷的给钩钩一碗迷魂药儿喝。”

“什么是迷魂药呀？”小坡问。

“就是龙井茶里对点冰激凌！喝了这个，她就把家也忘了，把我也忘了，把什么都忘了，一心愿住在山上！你说怎么好？！”

“可怜的钩钩！喝龙井冰激凌！”小坡低声儿说。

“怎么办呢？”唧拉巴唧没有注意小坡说什么。

“咱们走哇，打倒老虎去！”

“不行啊！干不过他呀！”

“咱们不会向他捏鼻子吗？他最怕那个，是不是？”小坡问。

“捏鼻子也没用了！糟老头子给他出了主意：叫老虎向我捏鼻子！你不知道，老虎捏鼻子比什么都可怕！”唧拉巴唧说着，直打冷战。

“糟老头子是老虎什么人呢？他为什么不在三多家里，去到虎山呢？”

“他是老虎的老师，白天他教三多，晚上做梦的时候就来教老虎。老虎不怕别人，就是怕他，糟老头子！”

“那么现在咱们是做梦哪？”

“可不是！生命是梦的材料做成的，莎士比亚这么说。你知道莎士比亚？”唧拉巴唧点头咂嘴的说。

“知道！我喝过‘莎士’汽水！”

“呕！”唧拉巴唧颇有点佩服小坡的知识丰富。待了半天，他说：“小坡，你得想法子多多的找人去打老虎啊！”

“一定！”小坡想了半天，忽然想起来：“这么办吧，你在这里等着我，我去找南星他们。南星会驶火车，也坐过火车。还有两个马来小姑娘也很有‘杜撰儿’。妹妹仙坡也会出主意。”

“人越多越好呀！你去，我在这儿等着你！”

“这儿到底是什么地方呢？”小坡问。

“那张地图呢？”嗗拉巴唧想起来。

“哟！哟！”小坡的脸红得像个老茄子似的：“在狼山打仗，丢了！”

“好啦！以后只有狼们知道地名了，地图一定被他们捡去了！这么办吧，你一直往东去，到了新加坡，再一直的回来，直来直去，还不容易吗？”

“不用拐弯儿行吗？”

“行！小孩儿们都应当走直道儿！”

“那么，我就走吧？”

“快去快回来！要是等我把钩钩忘了，你回来可也没用了！”嗗拉巴唧本想和小坡拉手，无心中打了小坡一个耳瓜子。小坡也跳起来，给嗗拉巴唧一掌。两人分了手。

小坡踢着块砖头儿，踢一下，往前走几步；又踢一下，又往前赶几步。这样，不大一会儿，就到了新加坡的大马路。正是半夜里，街道两旁的灯光很亮，可是除了几个巡警，和看门的老印度，只看见些关着门的铺户，一点儿也不像白天里那么花哨好看。小坡心里说：我要是赶明儿开个铺子呀，一定要黑天白日老开着；关上门多么不好看！

房脊上有些小猫，喵喵的叫着，大概是练习唱歌呢。小坡不由的叫出来：“二喜！二喜！你也在这儿唱歌哪？”等了会儿，小猫们全跑开了，他说：“二喜大概和妹妹一块睡觉呢，赶紧走吧！”

走到了家，街门已经关好，小坡用头轻轻一碰，门就软乎乎的开了。他轻手蹑脚的去找仙坡，仙坡正睡得很香，小鼻子翅儿一松一紧的有些响声，嚇呼，嚇呼，嚇呼，小坡推了她一下，低声的说：“妹妹，仙！起来，到虎山去救钩钩，快！”

仙坡坐起来点了点头，并没睁眼。小坡把小褂给她披上。她一声没出，拉着小坡便往外走。

出了门，本想先找南星去，没想到走了不远，正遇上他。不只南星一个，两个小印度，（印度小姑娘可是没在那儿。）两个马来小姑娘，三多和妹妹，全在那块学猫叫呢。

小坡喵了一声。

大家看见小坡，全扭过头去，给他个脑飘儿看。小坡很纳闷，为什么大家这样对待他。

“不用理他！不跟他玩！”南星细声细气学着猫的腔调，这样故意的卖嚷嚷。

“过生日，不告诉我们一声儿，一个人把好东西都吃了！”两个小印度帮着腔儿。

仙坡睁开一只眼，过去问两个马来小妞：“是不是二喜告诉你们的？”

两个小妞彼此看了一眼，一齐说：“要不是二喜来告诉我们，今天是小坡的生日，我们还想不起学猫叫呢。”好像过生日和学猫叫大有关系似的。

“赶明儿糟老头子过生日，我又得给他磕头！”三多哭丧着脸说。

“顶好乘磕头的时候，爬过去，咬他脚面两口！”南星说，看着小坡。

“我现在就敢去打糟老头子，你们谁有胆子跟我一块儿去？！”小坡问。

大家听了，登时都向小坡伸出大拇指，似乎忘了不满意他的过生日没通知他们了。

“凡是你敢去的地方，我就敢去！”南星嚷着说，一高兴也忘了细声的学猫叫了。

“糟老头子没在家，你们去也是白去。”三多说。

“我自然知道他在那里呢！”小坡说。

“他也许又上虎山啦吧？”三多的妹妹问她哥哥。

三多点了点头，然后仰着头看了看天上的星星，说：“哼，现在他正教小老虎们算术呢！”

“可惜张秃子没来，他最会和算术先生捣乱！七七是两个七什么的。”小坡自言自语的说。

“你们说的都是哪儿的话呀？一点不懂！不懂！”南星很着急的说。

“大家站成个圆圈，听我告诉你们。”小坡说。

大家站成个圆圈，都手拉着手儿，听小坡说，他一五一十的把嗗拉巴唧和钩钩的事儿告诉了他们一遍。

南星听得真高兴，跳起来喊：“咱们走呀！打呀！反正糟老头子在虎山，不能还带着大烟袋；只要没大烟袋，咱一点也不怕他！走呀！”

“没有大烟袋，可是有老虎呢！”两个马来小妞慢慢的说。

“我准知道老虎比大烟袋厉害！”一个小印度补了这么一句。

“那里要是有四眼虎，我可不敢去！”仙坡拉着马来小妞的手说。

“你们不去，就回家睡觉去，我一个人去，看老虎把我怎样得了！”南星拍着胸脯，大有看不起他们的神气。

“去是一定要去的，可是咱们得先商量个办法。”小坡说。

“得先商量个办法！”大家，除了南星，一齐这么答腔儿。

大家全仰着头想主意。天上的星星都向他们挤眼，他们也向星星们挤眼，谁也想不出高明招儿来。

“你们知道老虎的事儿，说话呀！”小坡对两个小印度说。

“知道老虎，可是没和老虎打过仗，对不起呀！”两个小印度很客气的回答。

“你们呢？”小坡问两个马来小姑娘。

“我们哪？”她们彼此看了一眼，慢慢的说：“有主意，就是不告诉你们！”

“不告诉我们，从此再不背着你们上学了！”南星吓唬她们。

她们又彼此看了一眼，“那末，咱们告诉他们吧？”两个同时点了点头，一齐对仙坡说，好像不屑于跟男孩儿们说话似的：“咱们都变成小老虎，偷偷混进虎山去，和小老虎们一同学算术。然后咱们跟糟老头子捣乱。小老虎们也一定学我们的样子。老头子一生气，必定打他们；把他们打急了，他们还不咬老头子？把老头子咬坏，大老虎就没有帮手了。这样，我们不是可以救出钩钩来吗？”

大家听了，一齐鼓掌。马来小妞们仰头看着天，态度非常的傲慢。

南星慌忙跪在地上，摇晃着脑袋，不住的叫“变！变！”

“知道老虎是什么样儿吗？就变？”马来小姑娘撇着嘴说。

“父亲说过：照猫画虎。咱们先变成猫，大概就离虎不远了！”小坡提议。

“来！变！”南星真变成一只大黑猫。

“再变大一点！再加上点黄毛儿！”两个小印度给南星出主意。

一展眼的工夫，大家全变成大猫。

三多变得很好，可惜只有一只眼睛，因为他是按着家中老猫的样子变的。

十七　往虎山去

大家变成猫，高兴的了不得，一齐喵了一声。这一叫不要紧哪，喝！四面八方，房脊上，树枝上，墙上，地上，全喵起来了，大概新加坡所有的猫，老的，少的，丑的，俊的，黑白花的，通身白的，一个没剩，全来了！这群猫全撅着尾巴往前走，不大一会儿，就把小坡们给围在中间，里三层，外三层，围得水泄不通。围好之后，他们全双腿儿坐下，把一个前腿举到耳旁，一齐说："推举代表！"说完，把前腿放下去，大家开始你挤我，我推你，彼此乱推。推了半天，把前面的一只瘦而无力的老猫给推出去了。大家又一齐喊："代表推出来了，去，跟他们交涉！"

南星看着这样推举代表有点可笑，赶紧给他们鼓掌，可惜手已变成猫掌，软乎乎的怎么也拍不响，于是他又高声的喵了两声。

"不要吵！不许出声！"那个瘦猫代表瞪着南星说。然后，慢条斯理的走过来，闻了闻小坡们的鼻子，说："你们的代表是谁？"说话的时候，几根稀胡子撅撅着，耳朵轻轻的动弹，神气非常的傲慢。

"我们都是代表！"小坡们一齐说。

"都是代表？"老猫往四周看了一眼，似乎是没了主意。

"都是代表就省得推了！"一个狐狸皮的猫说。

老猫点了点头，喉中呼噜了半天，说："你们好大胆子呀！没有得我们的允许，就敢变成猫，还外带着变成很大的猫！冒充大猫，应当何罪！啊！"老猫似乎越说越生气，两眼瞪得滴溜儿圆，好像两个绿珠子。

四外的猫们听了，非常得意，嗓子里全呼呼噜噜响起来。

"跟他们打呀！"南星向小坡嘀咕。

"他们人太多呀！"小坡低声的说，然后问两个马来小妞："你们有主意没有？"

"咱们先洗脸吧，一边洗一边想好主意；也许他们一看咱们会洗脸，就以为咱们是真猫了。”她们揪着小坡的尾巴说。

“洗脸哪！”小坡下了命令。

大家全抬起前掌来，沾了点唾沫，从耳后滑到鼻梁，又从鼻梁绕到耳后，洗得颇有趣味；一边儿洗一边想逃走的主意。

南星想不起主意，一着急，把两条前腿全抬来，按着在家中洗脸的样儿，两手齐用，东一把西一把的洗起来。

“看哪！”老猫向四周笑了笑，说：“可有两手一齐洗脸的猫？！我们怎么办？还是咬下他们的耳朵呢，还是咬下尾巴，叫他们当秃猫呢？”

仙坡忙着把尾巴藏在身底下，双手遮住耳朵，低声的向小坡说：“二哥！快想主意呀！他们要咬耳朵呢！”

小坡不慌不忙的抬头看了看树上，又看了看房顶，忽然喊了一声：“老鼠！”

四周的猫登时把耳朵全竖起来，腰儿躬着，眼睛往四外瞭。

“树上一个！房上三个！”小坡指点着说。

猫们也没等代表下命令，全争着往树上房上蹿。

南星过去给猫代表一个嘴巴，扯起三多就跑。三多只有一只眼睛看不清道路，一溜歪斜的直摔跟头。

大家拼命的跑。乍变成猫，两眼离地太近，都有点发晕。于是大家全闭上眼睛，瞎跑。

“二哥，”仙坡闭着眼，喘吁吁的问，“跑到哪儿啦？”

“睁开眼看哪！”小坡向大家说。

大家全站住了，睁开眼一看，面前是一座高山。山上满安着电灯，把山道照得清清楚楚的，路旁的绿树在灯光下摆动，好像一片绿云彩似的。路上隔不远儿，就有只长角的大梅花鹿，角上挂着指挥刀，大概是此地的巡警。

“这就是虎山吧？咱们找糟老头子去呀！”南星非常的高兴。

“等我问问巡警去。”小坡说。

“我也去！”南星说。

他们俩走上前去，向梅花鹿点了点头。

“请问这是虎山不是的呀？”小坡很客气的问。

梅花鹿咩了一声。

“老虎学校在哪儿呀？”

鹿用大犄角向山左边指了指，又咩了一声。

“学校里的教员是个糟老头子不是？”南星问。

鹿又咩了一声。

“老鹿你真有意思，我骑你一会儿行不行呀？”南星说着就要往起蹿。

老鹿瞪了南星一眼，摇了摇头。

“南星！好好的！”小坡说。

老鹿很客气的向小坡咩了一声。

小坡向老鹿行了个举手礼，就往回走，南星在后面跟着，很不满意小坡拦住他骑鹿。

“这儿是虎山不是呀？”仙坡问。

“是虎山，老虎学校就离这儿不远。”小坡说。

“要是离老虎学校不远的话呀，”三多想起糟老头子的可怕，“我顶好回家去睡会儿觉。”

“你要爱睡觉哇，早就不该来！”两个小印度一块儿说。

三多不言语了，用那只瞎眼瞪了他们一下。

“你们还麻烦什么呢，不快快的去打糟老头子！”南星很着急的说。

“不行呀，咱们得先找嗗拉巴唧去，没有他，咱们怎认识大老虎和钩钩呢？”小坡说。

“那末就找他去吧！”南星说。

“可是，他在哪儿呢？”小坡因为瞎跑了一阵，忘了嗗拉巴唧在什么地方了。

“谁知道呢！”两个马来小姑娘酸酸的一笑。

“还得问巡警去，我看。”小坡说，脸上有点发红。

大家没说什么，一齐上山道中找巡警。

见了挂刀的梅花鹿，大家一齐问：

“嗗拉巴唧在哪儿呢？”

老鹿向他咩了一声，不住的摇头。

“得！老鹿也不知道！”南星说。

“老鹿怎就该知道呢！”两个马来小妞低声的说。

“我们找他去吧！”小坡说。

“来，坐火车去，我开车！”南星跟着“门！”了一声，把梅花鹿吓得直往起跳。

“又是你开车！要命也不坐火车！”两个马来小妞说。

“不坐，拉倒！我一个人开，更快！”南星说着就往山下跑，嘴中七咚七咚的响。

“南星！回来！你知道往哪边去吗？”小坡喊。

“我不知道，你知道吗？”南星回着头儿嚷。

小坡没有话可说。

“反正大家都不知道，就跟着南星跑吧，也许半道儿上遇见嗗拉巴唧！”两个小印度说着赶上前去，拉住南星的尾巴。

别人也没有高明主意，只好全赶上去，拉着尾巴，一串儿往前跑。

“大家可往左右看着点呀，看见戴草帽的就是嗗拉巴唧！”小坡在后面嚷。

大家往左一扭头，往右一扭头，不顾得再看前面。跑着跑着，南星的脑门正撞在一棵老树上，幸而大家都变成猫，手脚灵利，除了南星倒在树根上，大家全七手八脚的上了树。

南星脑门上碰了个大包，一边用手摸，一边叨唠：“乱出主意！开火车不往前看着！哪有的事！哪有的事！”

大家由树上跳下来，争着用猫手给南星按摸脑门上的大包。急于给他的包儿按平了，大家未免用力过猛了些，咕哧一声，把脑门上的包按到脑勺儿上去。“好了！好了！”大家一齐说。

南星摸了摸脑门，果然平了，也就不去管脑后是肿着还是平着，又预备好开车的架势。

“别开车了，这样一辈子也找不着嗗拉巴唧。”小坡向大家说。

“怎么办呢？”大家一齐问。

“咱们坐在这儿等他好啦，反正他得到虎山来，是不是？”小坡蹲在一块石头上说。

“也好。”两个马来小妞说。她们是最不喜欢坐火车的。

大家都背靠背儿坐在大石头上，石头有点儿凉，于是全把尾巴垫在身底下。

坐了一会儿，凉风儿吹来，大家全有点发困。南星是头一个，把头低下去，闭上眼睛。待了会儿，他又慢慢的卧下去，把嘴藏在胸前的厚毛上，稳稳当当的睡去。大家也照着他的样儿，全卧下去睡。

仙坡没有十分睡熟，听见地上噗咚噗咚的轻轻的响。她慢慢睁开眼，偷偷的往外看。可不得了，有四五个小老虎，（长得和猫差不多，可是“个子”

大，脖子粗，眼睛像小电灯似的发光。）全背着书包，戴着童子军帽，向他们走来，仙坡连一根毛也不敢动弹，只是偷偷的看着：小虎们走到他们前面便站住了。仙坡赶紧闭上眼，不敢再看，听着小虎们说话：

“这些小孩是干什么的呢？”

“也是学生吧？”

“不能，没有书包呀！”

“也许不是虎，看他们的身量多小啊！”

“还有个瞎子！看！”

仙坡偷偷的睁开一只眼看，所以小老虎以为她是瞎子呢。她赶紧把眼闭上，听着：

“问问他们是干什么的，好不好？”

“先把他们围好，别叫他们跑了！”

小虎们把他们围好，一齐嚷：“别睡哩！你们是干什么的？说！”

大家全醒过来，愣眼巴唧的看着小虎们。

“说话呀！”小虎们说。

“你问我们哪？”南星说，“我们问谁呢？”

小老虎们全摘了帽，抓了抓头，似乎不大明白南星的话。

“我们是小老虎！”小坡说。

“你们的书呢？”小虎中的一个问小坡。

“书？在学校里呢。”

小虎们嘀咕了半天，有一个由书包里掏出一本黄皮书来，掀了几篇，问小坡：“你们的第七课是什么？”

“第七课？”小坡想了半天，“你们的第七课是什么？”

“我就始终没念到第七课！”南星插嘴说。

“听着！”小虎瞪了南星一眼，然后有腔有调的念：“第七课：人，猫，狗，都好吃！捉住一个吃一个，捉住两个吃一双。吃完了，肚儿圆，嘴儿光！”小虎念完，把书放在地上，抿着嘴笑了一阵。

仙坡吓得心里真哆嗦。两个马来小妞挤在一块，不敢出声。

“我们的第七课不是这样！”小坡高声的说，“你们听着！第七课：糟老头子，真好吃！捉住一个吃一个，捉住——有两个没有呢？”他回头问南星。

“三多知道！”南星说。

“有一个就够受的了，还要两个？”三多颤着声儿说。

“捉住一个吃一个，捉住两个，捉不着两个，因为只有一个！捉不着，吹，拉倒，唏里哗拉一大堆！”小坡说完，吹了对面小虎的鼻梁儿一下。

小老虎们听了这课书，大家又嘀咕起来。老虎的脖子粗，气儿壮，虽然是嘀咕，声儿可还不小：

“他们敢吃糟老头子！”

“敢吃糟老头子！！”

“胆量不小！”

“可佩服！”

“叫他们跟咱们一块儿玩吧？”

“一定！请他们教给咱们怎么吃糟老头子？”

“沾点酱油醋什么的，也许不难吃。”

“顶好加点咖喱，辣辣的！”南星答了腔。

“他们愿意跟咱们玩吗？”一个老虎小姑娘说。

“当然愿意！”小坡很客气的说。

“那末，就请吧，请到我们山洞里，玩一玩去！”

“请！请！”小坡们说。

十八　醒了

小老虎们看着虽然个子很大，可是岁数都很小，说话行事有些“傻拉光鸡”的。南星是多么糊涂啊，可是跟小虎们一块儿玩，他居然显出很聪明鬼道的样儿来。至于小坡，那更不用说了，他出口气儿，都好似，在小虎们看，有顶大的价值和作用。仙坡和两个马来小妞也十分叫好，小虎们争着管她们叫姐姐。三多的妹妹向来是大气不出的老实头，也居然敢叫小虎们称呼她作姑姑！

他们在山洞里玩了半天“摸老瞎”，——三多老做瞎子。因为他只有一只眼，又跑得慢，始终捉不到别人。把“摸老瞎”玩腻了，小虎们请小坡画图，于是他得意非常的画了一山洞的小兔儿。

“到你们的学校去看看，好不好？”南星看小坡画兔，已经看厌烦了，这样问。

“不用吧！好容易刚出来，再叫糟老头子给捉进去，可不是玩的！”小虎们说。

“不要紧哪，咱们跳在墙头上看一看，不用进去呀！”南星是急于找着糟老头子，看看他怎样教老虎们念书。

“你们去吧，我在这里等着。”三多的心里怕糟老头子。

“不必害怕，三多，有我呢！”小坡说。

三多挤咕着瞎眼睛，低声儿说：“你们一定叫我去，就去吧！”

大家出了山洞，顺着出路走，路上的鹿巡警已经全卧在路旁打盹儿。南星看出便宜来，跳上鹿背骑了一会儿，老鹿也没言语。

老虎学校是在一个山环里，门口悬着一块大木匾，上面写着校训（是糟老头子的笔迹，三多认识）：“不念就打！”他们跳上墙去往里看：校门里有一块空地，好像是运动场，可是没有足球门，篮球框子什么的，只有几排比胳臂还粗的木桩子，上面还拴着几条小虎。他们都落着泪，在桩子四围乱转。

“老头子又生气了！”墙上的小虎们低声的说：“看，他们还在这儿拴着呢，大概是没算上算学题目来，不准回家吃饭！”

这片空场后面，是一个小树林，树上正开着些白花。小坡往四外看了半天，找不到讲堂，他问小虎们：“讲堂呢？”

“这就是呀！”小虎们指着那块空地说：“那些木桩便是我们的座位，一进学校门，老头子就把我们拴上，多咱背上书来，多咱放开。”

“呕！”小坡心中也有点害怕。

“小坡！小坡！”从墙根下发出这个声音。

“谁呀？”小坡轻轻的问。

“我！”好像唧拉巴唧的声儿。

小坡探着头儿看，可不是，唧拉巴唧在靠墙根的一根木桩上拴着呢。

“你怎么叫人家给捉住啦？”小坡问。

“先把我放开再说吧！”唧拉巴唧委委屈屈的说。

“谁带着刀子呢？去把他的绳子刺断了！”小坡问。大家一齐摇头。

“你们戴着童子军帽儿，怎么不带刀子呢？”小坡问小虎们。

“我们的牙比刀子还快，干什么还带刀子？”小虎们很得意的说，说完，全张开大嘴，露出白牙来。

“快一点呀！”唧拉巴唧在底下央求。

“你们下去咬断他的绳子呀！”南星向小虎们说。

“万一叫糟老头子看见呢！”他们这样推辞。

三多听见他们说糟老头子，打了一个冷战，整个的“毛朝下”由墙头掉下去了，正掉在唧拉巴唧的脊梁上。唧拉巴唧拉住三多说：“你要是没带刀子呀，咱们俩就一齐往起活动这个木桩，把木桩拔起来，我也就可以跑啦。”

“就是拔起木桩，绳子不是还在你脖子上拴着吗？”三多问。

“那你就不用管啦！”唧拉巴唧很着急的说。

三多没再说什么，同唧拉巴唧一齐用力摇动木桩子。

小坡和南星的胆子大，也跳下去帮着他们。人多好办事，不大的工夫，木桩已有些活动气儿了。大家继续用力摇，小坡低声喊着，左！右！左！右！好叫大伙儿一齐向同一方向用力。南星不大辨得清左右，于是他接过来叫：瞎子！唧拉巴唧！瞎子！唧拉巴唧！因为三多是站在左边，唧拉巴唧站在右边。

一来二去，他们把桩子拔出来了。小坡们先跳上墙去，唧拉巴唧把木桩往起一扔，他们在上面接住，然后大家像提汲水的罐子一样，把他给拉上来。他喘了一口气，转了一回眼珠，赶紧的说：“快跑哇！老头子一会儿就回来！”

大家跳下墙去，撒腿就跑。嗗拉巴唧叫木桩和大麻绳给赘住，一迈步便摔了个大跟头。

“你们得背着我呀！”他躺在地上求救。

“你那么大个儿，谁背得动听！”大家一齐说。

“顶好放风筝吧！”两个马来小妞出了主意。

“对！”南星首先赞成。

大家拿起木桩，跑出几步，把绳子拉直，一齐喊：“起！”喝！真有趣！眼看着嗗拉巴唧起在空中，双手平伸，腿儿撇着一点，真像个大风筝。大家非常高兴，越跑越快，绳子也越放得直。跑着跑着。只听“哎哟”一声，大家忙回头看：嗗拉巴唧的两腿骑在一个大树枝上，脑袋顶着一对睡觉的乌鸦！大家忙往回跑，松开绳子，七手八脚的爬上树去，把他给救下来。

嗗拉巴唧飞了半天，头有点发晕，挣扎着说：“别跑了！别跑了！先歇一会吧！”

大家围着他坐下。南星和三多们以前都没见过他，仔细的端详，一边看还一边批评：

“眼珠儿转得真灵动！”“摔跟头也真脆！”“当风筝也不坏！”……

“别胡说啦！”小坡恐怕嗗拉巴唧挑眼，喝住他们，然后问他：”嗗拉巴唧，你怎么叫老头子把你拴起来了？”

“我等你，你老不回来，一着急，我一个人来了。正赶上老头子教数学，我就偷偷的坐在墙根底下了。哪知道，又被他看见了，他问我：一个苹果两人吃，一人该吃多少？”

“自然是一个人吃一半！”大家一齐显聪明。

“怎会是一半？我说的是：谁能抢，谁多吃一口，不一定！”

“有理呀！”大家以为这个答案非常的高明。

“有理！”他含着泪说：“老头子可炸了呢！没容分说，三下两下把我拴在木桩上了；外带着拴得真结实，把手指头磨破了，也解不开扣儿！”

“现在他在哪儿呢？”小坡问。

“他又给钩钩迷魂药喝去了！可怜的钩钩！”

“可怜的钩钩！”大家一齐说。

“咱们找她去，好不好？”小坡问。

“万一遇见了老头子，他硬掐额脖的灌咱们迷魂药儿，怎么好呢？”嗗拉巴唧说，落下一整串眼泪。

“那倒不要紧，”小虎们说，“咱们找些东西蒙上嘴，就灌不下去了！”

大家一齐立起来，不约而同的把唃拉巴唧的褂子脱下来，一人由褂里上撕下一条布来，把嘴严严的蒙好。

“走呀！”南星用力喊，因为嘴蒙得很紧，说话有些不方便。

唃拉巴唧认识路，在前面走，大家在后边跟着，扛着他的木桩和大绳子，免得叫他跌倒。

过树林，爬小路，走了半天，到了一个小山洞。洞里灯光还亮着，里边出来些歌声，听着很清亮悦耳。洞外的小树全好似低着头儿听唱，已经听入了神，叶儿连动也不动。

“钩钩唱呢！”唃拉巴唧回头告诉他们。

大家都挤在洞口往里看，果然有个一朵花似的大姑娘，伸着又白又长又香软的脖儿唱呢。她身上披着件用半红的树叶做成的衫子，头上戴着个各色野花组成的花冠，脚儿光着，踩着一块很花哨的豹皮。

“钩钩！钩钩！”唃拉巴唧低声的叫。

钩钩忽然不唱了，说：“又是你呀？三番五次的来找我，讨厌不讨厌啦？！”

“她又喝了迷魂药！”唃拉巴唧对大家说。

“你过去亲亲她的脑门。迷魂药就解了！”小老虎们出了主意。

唃拉巴唧轻轻的进去，抱住钩钩，在她脑门上吻了一下。果然，钩钩醒过来，拉着他的手说：“呕！唃拉巴唧！这是什么地方呀？”

“山洞！”大家一齐回答。

“呕！咱们快回家吧！我不愿意住山洞！我的鞋呢？”她看着自己的白脚，一个劲儿问：“我的鞋呢？”

大家全低着头找，可找不到她的鞋。

“找些树叶包上好啦！”小坡说。

“顶好是香蕉叶子，要是椰子叶儿可有点刺闹的慌！”仙坡说。

正在这个当儿，他们忽然听见有人咳嗽了一声，跟着，有人高声的说话。他们全闭着气听：

“我问他两个人分一个苹果，一人该分多少。你猜他说什么？不一定！不一定？好！拴上！永远不放！”

“就得这样惩治他们，这群小孩子们！一天到晚乱吵，不爱念书！拴上！永远不放！”

“坏了！糟老头子！”三多听出语声来，吓得直往洞里退。

“坏了！父亲来了！”小老虎们低声的说，说完就往树后边跑。

“打呀！”南星擦拳磨掌的说。

“不能打呀！干不过他们哪！”唏拉巴唧说。

当！当！当！

“老头子在石头上磕烟袋呢！”三多的妹妹说。

“跑哇！”南星听见大烟袋响，也着了慌。

钩钩也不顾得找鞋了，光着脚就往外跑，拉着唏拉巴唧。

“放风筝啊！”两个马来小妞说：“唏拉巴唧，快跑！”

唏拉巴唧和钩钩往前跑，小坡们骑上木桩，“起”！起在半空中。

小坡耳旁忽忽的直响，在空中左一歪，右一闪，飘飘摇摇，飘飘摇摇，心中似乎是明白，又似乎有点发糊涂。绳儿忽然弯下去，他落下许多来，脚趾头擦着树梢儿。绳子忽然拉直了，他又飞上去，一抬手就可以摸着星星。落，落，落，心中有点发虚。起，起，起，脑袋有些发胀。往左一歪，往右一闪，又有些发晕。有时候，一直的往下落，好像一片树叶，无依无靠的往下飘，手脚也没了劲，随着风儿飘，越落下面越深，怎么也看不见地。哎呀，哎呀，又高起去了；刚一喘气，忽——又头朝下落下来了！

飞着飞着，唏拉巴唧不见了，只有那根绳儿在空中飘着。小坡想抓住绳子，哼！东捞一把，西抓一下，怎么也够不着。

“仙！仙！南星！”他用力的叫。

没有人答应！

哎呀！下面敢情是大海！黑咕咙的大海！怎么办！

身子一直往下落，眼看着就擦着水皮了！登时出了一身热汗，要喊也喊不出来。

“坏了！”好容易由胸口挤出这么两个字，气舒了一些，用力一挺身，往平了一蹬脚，醒了！

呕！原来是做梦呢！

小坡坐起来，揉了揉眼睛，想了会儿，赶紧拿起枕头来：还好！那块红绸子宝贝还在那儿！

“记得把红绸子扔了，扔在了哪儿呢？想不起来了！真有趣！什么时候再过生日呢？过生日做梦都特别有意思！张秃子也不知到底又做了猴王没有？……”

“仙！仙！”他叫了两声。

仙坡还睡得怪香的呢。

“别叫了，叫她好好睡吧！仙，你睡吧，我不吵你！”

小坡真是爱妹妹的！

附录

小人物自述

一

假若人类确是由猴子变来的。像一些聪明人有板有眼的那么讲说，我以为在介绍我自己的时候，就无须乎先搬出家谱来了。

干脆的说吧，我姓王，名叫一成。我不敢说我喜欢这个姓，也不敢说一定讨厌它。人既必须有个姓，那么我碰上哪个就是哪个吧。再说呢，张王李赵几乎可以算作四大标准姓，将来政府施行姓氏统制的时候——我相信会有这么一天的——大概我还可以省去改姓的麻烦，这无论怎说也得算一点好处。至于我的名字，我倒常想把成数加高一些，即使不便自居“十成”，反正也须来个六七成吧。不过呢，据说这个名字是父亲给起的，而且我们父子的关系好像只有这一点——因为在我活到十一个月的时候，他便死去了——那么，设若我贸然的改了名字，岂不把这点关系也打断，倒好似我根本没有过父亲么？好吧，假若用好字眼遮掩起坏心眼是件不十分对的事，我便老实的承认自己的藐小，只弄一成生命敷衍过去这一辈子吧。容或父亲，在给我起这个名字的时节，是另有心思的，比如说希望我成个什么专门家，明一经通一史，或有份专门的技艺；可是，我无从去探问这个，他既是死得那么早。我曾屡屡的问过母亲，她，连她，也一点不晓得父亲的心意。这几乎成了宇宙间小小的一个谜。即使我嫌它的成数过少，把生命打了很低的折扣，我也不肯轻易换掉它，唯恐破坏了那点神秘性。

是的，我的确是藐小。就拿我降生时的情形说吧，我没有一点什么主张与宣传，要不是我大姐从婆家赶回来，几乎没人知道王家又多了一个男孩，更不用说增光耀祖什么的了。

那时候，大姐已经出嫁，而且有了个小女孩。我倒不因为生下来便可以做舅舅而感谢大姐，虽然这是件值得自傲的事。我感谢她，因为她是头一个人发现了我，而把我揣在怀中的。要不是她，十之八九我想我是活不成了的，不管我是怎样的贪生怕死。

事实是这样的：父亲在外做生意，哥哥已去学徒，家中只有母亲和小姐姐。东屋的邻居关二大妈是满好而颇肥胖的，但是耳朵聋得像块碌碡似的。已寡的姑母是和我们住在一处的，她白天可不常在家，总到东邻西舍去摸索儿胡，有时候连晚饭也不回来吃。

母亲一定是愿意生个“老”儿子的；可是，大概也想到了长女已经出嫁，生了娃娃，似乎有点怪不好意思，所以谁也不肯惊动，只教小姐姐请了老娘婆来。那是腊月中旬，天冷得好像连空气也冻上了似的——谁要说我缺乏这点热情，应当晓得我初次和世界会面的时节，世界就是那么寒冷无情的。

正是日落的时候，我的细弱啼声在屋中宣读着生命的简单而委屈的小引言。生命的开始是多么寒俭呢！

我哭啼，母亲背过气去。小姐姐的哭声压过了我的去。她不知怎样才好，只双手捂着脸哭。无疑的，她是喜爱小弟弟的，可是在那生死不大分明的黄昏时节，也无疑的她更爱妈妈；所以，她简直没搭理我。我生下来活不活几乎是不成个问题，她只想用眼泪给母亲救活了。我到如今也未曾讥讽过她一句，说她只爱妈妈而不爱弟弟，因为我一到懂得爱妈妈的年纪，我也是老把妈妈当作我一个人的那么爱着。

正在这个时候，关二大妈来到了外间屋，掀开布帘向里间屋打了一眼。不知是怎么一股子巧劲儿，她一口咬定，说母亲是中了煤气。别人的话是没用的，她听不见。因此，她也就不和任何人辩论，而简当的凭着良心该干什么便干什么去。她闹哄着去找酸菜汤，又是去找解毒散；这些都没找到，她只由抽屉里翻出几个干红枣，放在了炉口上，据说这是能吸收煤气的。

这点十分真诚而毫无用处的热心使小姐姐哭得更厉害了。

“没事儿干吗又号丧？！丫头片子！”窗外喝了这么一声。姑母摸够了四五把儿牌，大概还输了几吊铜钱，进门儿便没好脾气。

小姐姐虽然一向怕姑母，可是大胆的迎了出去，一头扎在她的身上：“妈妈断了气！”

“啊？干吗无缘无故的断了气？我说今儿个丧气，果不其然的处处出岔子！扣叫儿的幺四万会胡不出来，临完还输给人家一把九莲灯！”姑母是我们家中的霸王，除非父亲真急了敢和她顶几句，其余的人对她是连眼皮也不敢往高里翻一翻的。

“妈妈生了小孩！”小姐姐居然敢拉住了姑母的手，往屋里领。

“啊！孩子还不够数儿！添多少才算完呢？”姑母有过两个孩子，据她自己的评判，都是天下最俊秀的娃娃，在哪里再也找不出对儿来。特别是那个名叫拴子的，在一岁半的时候便什么也会说，什么事儿也懂，头上梳着，啊哟，这么长，这么粗的一个大甜锥锥。姑母要是和些老太太们凑索儿胡，拴子就能在炕上玩一天，连口大气也不出。不过，可惜的是有一天拴子一口大气也没出就死了，多么乖呢！拴子没拴住，拴子的妹妹——眼睛就好比两汪儿雨水似的！——也没好意思多活几年。所以，姑母老觉得别人的孩子活着有点奇怪，而且对生儿养女的消息得马虎过去就马虎过去，省得又想起那梳着甜锥锥的宝贝儿来。

可也别说，姑母抽冷子也有点热心肠，也能出人意外的落儿点同情的泪，教人家在感激她的时候都不大想说她的好话。小姐姐一拉她的手，她的心软了起来：“你爸爸呢？”

“没回来！”

“嗯！”姑母一手拉着屋门，一手拉着小姐姐，想了一会儿：“去！叫你姐姐去！快！”

小姐姐揉着眼，像疯了似的跑出去。

据关二大妈后来对我说故事似的细批细讲：姑母进到屋中，一个嘴巴把收生婆打到院中去，回手把炉口上的几个红枣全搂在火里，然后掏出些铜钱来摆在桌上算账，大概是细算算一共输了多少钱。她并没有往炕上看一眼！要不然关二大妈也就不会坚持着说母亲是中了煤气了。

大概那时候我要是有什么主意，那一定就是盼着大姐姐快来。她来到，叫了一声“妈”，顺手儿便把我揣了起来，她的眼泪都落在我的拳头大的脸儿上。我几乎要了母亲的命，而姐姐用她的泪给我施了人世的洗礼。

三小时后，母亲才又睁开了眼。

后来，每当大姐姐和小姐姐斗嘴玩的时节，大姐姐总说小姐姐顾妈不顾弟弟，小姐姐却说大姐姐顾弟弟不顾妈。母亲看看她俩，看看我，不说什么，只微微一笑，泪在眼眶里。这时候，姑母必定揪过我去：“要不是我出主意找姐姐去，你也活到今儿个？”她说完，看着大家，看明白大家的眼神完全承认她的话，才找补上一声“啊”！然后，右手极快的伸进和白面口袋一边宽的袖子，掏出个铜子儿来，放在我的手心上：“臭小子，哼！”

二

我一点不能自立：是活下去好呢？还是死了好呢？我还不如那么一只小黄绒鸡。它从蛋壳里一钻出来便会在阳光下抖一抖小翅膀，而后在地上与墙角，寻些可以咽下去的小颗粒。我什么也不会，我生我死须完全听着别人的；饿了，我只知道啼哭，最具体的办法不过是流泪！我只求一饱，可是母亲没有奶给我吃。她的乳房软软的贴在胸前，乳头只是两个不体面而抽抽着的黑葡萄，没有一点浆汁。怎样呢，我饿呀！母亲和小姐姐只去用个小沙锅熬一点浆糊，加上些糕干面，填在我的小红嘴里。代乳粉与鲜牛乳，在那不大文明的时代还都不时兴；就是容易找到，家中也没有那么多的钱为我花。浆糊的力量只足以消极的使我一时不至断气，它不能叫我身上那一层红软的皮儿离开骨头。我连哭都哭不出壮烈的声儿来。

假如我能自主，我一定不愿意长久这么敷衍下去，虽然有点对不起母亲，可是这样的苟且偷生怎能对得起生命呢？

自然母亲是不亏心的。她想尽了方法使我饱暖。至于我到底还是不饱不暖，她比任何人，甚至于比我自己，都更关心着急，可是她想不出好的方法来。她只能佽着我的瘦脸，含着泪向我说："你不会投生到个好地方去吗？"然后她用力的连连吻我，吻得我出不来气，母子的瘦脸上都显出一点很难见到的血色。

"七坐八爬"。但是我到七个月不会坐，八个月也不会爬。我很老实，仿佛是我活到七八月之间已经领路透了生命的滋味，已经晓得忍耐与敷衍。除了小姐姐把我扯起来趔趄着的时候，我轻易也不笑一笑。我的青黄的小脸上几乎是带出由隐忍而傲慢的神气，所以也难怪姑母总说我是个"姥姥不疼，舅舅不爱的小东西"。

我猜想着，我那个时候一定不会很体面。虽然母亲总是说我小时候怎么俊，怎么白净，可是我始终不敢深信。母亲眼中要是有了丑儿女，人类即使不灭绝，大概也得减少去好多好多吧。当我七八岁的时候，每逢大姐夫来看我们，他必定要看看我的"小蚕"。看完了，他仿佛很放心了似的，咬着舌儿说——他是个很漂亮的人，可惜就是有点咬舌儿——"哼，老二行了；当初，也就是豌豆那么点儿！"我很不爱听这个，就是小一点吧，也不至于与豌豆为伍啊！可是，恐怕这倒比母亲的夸赞更真实一些，我的瘦弱丑陋是无可否认的。

每逢看见一条癞狗，骨头全要支到皮外，皮上很吝啬的附着几根毛，像写意山水上的草儿那么稀疏，我就要问：你干吗活着？你怎样活着？这点关切一定不出于轻蔑，而是出于同病相怜。在这条可怜的活东西身上我看见自己的影子。我当初干吗活着？怎样活着来的？和这条狗一样，得不到任何回答，只是默然的感到一些迷惘，一些恐怖，一些无可形容的忧郁，是的，我的过去——记得的，听说的，似记得又似忘掉的——是那么黑的一片，我不知是怎样摸索着走出来的。走出来，并无可欣喜；想起来，却在悲苦之中稍微有一点爱恋；把这点爱恋设若也减除了去，那简直的连现在的生活也是多余，没有一点意义了。

简单的说吧，我就是那么皮包着骨，懈懈松松的，活起来的，很像个空室里的臭虫，饥寒似乎都失去了杀死生命的能力，无可奈何它。这也许就是生命的力量吧？

快到一周年了，我忽然的振作起来。父亲死在了外乡。哥哥太小，不能去接灵；姑母与母亲，一对新旧的寡妇，也没法子出去。路途的遥远，交通的不便，金钱的困难，又把托朋友或亲戚给办理的希望打断。母亲与小姐姐的眼都哭得几乎不能再睁开。就是正在这个时节，我振作起来：穿着件二尺来长的孝袍，我昼夜的啼哭，没有眼泪，只是不住的干嚎。

一两天下去，母亲，姑母，与小姐姐，都顾不得再哭父亲，她们都看着我，抱着我，勉强的笑着逗我玩，似乎必须得先把我逗笑了，她们才好安心的去痛哭父亲。我的啼声使她们心焦，使她们莫名其妙的恐惶不安，好像我若不停住哭声，就必有一些更大的灾难将要来到这个已够阴暗的家庭里。姑母，那么有脾气，好安适，居然在半夜起来抱着我，颠弄着在屋中走蹓儿。桌上一盏菜油灯，发着点略带鬼气的光儿，小姐姐披着被子在炕上坐着，呆呆的看着墙上的黑影，看一会，揉一揉红肿着的眼。“妞子，睡吧！”姑母温和的劝说。小姐姐摇了一摇头，发辣的眼睛又湿了一次。姑母抱着我，母亲立在屋角，时时掀起衣襟擦着眼睛。我还是哭，嚎，瘦小的脸儿涨紫，窄胸脯儿似乎要爆炸开，生命仿佛只是一股怨气，要一下儿炸裂，把那细细的几根嫩骨都散碎在姑母的怀中。姑母一会儿耐性的逗我，一会儿焦躁的叫骂，一会儿向我说长道短的讲理，一会儿连我的父亲也骂在内。没有任何效果。最后，她把我扔给母亲，跑回自己的屋中数数唠唠的骂了一阵，而后又擦着泪跑回来：“还把他交给我吧！”

小而零碎的方法用尽。而困难依旧在眼前，那就非往大处想一想不可了。舅舅家的二哥，与大姐姐，都被请了来，商议个妥当的办法。二哥是最有热心肠的人，而且是这个场面中惟一的男子，当然他的话最有力量，不管他的意见是怎样的不高明。他主张去接父亲的灵，因为我的不合情理的哭嚎，一定是看见了鬼，小孩眼净，而无所归依的孤魂是不会不找到家中来的。假如能凑出一点钱来，他情愿跑上一趟，哪怕是背着呢，他也愿意把尸身背回来，安葬在祖茔里。

他的理由，他的热烈，都使大家点着头落泪；假若能凑出钱来，他的话是没有一句可驳回的。不过，哪儿凑钱去呢？姑母手里有一点积蓄，而且为这件事也肯拿出来。母亲可是不能接受，把这点钱用了，指着什么还补上呢？即使不用偿还，我们可有养活姑母的能力没有呢？不能这么办，无论姑母是怎样的热诚与义气。大姐姐的家中也还过得去，她愿意向公婆去说。母亲又摇了头：这笔钱，不管是借谁的，是只能用而不能还的；那么，怎能教女儿受公婆一辈子的闲话呢。此外，别无办法，连二哥也是从手到口，现挣现吃的人。谁能狠心的把丈夫的尸身抛在异乡呢，若是但分有主意可想的话。母亲可是横了心，她的泪并没有浸软了她的刚强，她只恨自己是个妇道，不能亲自把丈夫背负了回来；至于为这件事而使别人跟着吃累，说什么她也不能点头。在她的心要碎的时节，她会把牙咬紧。

于是，二哥又出了次好的主意，灵若是可以暂时不接，至少家中得请几个僧人来念一台经，超度超度，世界上没有比这个再好的方法了，因为这能不费很多的周折就办到；大家在凄凉之中感到一点轻松与安慰。据母亲的意思呢，只须请五个和尚——因为这是个起码的数目——接个光头儿三就行了。这就是说，和尚傍天黑的时候来到，打打法器，念上几句，而后随着纸人纸马去到空场；纸东西燃着，法器停响，和尚们就不用再回来；省事省钱，而法器的响动——据母亲看——即使不能安慰孤魂，也总可以镇吓住它不再来惊吓将到周岁的小宝宝。苦人的正气是需要一点狠心维持着的，母亲是想独自办了这件事，不求任何人来帮忙。

姑母与大姐当然是不能赞同的，大姐姐以为糊烧活必定是她的事，以一个出了嫁的女儿来看，这点孝心不但是义务，也是权利，别人是没法抢劫了去的。姑母呢，就着事情自然的程序，把和尚扩充到七名，而且是必须念一整夜的经。死了的是她的弟弟，无论怎样也不能只用法器惊动一下的。

于是，大姐姐给糊来一份儿很体面的车马，二哥七拼八凑的献了一桌祭席，姑母监视着七位僧人念了一台经，母亲给僧人们预备的素菜与柳叶儿汤。当送出烧活的时候，二哥搀领着哥哥，小姐姐抱着我，全胡同的邻居都笑着出来看热闹，而抹着泪走进街门去。

回来，我便睡在小姐姐的怀中，再也不哭嚎了。

到夜里三点多钟，和尚们念到“召请”：正座儿戴起目莲僧式的花帽，一手掐诀，一手摇着集魂铃，然后用掐过诀的手指抓起些小面球向前面扔去，意思是打走那些冤魂怨鬼，而单让父亲平安无阻的去参见阎王。小姐姐哆嗦着，一手捂着眼，一手在地上摸，拾起这些避邪壮胆的小面球，留给我吃。

小面球必定是很灵验的，因为我再也不见神见鬼的瞎闹。直到我廿多岁，这点“坡”派风味的故事还被亲友们记忆着，他们都晓得我能看见鬼，我的眼必是与常人的不大相同，我见了鬼还能不怕，因为曾在幼小的时期尝过那带有佛法的面球儿。有一回，一位在东洋学过化学而善于拘鬼的人，请我去参观他所召集的鬼群，不知怎的，我连个鬼毛儿也没看到。不知是他的法术欠佳，还是因为我的眼睛近视了一些，到如今这还是个值得研究的问题。

三

当母亲与姑母讨论是否去接灵的时候，她们心中都隐藏着一点不愿说出来的话。我们有不动产，就是我们住着的那所破房。房子无论怎么破，契纸总是庄严而完整的，盖着衙门里的大红印。指着这份契纸，无疑的我们是可以借到一些钱的。这个，她们都晓得。

可是，母亲等着姑母先出这个主意，因为在买房的时节，父亲与姑母是合股出的钱，虽然契纸是落在父亲的名下。姑母呢，不愿出这样的绝户主意。她知道，借了款就没法还上，那么到时候人家再找过一点钱来，房子便算人家的了。不错，房子一半是她的，可是自从她一守寡，便吃着弟弟，受弟妇的服侍，她愿意把这点产业留给内侄们，才能在死去的时候心里不至于太不舒服了。所以，她一声没出。

姑母既不言语，母亲就更不便于多嘴。她看得非常的清楚，此后的生活是要仗她自己维持了。怎样去维持？她还没想好。不过，责任是没法不往自己身上叫过来的。那么，先有几间破房住着，哪怕是一家大小挨饿呢，总还不至于马上到街上去出丑。关上两扇破门，墙儿外的人是无从看见我们的泪容的。为教儿女们住在屋里，便只好把丈夫的尸骨扔在异乡，狠辣的手段出自慈善的心肠，寒家是没有什么浪漫史的。

我便在这所破房子里生长起来。这是所敞亮而没有样子的房子，院子东西长，南北窄，地势很洼，每逢下了大雨，院中便积满了水，很像一条运河。北屋三间，有两个门，我们住两间，姑母住一间，各走各的门。东屋两间，租给关二大妈和她的学油漆匠的儿子住着。她的耳朵极聋，她的眼睛很大，也许是因为她老听不见话，所以急得她常瞪着眼吧。东屋的背后是小小的厕所，空气还不算十分坏，因为是露天的；夜晚一边出恭，一边就可以数天上的星星，也还不怎样寂寞。因为院子南北里窄，所以两间南房是在西尽头，北房的西垛子对着南房的东垛子，于是两间的垛子形成了一座关口似的，下雨的时候，这里的积水最深，非放上板凳不能来往。

这所房，通体的看来，是不宜于下雨的。不但院中可以变作运河，而用板凳当作桥，屋子里也不十分干燥，因为没有一间不漏水的。水最多的当然是那两间南房，原因是自从我能记事的时候起，我就没看见它有过屋顶。这是两间很奇怪的屋子。

院里一共有三棵树：南屋外与北屋前是两株枣树，南墙根是一株杏树。两株枣树是非常值得称赞的，当夏初开花的时候，满院都是香的，甜酥酥的那么香。等到长满了叶，它们还会招来几个叫作“花布手巾”的飞虫，红亮的翅儿，上面印着匀妥的黑斑点，极其俊俏。一入秋，我们便有枣子吃了；一直到叶子落净，在枝头上还发着几个深红的圆珠，在那儿诱惑着老鸦与小姐姐。

那棵杏树简直提不得。我不记得它结过杏子，而永远看见它满身都是黑红的小包包，藏着一些什么虫儿。它的叶子永远卷卷着，多毛的绿虫一躬一躬的来往，叫谁都害怕。

母亲爱花，可是自从父亲死后，我们的花草只有减无加；买花自然得用钱，而为每月的水钱也少不得要打一打算盘的，我们只剩下一盆很大的粉红双瓣的夹竹桃与四棵甜石榴。这五株花的年纪都比小姐姐还大，它们一定是看见过母亲的青春的。年纪大，它们已好似成为家中人口的一部分，每当小姐姐教给我数算家中都有谁的时候，我们必定也数上夹竹桃与甜石榴。所以，我们谁也不肯断绝了它们的清水。再说呢，这种木本的花儿都很容易养，好歹的经一点心，它们便到时候开些花。到冬天，我们把它搬到屋里来，给夹竹桃用旧纸糊一个大风帽，把叶子都套在里面，省得承受一冬的灰土。石榴入冬没有叶子，所以用不着戴纸帽，反之，我们倒教它们做一些简单易做的事情，比如教它们给拿着筷子笼与小笊篱什么的。一冬都无须浇水，我们只在涮茶壶的时候，把残茶连汁带叶的倒在盆里，据说茶叶中是有些养分的。到了“谷雨”左右，菠菜已有三尺来长的时候，我们把它们搬到院中去，到四五月间，我们总有些照眼明的红花。配上墙根的一些野花，屋瓦上一些小草，这个破院子里也多少有一些生气。及至到了中秋节，我们即使没能力到市上买些鲜果子，也会有自家园的红枣与甜石榴点染着节令。

院子的南墙外，是一家香烛店的后院，极大，为的是好晒香。那边的人，我们隔着墙不能看见，只听见一些人声。可是，在墙这边，我们能看见那边的各色的蜀菊花，与一棵大楮树，树上在夏天结满了鲜红的椹子。我们的老白猫，在夜间，总是到那边去招待朋友，它们的呼号是异常的尖锐而不客气，大概猫的交友与谈话是另有一种方法与规矩的，赶到我们呼唤它的时候，十回倒有八回它是由楮树上跳到墙头，而后再由那棵似乎专为给它做梯子用的杏树跳到地上来。在我的小小的想象里，我仿佛觉得老猫是来自个什么神秘的地域，我常幻想着我有朝一日也会随着它到“那边”去探探险。

过了这个香厂子，便是一家澡堂。这更神秘。我那时候，就是欠起脚来也看不见澡堂子的天棚，可是昼夜不绝的听到打辘轳的声音，晚上听得特别的真；呱嗒，呱……没声了，忽然哗—哗—哗啦哗啦……像追赶着什么东西似的。而后，又翻回头来呱塔，呱嗒。这样响过半天，忽然尖声的一人喊了句什么，我心里准知道辘轳要停住了，感到非常的寂寞与不安。

好多晚上的好梦，都是随着这呱嗒的声音而来到的！好多清早的阳光，是与这呱嗒呱嗒一同颤动到我的脑中的。赶到将快过年，辘轳的声音便与吃点好东西的希望一齐加紧起来！每到除夕，炮声与辘轳是彻夜不断的，我们没钱买炮放，压岁钱也只有姑母所给的那几个，清锅冷灶的一点也不热闹，一家大小就那么无从欢喜，也不便于哭的，静静听着辘轳响，响得有点说不出来的悲哀。

我们的胡同是两头细中间宽的。很像地图上两头有活口的一个湖。胡同的圆肚里有我们六户人家，和两棵大槐树。夏天，槐树的叶影遮满了地，连人家的街门都显着有点绿阴阴的。微风过来，树影轻移，悬空的绿槐虫便来回的打着秋千。在这两株大树下面，小姐姐领着我捡槐虫，编槐花，和别家小孩们玩，或吵嘴；我们不知在这里曾消磨过多少光阴，啼笑过多少回。当我呆呆的向上看着树叶的微动，我总以为它们是向我招手，要告诉我些什么怪亲密和善的言语似的。

这些个记住不记住都没大要紧的图像，并不是我有意记下来的，现在这么述说也并不费什么心力；它们是自自然然的生活在我的心里，永远那么新鲜清楚——一张旧画可以显着模糊，我这张画的颜色可是仿佛渗在我的血里，永不褪色。

因此，我常常有一些几乎是可笑的恐怖：比如说吧，我这个孤儿假若没有这样的一个家庭，或假若我是今天搬到这里明天搬到那里，我想我必不会积存下这些幅可宝贵的图画。私产的应该消灭，几乎是个有点头脑的人都能想到，家庭制度的破坏也是一些个思想前进的人所愿主张的。可是据我看，假若私产都是像我们的那所破房与两株枣树，我倒甘心自居一个保守主义者，因为我们所占有的并不帮助我们脱离贫困，可是它给我们的那点安定确乎能使一草一木都活在我们心里，它至少使我自己像一棵宿根的小草，老固定的有个托身的一块儿土。我的一切都由此发生，我的性格是在这里铸成的。假若我是在个最科学化的育婴堂或托儿所长起来的，也许我的身心的发展都能比在家里好上好几倍，可是我很不放心，我是否能有一段幼年的生活，像母亲，小姐姐，和那几株石榴树所给我的。

当我旅行去的时候，我看见高山大川和奇花异草，但是这些只是一些景物，伟丽吧，幽秀吧，一过眼便各不相干了，它们的伟丽或幽秀到不了我的心里来，不能和我混成一个。反之，我若是看见个绿槐虫儿，我便马上看见那两株老槐，听见小姐姐的笑声，我不能把这些搁在一旁而还找到一个完整的自己；那是我的家，我生在那里，长在那里，那里的一草一砖都是我的生活标记。是的，我愿有这种私产，这样的家庭；假若你能明白我的意思——恐怕我是没有说得十分清楚——那么也许我不至于被误会了。不幸我到底是被误会了，被称为私产与家庭制度的拥护者，我也不想多去分辩，因为一想起幼年的生活，我的感情便掐住了我的理智，越说便越不近情理，爽性倒是少说的为是吧。

四

我们的街门门楼是用瓦摆成了一些古钱的，到我能记事的时候，可是那些古钱已然都歪七扭八的，在钱眼里探出些不十分绿的草叶来。每逢雪后，那可怜的小麻雀在白银世界里饿着肚子，便悬在这些草梗上啄取那不丰满的草粒儿。两扇门的破旧是不易形容得恰到好处的；大概的说，它们是瘦透玲珑，像画中的石头那么处处有孔有缝。自然这一点也无碍于我们天天晚上把它们关好，扣上钌铞儿，签好插关。并且倚上一块大石头；我们的门的观念反正是齐全的。门框上，有许多年也没贴过对联，只在小姐姐出阁的那一年，曾由我亲自写过一副：我自信是写得很好，可惜被母亲把上下联贴颠倒了。左右门垛上的青灰并没有完全脱落，我确乎记得有那么两三块，像石板似的由水夫画满了鸡爪形的记号，好到月底与我们算账；姑母有时候高兴，便顺手把鸡爪擦去一两组，水夫与我们也都不说什么。

门洞只有二尺多宽，每逢下小雨或刮大风，我和小姐姐便在这里玩耍。那块倚门的大石头归我专用，真不记得我在那里唱过多少次“小小子，坐门墩”。影壁是值不得一提的，它终年的老塌倒半截；渐渐的，它的砖也都被抬去另有任用，于是它也就安于矮短，到秋天还长出一两条瓜蔓儿来，像故意要点俏似的。

长大成人之后，我逛过一次金銮宝殿。那里，红墙接着红墙，大殿对着大殿，处处碰壁，处处齐整，威严倒也威严，可是我很怀疑，皇太子可曾看见过影壁上长出来的瓜蔓。假若他有意和我换换住处，我还真不喜欢那些死板板的院落呢，对着那些红墙，我想，就是比太白还聪明的人也难得写出诗来吧。反之，我们的破房子，处处萧疏洒脱，凡是那些清癯的诗人们所描画的颓垣败瓦，与什么落叶孤灯，在这里是都能领略到的，我们的院里，在夏日晚间，确是有三五萤火与不少蟋蟀的。

至于我们的那几间屋子，不知怎的说起来倒不如院里这些东西有趣。我最熟悉的当然是我们住着的那两间。里间是顺檐的一铺大炕，对着炕是一张长大的“连三”。这张桌子上有一对画着“富贵白头”的帽筒，里面并没有什么东西，外面可有不少的铁锯子。桌头摆着个豆青地蓝花的大掸瓶，样式拙重，只装着一把鸡毛掸子，有些大而无当。炕与连三之间，靠着西墙，是一个大木箱，也兼做凳子，当屋中的座位都被占据了的时节，便得有人上这箱子上去，可是无论怎样坐着不能显出很自然的样子。两只红漆小凳是随便放在哪里都可以的，但是每天早上必定在连三的前边，暂时充当洗脸盆架。我不敢说我不喜爱这些东西，和它们陈列的方法，可是我也不十分迷信它们。大概它们最大的缺陷还不是它们本身的恶劣，而是屋中的空隙太小，所以哪样东西都带出点“逼人太甚”的意味，因而我也就感到一些压迫似的。

外间屋就好得多了：北墙根有张八仙桌，桌面的木板是那么不平正，放点什么也不会安妥的立住，所以上面永远是空的。八仙两旁有两把椅子，是榆木擦漆的；冬天，火炉在里间屋内，没人来坐它们；夏天，一遇到返潮，那些漆皮就偷偷的抽敛起来，出着一些颇有胶性的汗味，也就没人敢去牺牲裤子。空的桌，空的椅。永远有种使人敬而远之的威严，于是我对它们就发生了点有相当距离的爱慕。只有春秋不冷不潮的时节，我才敢爬上椅子去，坐那么一会儿，觉得分外的香甜适意。

东墙根是一张佛爷桌，上面供着灶王龛与财神爷，他们分享着一份儿小号的锡烛台，香炉可是一大一小的两个。龛头上的旧佛字被香烟熏的渺茫阴暗，看过去总有些神秘。到新年的时候，便有一只小瓦盆，盛着年饭，饭上摆着几个红枣与一块柿饼；我总是不放心那几个枣子，所以还到不了初五六便都被我偷吃干净；我的肚子，我以为是十分靠得住的地方。佛桌下面横搭着一块板，托着很厚的尘土。尘土，在器物上，是多少有点可怕的，所以我很久就想动一动板子上的东西，可是许多次手到那里又缩了回来。最后，我攒足了胆量去探险，我在那里发现了三本《三侠五义》与好几本《五虎平西》。前者的纸很绵软，字儿很小而秀气，而且有一本全是小人儿。后者极不体面，纸黄，本子小，字儿大而模糊。我把那有小人儿的一本当作了宝贝。姑母虽不识字，可是据说姑父在世的时候是个唱戏的，所以姑母懂得许多戏文，许多故事，闲着的时候也喜欢去听大鼓书词和评讲《包公案》什么的，并且还能评判好坏，因为姑父是地道内行的戏子呀。她看了看那本书，告诉了我哪个是包公，哪个是老陈琳，于是我就开始明白：除了我所认识的人以外，还有些人是生长在书里的。

佛爷桌的对面是一口大缸，缸上横着一块长石板儿，放着个小瓦罐。我看不见缸里的水，可是我会把嘴张在石板儿的一头下，等着一滴滴的水落在我的口中。在夏天，什么地方都是烫手的热，只有这口缸老那么冰凉的，而且在缸肚儿以下出着一层凉汗，摸一摸好像摸到一条鱼似的，又凉又湿。

总之，外间屋是空灵静肃的。每天早上初次由里间走出来，我总感到一些畅快；虽然里外间只是一帘之隔，可是分明的有两样空气与情景。晚饭后，还不到点灯的时候，佛龛前便先有六个安静的火星儿，徐徐的冒着些香烟。灶王与财神是每天享受三炷香的。不过，有时候我只看见一炷香孤立在炉中，我便知道母亲的袋中又没了钱，而分外的老实一些，免得惹她生气。自然，还有时候连一炷香也没有，神们和人们就都静默无言，很早的都睡了觉。

我不常到姑母的屋中去。一来是她白天不常在家，二来是她好闹脾气；所以除非她喊我进去，我是不便自动的跑去讨厌的。况且我还不喜爱那间屋子呢。姑母屋中有我们那么多的东西；不，恐怕是比我们的东西还多呢，比如说，她的大镜子与茶叶罐，便是我们所没有的。母亲与小姐姐梳头，只用一面很小的镜子，每次都会把鼻子照歪了的。姑母的这么些东西都放在一间屋子里，无疑的是彼此挤着，压着，好像谁也喘不出来气。在这里，我觉得憋得慌。还有呢，姑母若是急于出去听鼓书或摸索儿胡，便不顾得收拾房间，盆朝天碗朝地的都那么撂着。母亲不喜爱这项办法，所以小姐姐与我也就不以为然。更使我们看不上眼的，是姑母独自喝茶的时候，总是口对壶嘴，闭住气往下灌。到有客来的时候，她才陪着用一次茶杯。我们很自幸不是她的客人，永远不喝她的茶；我们也暗中为客人们叫苦，可是无法给他们点警告。

脆快的说吧，我对这间屋子的印象欠佳。自然，若是有人强迫着我报告那里都有什么东西，我是不会失败的。不过，我真不愿去细想，因为东西和人一样，一想起便头疼的总是关闭在心中好；过于直爽的人，我看，是不会作诗的。

关二大妈的那两间东屋没有隔断，一拉门便看见屋中的一切，那铺大炕是那么大，好像是无边无岸的，以至于使我想到有朝一日它会再大起来，而把一切的东西都吞并下去。这可也并不很难实现，因为屋中是那么简单，简直没有什么东西可以阻住大炕的野心的。

东西虽然不多，可是屋中，在夏天，非常的热；窄长的院子的阳光与热气仿佛都灌到此处来。关二大妈在屋中老是光着脊背，露着两个极大而会颤动的乳。她的身上，与母亲的大不相同，简直的找不到筋骨，而处处都是肉，我最喜爱用手摸她的脊背，那么柔软，那么凉滑。因而我常劝告母亲也学着点关二大妈。把肉多往外长一长，母亲不说什么，只不像笑的那么笑一下。

关二大妈的可爱战胜了那两间屋子的可憎。我一天倒在那里玩耍半天。我嚷我闹，她都听不见；她总夸奖我老实安稳。有时候我张开大嘴去喊，故意的试试她讨厌我否，我失败了。她便顺手数数我的牙有多少，然后称赞我的牙个个都可爱。当她后来搬走了的时候，我在梦中都哭醒过好几次，口口声声的要二大妈。白天，我偷偷的跑到那空屋去，念念叨叨的："二大妈，给你菠菜，你包饺子吧！"我想象着她坐在炕沿上，向我点头，向我笑；可是我摸不到她的胖手了。急得无法，我便到院中拾一两朵落花，给她送去。因为她是极喜欢戴花的，不管是什么不合体统的花。她总是有机会便往头上插的。落花送到炕沿上，没有那与笑意一同伸出来的手；关二大妈！我绕着墙根儿叫遍。没有任何动静！

有母亲，没父亲；有姑母，没姑父；有关二大妈，没关二大爷，合着我们院中的妇人都是寡妇。所以，我那时候以为这是理当如此的，而看那有父亲的小孩倒有点奇怪。用不着说，我久而久之也有点近乎女性的倾向，对于一切的事都要像妇女们那样细心的管理，安排。而且因此对于那不大会或不大爱管家事的妇女，不管她是怎样的有思想，怎样的有学问，我总是不大看得起的。自然，我决不会帮助谁去喊：“妇女们回到厨房里去！”可是我知道，我也不会帮着谁去喊：“妇女们，上戏馆子里去！”

现在该说那两间破南屋了：有炕的那一间，是完全没有屋顶的。据说，当年我祖母的寿材就放在那里；自然那时候屋顶是还存在一些的。当我大姐姐十六岁的时候，有人来相看她，而且留下一对戒指，她就藏在棺材后面蹲了一天，谁叫她，她也不肯应声，更不用说是出来了。到了晚间，她的眼泪大概已经洒完，而腹中怪空虚，才给了母亲个面子，回到北屋吃了两碗茶泡饭。有这段历史的屋子，后来，只剩了半截儿炕，炕上长着很足壮的青草。没有炕的那一间的屋顶还留着个大概，里面放着一块满是尘土的案子，案子上横七竖八的堆着一些无用的东西。当我的腿一会迈步的时候，我就想到这里去检阅一下，看看有没有好玩的物件。这间屋子破得既可怜，又可怕，我的怜悯与好奇凝成一股勇气，时时催促着我到里面看看。

那是在何年何月？可惜我已记不甚清了。我到底是钻进了那间可怕的屋子里去。按说，这个年月是绝不应忘记的，因为这是值得大书而特书的——我在那里发现了些玩具。我是怎样的贫苦？不大容易说，我只能告诉你：我没有过任何的玩具！当母亲拆洗棉被的时候，我扯下一小块棉花；当家里偶尔吃顿白面的时候，我要求给我一点：揉好了的面，这就是我的玩艺儿。我能把那点棉花或面块翻来覆去的揉搓，捏成我以为形态很正确的小鸡小鱼，与各样的东西。直到我进到这间破屋子里，我才有了真正的玩具；我得到十几个捏泥饽饽的模子，和几个染好颜色的羊拐子。也许是哥哥学徒去的时候，把它们藏在了那里吧？不去管吧，反正我有了好玩的东西，我的生命骤然的阔绰起来！我请求小姐姐给缝了个小布袋，装上那几个羊拐；至于那些模子，便收藏在佛爷桌底下，托灶王爷与灶王奶奶给我看守着；连这么着，我还要一天去看几十遍。到了春天，调一点黄泥，我造出不少的泥饽饽来，强迫着小姐姐收买；她的钱便是些破磁片儿。我等到我把货都卖净，便把磁片儿再交回小姐姐，叫她重新再买一次或几次。

（未完）

（原载一九三七年八月一日《方舟》第三十九期）